GAME OVER

JAVIER IKAZ

GAME OVER

PLAZA JANÉS

Papel certificado por el Forest Stewardship Council®

Primera edición: abril de 2025

© 2025, Javier Ikaz
© 2025, Penguin Random House Grupo Editorial, S. A. U.
Travessera de Gràcia, 47-49. 08021 Barcelona

Penguin Random House Grupo Editorial apoya la protección de la propiedad intelectual. La propiedad intelectual estimula la creatividad, defiende la diversidad en el ámbito de las ideas y el conocimiento, promueve la libre expresión y favorece una cultura viva. Gracias por comprar una edición autorizada de este libro y por respetar las leyes de propiedad intelectual al no reproducir ni distribuir ninguna parte de esta obra por ningún medio sin permiso. Al hacerlo está respaldando a los autores y permitiendo que PRHGE continúe publicando libros para todos los lectores. De conformidad con lo dispuesto en el artículo 67.3 del Real Decreto Ley 24/2021, de 2 de noviembre, PRHGE se reserva expresamente los derechos de reproducción y de uso de esta obra y de todos sus elementos mediante medios de lectura mecánica y otros medios adecuados a tal fin. Diríjase a CEDRO (Centro Español de Derechos Reprográficos, http://www.cedro.org) si necesita reproducir algún fragmento de esta obra.
En caso de necesidad, contacte con: seguridadproductos@penguinrandomhouse.com

Printed in Spain – Impreso en España

ISBN: 978-84-01-03506-7
Depósito legal: B-2690-2025

Compuesto en Mirakel Studio, S. L. U.

Impreso en Black Print CPI Ibérica
Sant Andreu de la Barca (Barcelona)

L035067

*A Paula y Noemí,
porque sin ellas no juego*

23 de junio de 1984.
Noche de San Juan

El descampado está abarrotado de personas y el griterío es considerable. «Parecen las fiestas del pueblo» es una de las frases que más repiten todos. Desde las ventanas de los altos edificios de hormigón asoman las personas mayores que han preferido ver las fogatas a la película *Pelham 1, 2, 3* que dan en *Sábado Cine*, en vez de *Aeropuerto 75*, que es la que estaba anunciada.

Los chavales han hecho un buen trabajo y las montañas de maderas, tablas y escombros son aún más grandes que las del año pasado. Llevan cuatro días pidiendo material para quemar en las hogueras por los pisos y talleres cercanos, y alguno de los estudiantes de la vecindad les ha dado todos sus libros y cuadernos de octavo de EGB porque el próximo año ya pasan al instituto y están deseando verlos arder. Como pasa siempre, ha habido piques y alguna montaña se ha quemado antes de tiempo. Menos mal que este año no llueve.

Los bares del barrio están a tope, muchos han puesto una barra de madera fuera y piden a la gente que devuelvan los vasos y que no los rompan. La fanfarria de los jubilados se ha prestado a amenizar la noche más corta del año.

Posiblemente ese niño de peto de pana beis y camisa marrón de cuadros se anime a decirle a la rubita de la clase de al lado lo que piensa antes de que lo sepa más gente y el pitorreo sea insoportable. También puede ser que el matrimonio de la farmacia se decida a romper una relación a todas luces muerta. Lo que es menos probable es que la anciana del último piso reciba siquiera una llamada de su hijo, el que trabaja fuera, en Madrid, y apenas viene a verla. Todos tienen su historia, todos tienen cosas que desear y que dejar atrás. Aun así, las ganas de fiesta y la despreocupación reinan en una noche que, además, esta vez cae en fin de semana.

Aunque lleva días sin llover, en el descampado nunca faltan charcos y lo normal es acabar con los pies llenos de barro. Es el aparcamiento improvisado del barrio y siempre hay coches y camiones (incluso carros) que, en esta ocasión, se agolpan al final para dejar sitio solo por una noche.

Empiezan los fuegos, los más románticos llevan sus papelitos con frases que lanzan a las hogueras tímidamente, sin acercarse demasiado; los mayores apuran sus chatos con la intención de ir al bar a por más, algún animado ha bajado un infiernillo y está haciendo unos chorizos, mientras que los más pequeños juegan con la advertencia de sus madres de que no se acerquen mucho a las fogatas. En efecto, parecen las fiestas del pueblo.

Y es uno de esos niños, una chiquilla de unos doce años, quien lo descubre mientras juega al escondite. Cerca de una tapia. Algo brillante, liso. Algo que parece una maquinita de esas de Game & Watch. Contenta, creyendo que se va a encontrar por la cara un *Donkey Kong* o algo parecido, se acerca sin avisar a nadie. Pero no, no es una maquinita. La decepción es enorme. El caso es que no sabe lo que es. Nunca ha visto nada parecido.

No lo sabe, pero lo que tiene entre manos es un smartphone. A lo lejos, la fiesta continúa ajena a tal descubrimiento.

Agosto de 2024
La Central, sede de la Organización

El silencio característico de los largos pasillos grises de La Central se vio bruscamente interrumpido por la aparición de tres personas vestidas de negro que avanzaban con paso nervioso hasta el final, donde se hallaba el despacho presidencial.

A pesar del revuelo notorio, momentos antes se había oído el helicóptero que los traía de urgencia; nadie de las oficinas laterales dejó su labor frente a los monitores y ordenadores, ni siquiera una furtiva mirada siguió a los tres individuos, que ya habían alcanzado la puerta y la abrieron sin mayor miramiento.

—¿Tan urgente es que no se podía esperar a mañana, y tan grave que tenéis que venir los tres?

—Me temo que sí.

Unos segundos de pausa.

—¿Y bien?

—No sabemos muy bien qué ha podido pasar, pero me temo que le hemos perdido la pista.

—Pero eso es imposible.

—Eso pensábamos.

La tensión dentro del despacho se podía palpar.

—Pues como no lo encontréis estamos jodidos, y vuestras cabezas van a ser las primeras en rodar.

Los tres sujetos abandonaron aún más nerviosos las oficinas de la Organización. Desde luego la situación era sumamente grave.

Primera parte

¿Ava? ¿Quieres jugar?

1
Tres, dos, uno…
Contacto

1984

Lo malo de esperar algo con ansia es que a menudo las expectativas superan en mucho a la realidad, por lo que, una vez que esta se materializa, provoca una extraña mezcla entre decepción y tristeza. Es como cuando llevas varios meses esperando la noche de Reyes para que te traigan el *hovercraft* Ballena de G. I. Joe o el armario de Nancy y cuando al fin los tienes en tus manos te dura la ilusión lo que tardas en abrir la caja y sacar todos los accesorios del juguete. Es una especie de broma del destino que hace que te preguntes si eres una persona caprichosa, de gustos aleatorios, o si por el contrario el castillo de Grayskull es, efectivamente, mejor regalo que lo que habías pedido.

El caso que nos ocupa no tiene nada que ver con los Reyes Magos ni con regalos (de hecho, los juguetes comentados son de esos que anuncian en la tele con un escueto «más de 5000 pesetas» que los vuelve inaccesibles para la mayoría, o al menos para los chavales de este colegio). No, lo esperado durante meses y que había llegado por fin a nuestra historia eran las vacaciones de verano. Era 29 de junio, viernes, y en el colegio Viuda de Epalza (el pequeño edificio colorido del gris Zuloa, el barrio humilde de Bilbao) no se daba clase. Habían colocado las mesas en forma de una U enorme en el patio; por la megafonía, que sonaba como a lata y hacía que la de la iglesia pareciese profesional, emitían los últimos números uno de Los 40 Principales: «Lobo-hombre en París», «Radio Ga-Ga», «Pánico en el Edén»... Los largos manteles de papel del patio del Viuda de Epalza parecían los de la cervecería de Antón. En los platos uno se encontraba desde galletitas saladas de pececillos, chóped o patatas fritas de bolsa hasta tortillas que algunas madres animadas habían mandado con sus hijos en un plato de Duralex «con vuelta».

—Lady, lady, lady se pinta los ojos con Titanlux, aunque hace mil años que dejó atrás el puticlub...

Era inevitable que algunos chavales, al sonar esa canción, o la que fuese, la llevasen a su terreno convirtiéndose en expertos improvisadores de lo escatológico o sexual para algarabía del resto de compañeros y enfado de los profesores, que mal disimulaban una sonrisa picarona.

Los alumnos de los cursos más bajos habían ido disfrazados y se veían D'Artacanes y Heidis junto con piratas, princesitas y animales varios. El ambiente en el patio era animado, además: había salido el sol por fin después de una racha de lluvia continua que solo había respetado, una semana antes, la noche de San Juan.

No, no, no, no, no me puedes dejar así.
Quédate un poco más aquí...

Justo en ese momento romántico, uno de los altavoces se quedó mudo y provocó una bajada de intensidad sonora en todo el patio. Casi todos dejaron de hacer, por unos segundos, lo que quisiera que estuvieran haciendo, como si mirar a los profesores fuese suficiente para que volviese la música. A su vez los tutores no sabían cómo reaccionar. Juanjo, el profesor de gimnasia, y el más avezado, se acercó al altavoz y dio los mismos golpes que recibía su tele cuando se iba la señal creyendo que así regresaría la voz de Luis Miguel. Nada. Entonces apareció Ava, una alumna de sexto aplicada e inteligente, aunque de las que pasaba desapercibida y tenía cierta fama de friki, incluso entre los profesores. Su pelo suelto y la ropa amplia y masculina tampoco ayudaban.

—¿Puedo? —preguntó a Juanjo que, con una sonrisa de autosuficiencia y cierto paternalismo rancio, hizo un gesto como de «tú misma»—. Gracias. Lo primero, apaga la radio, y necesito un destornillador.

De pronto, la niña rarita del grupo de los raritos se hizo la jefa y comenzó a mandar a los mayores cual cirujano en plena operación. Celo, tijeras, cinta aislante, incluso unas pinzas. Pronto se formó un círculo alrededor de ella y la operación se convirtió en algo más importante que las gallinitas ciegas, los churro va, mediamanga, mangoteros o las coreografías a lo Vicky Larraz. Ava actuaba decidida, seria, incluso chistó al graciosito de turno que seguía tarareando «Lady, lady» para conseguir el silencio necesario (puro teatro). Cuando hubo acabado, cerró la tapa, colocó de nuevo el altavoz en su lugar e hizo un gesto a un ya humillado Juanjo para que volviese a encender la radio. La expectación no podía ser mayor. Se mascaba la esperanza y la tragedia con la misma intensidad. Si funcionaba, Ava sería la heroína del día, si no, aparte de rarita habría hecho el mayor ridículo en lo que iba de curso, y eso arrastraría inevitablemente a Vera, Koldo, Piti y, lo que es peor, a Peio.

Juanjo se hizo de rogar más que la chica de la canción de Luis Miguel, pero, finalmente, y con miedo, encendió la radio. De pronto atronó en estéreo «El pistolero» de Los Pistones, para júbilo de los alumnos.

... acabaré con él...

Sufrió el pobre de Juanjo, que agarró, con rabia, un puñado de patatas fritas. Se escuchó incluso algún aplauso. Ava, ajena al resultado de su triunfo, volvió con sus amigos, los raritos, que miraban alrededor con orgullo esperando una aceptación que, justo antes de las vacaciones de verano, habría llegado demasiado tarde.

—Los has dejado con la boca abierta, Ava —dijo Piti con un tono sorprendentemente animado para ser él.

—Sí, sobre todo a Juanjo, el chulito —adornó Vera, de quinto de EGB—, con lo que le gusta a él ser el que sabe de todo delante de la seño Marian... —Vera era muy de radiografiar a la gente, a pesar de su corta edad, algo que detestaba su hermano mayor, Peio, que remató, un tanto molesto por lo ocurrido:

—Bueno, venga, vale de cháchara, ¿qué vamos a hacer al final?

—A mí lo del campamento me da yuyu —entró en escena Koldo—, en todas las pelis de terror aparece un asesino en un campamento. No tienen ni que hacer una noche de miedo, las tienen todos los días...

—Ya está el de las pelis... —dijo Vera poniendo los ojos en blanco, y es que Koldo se estaba obsesionando desde que en su casa entró un vídeo Beta.

—Tú ríete, pero cuando estés en tu tienda de campaña y aparezca uno con una máscara de hockey y un machete...

—Le diré a mi hermano que deje de hacer el tonto.

Definitivamente Peio no podía con su hermanita. Y eso le encantaba a Vera. Al principio decía que, cuando se espera algo con mucha intensidad, el destino te guarda la sorpresa de la decepción y cierta tristeza, y esa es la extraña sensación que sentía este pequeño grupito de dos chicas y tres chicos. Un pequeño grupo de los varios que había de raritos en el Viuda de Epalza. En la colección de grupos de frikis se encontraban en el escalafón mayor, esto es, el de los ignorados.

Era el lugar deseado por los no guais, ya que, si bajabas en ese estrato social del colegio, había mucha víctima de abusones y chulitos.

Pero vamos a lo que importa: la sensación de decepción y tristeza. Esa extraña sensación era la de la llegada de las vacaciones de verano. Nadie quería estar en clase (ni siquiera en EGB) y las vacaciones se antojaban el paraíso. Cientos de horas para no hacer nada o, mejor dicho, para hacer muchísimas cosas, pero de las que molaban. Responsabilidad cero, buen tiempo, jugar, no madrugar...; pues bien, Ava y sus amigos estaban a pocas horas de estrenar vacaciones y no parecían precisamente alegres. Y no porque les gustase el cole, qué va, el problema era otro. Todos, más o menos, tenían su plan para el verano y a todos se les había chafado por una u otra razón. Menos a Peio y Vera, cuyo verano sería como siempre, una *bosta*. Resultaba que sus padres, de origen humilde, tenían como gran imperio un pequeño bar de barrio que no abandonaban en todo el año, y en julio y agosto contaban además con la ayuda de sus hijos. Vamos, que los pobres nunca habían sabido lo que era irse de vacaciones. Por su parte, Ava y sus hermanos mayores solían viajar con sus padres al camping de Los Molinos, en Cantabria, pero ese año, con la abuela malita, no podía ser. El padre de Koldo debía trabajar, por lo que tampoco podrían ir al pueblo de León, y Piti se había quedado sin plaza para el campamento en Orihuela, al que tampoco tenía demasiadas ganas de ir, para ser sinceros.

Para aquel grupo de muchachos, tres meses pringando en el barrio gris donde se pasaban todo el año no era, en verdad, la ilusión de sus vidas, aunque por otro lado les consolaba la idea de que estarían juntos, algo que nunca había sucedido en verano.

—Hablad por vosotros —se quejó Peio al recordar lo que trabajó el verano anterior poniendo cafés y llenando barriles de cerveza.

—Bueno, no te quejes, que te han dicho que solo tenéis que estar por las mañanas —le recordó Ava.

—También me dijeron eso el año pasado y la que se escaquea siempre es Vera. —Fingió enfado Peio, aunque en realidad había sentido cierta alegría de que Ava recordase una cosa que les había contado una semana atrás. Ahora solo le preocupaba que esa leve alegría no se notase.

La fiesta en el patio del Viuda de Epalza siguió ajena a los lamentos de los raritos que, efectivamente, habitaban en su mundo a pesar del triunfo de los altavoces. No habían pasado ni quince minutos y la hazaña de Ava ya se había olvidado y los diferentes grupos seguían enfrascados en sus roles.

Unas tímidas nubes grises amenazaron con arruinar el resto de la fiesta, incluso había empezado a refrescar. Nadie diría que era verano. «Estas cosas pasan mucho aquí», solía decir Antonio, el padre de Ava, «Sale el sol un día y te llueve tres, así que hay que aprovechar y que te pille el buen tiempo con las cangrejeras y el malo con el paraguas». Lo decía como si fuese uno de esos escritores o gente importante que hablaban con Hermida o Balvín en la tele. Gente bien vestida, con una educación exquisita, de la que no se encontraba mucho en Zuloa. Antonio y Marisa, su mujer, se habían preocupado mucho de que sus hijos tuviesen la educación y la curiosidad de las que ellos carecían y solían llevarlos a la biblioteca, les ponían programas «de esos rollazos» de la UHF (cuando había señal) y se obsesionaban por que fuesen calculines. Los dos hermanos mayores de Ava, Daniel y Pablo, no estaban mucho por la labor de ser unos cerebritos, al contrario, habían descubierto las litronas y los canutos, y además eran los ligones del barrio. Ava estaba harta de que chicas de todas las edades le preguntasen entre risitas tontas «Perdona, ¿tú eres la hermana de los gemelos?». Una pesadilla, nunca se le acercaban para otra cosa, y en secreto detestaba que les fuese tan bien, en general, a esos dos zangolotinos. Quizá por eso mismo ella sí se esforzaba por ser una cerebrito, diferenciarse de ellos y, por qué no, de sus padres, buena gente, pero esclavos de un barrio y de unas condiciones de las que no habían sabido escapar.

A Ava sus padres le pusieron ese nombre por la actriz que había estado casada con Frank Sinatra y salía en *Mogambo* de pareja con Clark Gable. Desde muy niña, Ava ya leía revistas y boletines sobre maquinaria y pronto se aficionó a la tecnología, lo que la llevó a apasionarse por los videojuegos y las líneas de código. Una pasión que no acababan de entender sus padres, que tenían otro plan para ella.

—¿Y doctora? Eres buena en los estudios, no necesitas esforzarte para conseguir buenas notas. Los profesores nos felicitan cada vez que tenemos reunión de padres. O abogada, no sé, una carrera que tenga salidas…

Siempre la misma cantinela, y siempre el mismo golpe contra la pared. Resultaba frustrante para los padres que su hija, capacitada para ser lo que quisiera, perdiera el tiempo en aquellas lecturas sobre robots y maquinitas y estuviera todo el día jugando con el Spectrum. Por no hablar del aspecto de chicazo de Ava, «Con lo mona que es», siempre con pantalones vaqueros, zapatillas de deporte y jerséis enormes que le valdrían a su padre. A su vez también era frustrante para ella que sus padres no la apoyaran en eso, que fueran tan cortitos de mente que no entendieran que el futuro estaba precisamente en la robótica, en la tecnología y, por qué no, en los videojuegos. Tampoco ayudaba el hecho de que sus hermanos tuvieran ese encanto natural del que no se escapaban ni Antonio ni Marisa. Eran dos hipnotizadores que conseguían que se pasara por alto que eran dos perfectos imbéciles. Ava no les tenía el menor aprecio, no por incapacidad o tener mal corazón, sino por unas circunstancias enrarecidas en aquella casa. Sentía la injusticia de ser el último mono cuando en realidad les daba a todos varias vueltas. Sus padres solo se fijaban en sus buenas notas, pero no la valoraban más allá de lo académico, y lo peor era que no respetaban sus decisiones ni sus gustos, mientras que los gañanes de sus hermanos tenían otra aceptación. El día a día de Ava en aquella casa era penoso, no odiaba a su familia, tan solo sentía que era injusto compartir su vida con ellos, y ese rechazo se traducía en que estaba casi todo el tiempo en la calle con sus amigos o encerrada en su cuarto leyendo o con el Spectrum. Seguramente eso era lo que había ido labrando su carácter duro y un tanto agrio. A simple vista podía pasar por una preadolescente amargada y borde, pero sus amigos sabían que siempre podrían contar con ella y despertaba un cierto respeto, ese que se tiene a los líderes y que tanto le escocía a Peio al no conseguir ser él el líder de la banda.

A los doce años la vida podía ser muy dura, sobre todo en un barrio como Zuloa y en una década como los ochenta, donde convivían las noticias sobre ETA con las chutas en los parques infantiles y los tirones de bolsos. No parecía el lugar idóneo para la convivencia, para ser feliz, para divertirse todas las vacaciones de verano. Pero lo que no sabían nuestros protagonistas era que estaban a punto de vivir el verano más increíble de sus vidas. Y todo empezó con lo que le ocurrió a Ava cuando, una semana después de encontrarse el smartphone en las sanjuanadas, ya de vacaciones, volvió a su casa al terminar la fiesta del colegio, entró en su cuarto y encendió el Spectrum.

2
Tape loading error

1984

El cuarto de Ava no tenía el aspecto que se esperaría del cobertizo de una chica de su edad. No había pósteres de guaperas del mundo de la música, el cine o la televisión. Nada de Leif Garret, Duran Duran, Rob Lowe o Michael J. Fox. Si hurgabas entre sus cosas, en su cuarto, no te encontrarías ni una *Super Pop* ni una *Nuevo Vale* (no como en el cuarto de Vera, adicta a esas revistas). No había tampoco tebeos. Su pasión era la tecnología y los videojuegos. Para encontrar artículos de lo primero acudía a la *Muy Interesante I* (que le fascinaba desde que vio su primer número en el kiosco del parque, teniendo ella solo nueve años) y para el tema de los videojuegos tenía que arreglárselas con los catálogos de Galerías Preciados y poco más (la sorpresa le vendría meses después con el primer número de *MicroHobby*). Si había algo parecido a pósteres clavados con chinchetas en su cuarto eran unos dibujos mal copiados de unas portadas de discos que había visto a sus hermanos. Dibujos que remitían a mundos fantásticos de espadas y brujería. A ella no le interesaba la música, por eso nunca llegó a saber que aquellos discos eran de un grupo llamado Yes y que las portadas que le fascinaban y que copiaba con mejor o peor fortuna eran unas ilustraciones de un tal Roger Dean. Aquellos datos no le interesaban nada, incluso le fastidiaba de alguna manera reconocer que había algo de sus hermanos que le podía llegar a agradar. No, desde luego Ava no era una chica de trato fácil, por lo menos para su familia.

Su cuarto, en efecto, no era precisamente lo que se puede esperar del cuarto de una chica. Sus hermanos, aún a regañadientes, seguían compartiendo habitación, y fue Ava la que vio por sorpresa que se le habilitaba uno exclusivamente para ella.

—Vosotros sois dos, y Ava ya tiene doce años… —les comentó con torpeza Antonio a sus hijos cuando vinieron las quejas, deseaba no tener que dar más explicaciones.

Si la vida era soportable en aquellos escasos setenta metros cuadrados era justo por eso: por tener un cuarto propio con doce años. Ese era su templo, su cobertizo, el lugar donde, de haber sabido hacerlo, habría llorado en silencio más de una noche. Aquel había sido el cuarto de la plancha. Lo llamaban así porque era donde había estado la tabla, presidiendo aquellas cuatro paredes, rodeada de cestillos con colada, blanca por un lado, de color por otro. También había sido el cuarto de los juguetes, con un tambor de detergente al fondo lleno de muñequitos de Daniel y Pablo. Un tambor abandonado a su suerte desde hacía tiempo y que Marisa no había tenido el arrojo de tirar a la basura. Un tambor que yacía en el fondo de un armario, el mismo donde el vestido de novia también ocupaba espacio a lo tonto.

Ahora el cuarto de la plancha era un pequeño habitáculo de ambiente cargado debido a que Ava olvidaba siempre abrir la ventana por las mañanas y dedicaba muchas horas a pasarse pantallas y a leer, siempre con el monitor del ZX Spectrum+ encendido. Casi nunca tenía invitados en su cuarto, ni siquiera sus amigos, y el orden y la limpieza no estaban entre sus prioridades. Además, no utilizaba colonia ni cartas de olor para intercambiar, ni siquiera gomas de borrar perfumadas. Nada rebajaba el olor de sus J'Hayber usadas ni sus tenis blancos de dos franjas. Curiosamente, la habitación de los gemelos olía mejor. A Vorago. Pero era un olor nuevo también para ellos, y un poco para disimular, mal, el del costo.

Esa tarde, después de la fiesta en el cole y de haber quedado con el resto del grupo para pensar qué hacer para que el verano no fuese el más aburrido de la historia, Ava solo quería jugar un poco en su cuarto. Sola, sin que nadie la molestara. Dudó entre ponerse con los nuevos *Lords of Midnight* o *Knight Lore*, pero al final optó por un juego que le regaló uno de sus tíos en su último cumpleaños y al que no le había hecho mucho caso. Un juego de título impronunciable, *6L1TCH 1984*, y que no tenía muy claro de qué trataba ni cómo se jugaba. De hecho, en el casete no había apenas información ni dibujos de los gráficos. «Seguro que es una mierdita que se ha encontrado a precio rebajado y ya, este nunca ha sido muy estirado con los regalos», había dicho Marisa sobre su hermano creyendo que Ava no la escuchaba. El caso es que era el único juego que no se sabía de memoria y no podía comprarse ninguno nuevo por el momento; así que lo puso a cargar, con las expectativas más bien bajas.

Load «» L
Program:

Y ahí se quedó, colgado, sin empezar los atronadores pitidos que enervaban a todos en la casa. «¡Ponte los cascos, Ava!». Pero no, esta vez no hubo gritos desde el otro cuarto. El juego no emitía ningún ruido, no aparecían franjas de colores. No pasaba nada. Lo curioso es que no tenía pinta de haberse quedado colgado. Ava estaba entre decepcionada, algo molesta y con curiosidad. En la pantalla no había nada. Esperó unos instantes y procedió a sacar el casete, meterlo en la caja y guardarlo-perderlo en un cajón. Desde luego el tío Luis se había lucido con el regalo. Rebuscó en el resto de videojuegos y acabó eligiendo el *Manic Miner,* una chorradita, pero era divertido. Tampoco cargaba. La pantalla del pequeño monitor seguía igual que con el otro juego, el del título impronunciable. Apagó el Spectrum. Pero el monitor seguía igual, inmutable.

Load «» L
Program:

Desenchufó el monitor con un extraño escalofrío. Aquello nunca había pasado y solo faltaba que se estropease el primer día de un verano en Zuloa y con visitas a la abuela al hospital. La pantalla se oscureció. Volvió a enchufarla y comprobó con pavor que la imagen era la misma. ¿Qué estaba pasando? Era como si el videojuego que le había regalado el tío Luis hubiese afectado a la pantalla, no al ordenador. La casetera enchufada seguía avanzando, pero parecía que esa tarde no iba a jugar al *Manic Miner*. Y fue justo al ir a apagar todo cuando vio cómo, poco a poco, en la pantalla del pequeño televisor apareció lo siguiente:

Load «» L
Program:
¿Ava?

De pronto el cuarto entero se quedó en pausa, nada parecía ajeno a aquella anomalía, pero solo la fuerte respiración de Ava, que resonaba como dentro de una escafandra, parecía haber reaccionado a aquella última línea de codificación en el monitor. Realizó un gesto, casi infantil, de incredulidad. Miró el teclado y creyéndose loca hizo lo más absurdo. Se puso a teclear:

¿Sí? Estoy aquí

Definitivamente se había vuelto loca. Acababa de escribirle a un ordenador como si fuese una persona, preguntándole, esperando una respuesta. La versión escrita de una conversación, pero en lugar de con un amigo lo hacía con una máquina. Una máquina que solo servía para cargar juegos que se sabía de memoria. ¿Qué esperaba conseguir con aquello? De pronto sintió vergüenza. Jamás le contaría a nadie aquella tontería.

Ava seguía sin quitar la vista del monitor. Dio un respingo al ver que aparecían, letra a letra, las siguientes palabras:

¿Quieres jugar?

El corazón de Ava hizo un *sprint* cuando volvió a pulsar el teclado.

Sí, desde hace rato

Esta vez la pausa fue mayor, dio la impresión de que había pillado desprevenida a la máquina y esta tuvo que pensar la respuesta. Algo dentro de Ava aplaudía su contestación, acostumbrada como estaba a ganar en las conversaciones. Otro triunfo más, esta vez ante algo que no acababa de explicarse. Igual la máquina, vencida, recapacitaba y cargaba por fin el maldito *Manic Miner*. La respiración seguía agitada, pero ya no sonaba con el vacío sordo de la escafandra. Se había tornado en una emoción pura, como la del niño en una montaña rusa, pero ¿adónde llevaría aquello?

Pasaron unos treinta segundos eternos. Ava ya no sabía ni qué hacer. Finalmente el Spectrum, como vencido (o decepcionado), empezó a cargar el *Manic Miner*. Y comenzó el juego. Entonces la decepcionada fue Ava, que se pasó el resto de la tarde jugando sin más contratiempos.

No muy lejos de la casa de Ava se encontraba la de Peio y Vera. El hermano mayor siempre estaba con un humor de perros y es que el problema que tenía Peio era que nunca conseguía aquello que se proponía. Tenía aptitudes, aunque no era especialmente brillante en los estudios. Era el mayor del grupo de los raritos, pero no tenía carisma y ni siquiera inspiraba un cierto respeto, ya que su hermana pequeña, Vera, disfrutaba quitándole la poca autoridad que podía despertar. No era lo que se decía guapo, con lo que tampoco destacaba en el colegio. La única cosa en la que *a priori* podía coger ventaja era en los deportes. Estaba cachas, como decía Koldo, era atleta, se encaramaba a los árboles con una destreza que ya quisieran muchos felinos, era muy veloz en atletismo y marcaba unos bíceps que despertaban la admiración de los más torpes en Educación física. No se amedrentaba ante esos aparatos de tortura para sus compañeros que eran el plinto o el potro, se descolgaba boca abajo en las espalderas sin esfuerzo, lanzaba muy lejos los balones medicinales, en los saltos de longitud tenía el récord de la clase…; pero le faltaba algo fundamental, que era lo que más deseaba: respeto. No es que le tomasen por el pito de un sereno, no, era más un sentimiento interno de ser un don nadie. ¿Desde cuándo el deportista del cole, un muchacho fuerte de sexto, pertenecía al grupo de los marginados, de los raritos? En las películas estadounidenses de colegios e institutos, los cachas eran los guais, tenían sus taquillas junto a las más guapas y eran los reyes del baile de fin de curso en una cancha de baloncesto. Eran los que podían tomar ponche sin que les sentara mal. Llevar traje y camisas con chorreras. Eran los que se reían de los frikis. Pero en Bilbao la cosa no funcionaba como en California. Y ya no hablemos de Zuloa, que no podía tener mejor nombre (en euskera, «el agujero»). Además, se veía obligado a arrastrar siempre esa bola de preso que era su hermana pequeña, Vera, un ser diabólico, endiabladamente metomentodo. Ácida como un limón, sacaba punta a cada cosa y persona y lo peor era que resultaba brillante y divertida. Si no fuese por Ava, su hermanita del infierno se alzaría con el liderazgo del grupo. Algo que tampoco era muy difícil viendo a los otros dos... Los quería mucho, pero ni Koldo ni Piti tenían madera de líderes. Él sí, pero estaba abocado a no conseguirlo nunca. Con lo cachas que estaba..., ni siquiera Ava se fijaba en él.

—A ti te gusta Ava —acertó un día Vera en casa.

—¡Cállate, niñata!

—¡Buah! Estás rojísimo, te mola mucho, me lo imaginaba, pero no tanto...

—¡Que te calles y te largues!

—No, aquí también duermo yo, es mi cuarto y... buaaah. —Fingió un bostezo—. Tengo mucho sueño.

—¡Peio! —gritó su madre desde la cocina—. ¡Baja a ayudar a papá con los barriles de cerveza!

—Sí, Peio —repetía con guasa su hermana—, baja a ayudar a papá, que yo tengo sueño...

Lo dicho, una bola de preso endemoniada.

Las vacaciones de verano ya eran oficiales, al menos para los colegios. Las televisiones generalistas (y las autonómicas que empezaban a ampliar su horario de emisión) se llenaban de reportajes tontorrones sobre el calor, el ocio y los desplazamientos, principalmente a la costa. Reporteros con pesadas cámaras y micrófonos habían cambiado las preguntas a masas de niños en los patios de los colegios por las encuestas a todo tipo de gente a pie de calle: destino de las vacaciones, trucos para pasar el calor, si iba toda la familia de vacaciones o se dejaban en casa a la suegra... Todo tan ligero, entretenido y tópico como siempre. Las noticias que apetecía ver mientras uno se acababa la sandía y poco antes de la siesta en el sofá de escay. Una siesta que duraría veinte minutos justos antes de bajar a abrir el Mondoñedo de nuevo.

—Peio, voy a necesitar que estés a las seis y media porque va a venir el de la Schuss, que trae otras seis cajas.

Estaba acabando de lavarse los dientes, por lo que la respuesta resultó inaudible. Primer día de vacaciones y empezaba la esclavitud del bar. Las quejas no llegaron a su padre, que ya estaba sumido en sus veinte minutos diarios. Se maldijo de nuevo y se fue a su cuarto que, por suerte, estaba vacío. Vera andaría con el *walkman* por la cocina cantando una romanticona de esas que le encantaban, molestando esta vez a su madre que, con el eterno mandil, estaría acabando de fregar todo.

El cuarto de Peio y Vera no era lo suficientemente grande para ambos. Las dos camas delimitaban un par de espacios bien distintos: por un lado, pósteres de *Superpop* y de *Teleindiscreta*, con un pequeño escritorio lleno de carpetas, cuadernos, estuches de Tarta de Fresa, Cuca Dols y dibujos de Mary Kay, mientras que por el otro se agolpaban cajas de juguetes, ni un libro, solo revistas *Dojo* y del estilo. Un conjunto de gustos totalmente opuesto, un habitáculo esquizofrénico que era testigo de muchas discusiones y frustraciones. Peio aprovechó la ausencia de Vera para lanzarse a la cama y coger el primer juguete a mano para relajarse un poco. No tenía ganas de echarse la siesta, estos no estarían por la calle y en menos de hora y media tenía que bajar a descargar cajas de gaseosas. En su pequeña mesilla, sobre un ejemplar de *Décimo Dan*, descansaba un Telesketch, que cogió casi sin pensar. No es que le entretuviese mucho, pero al menos le relajaba, y desde luego necesitaba relajarse. Las vacaciones no prometían mucho. Desde la sala venían los sonidos de una tele que cada vez ponían más alta.

—¡Bajad eso, parecéis sordos!

Ni caso. Respiró hondo poniendo los ojos en blanco y trató de dibujar un coche lo menos cuadriculado posible. Como siempre, el primer puntito no salía donde uno lo esperaba, pero la pericia de Peio y las horas de entrenamiento le habían convertido en un experto en dibujos con aquel objeto. Incluso escribía cosas legibles, que ya era bastante. Las ruedas del coche le estaban saliendo más que aceptables, tal era su control con ambas ruletitas. Por otro lado, aquella actividad se le empezaba a antojar pueril y casi aburrida, y las atronadoras voces de la tele, sobre todo cuando llegaba la publicidad, y de Vera, canturreando por toda la casa como si se fuese a presentar a uno de esos programas de Televisión Española de nuevos talentos, le estaban empezando a poner nervioso. Ya ni el Telesketch le relajaba. Empezaban las aristas del dibujo a pronunciarse con mayor fijación y frecuencia de lo deseado y acabó por agitar el juguete para que, tras el sonido como de maracas, quedase de nuevo la pantalla con su limpio tono ocre, lisa.

Pero no se la encontró así, una oscuridad se había adueñado de todo el objeto; parecía una televisión apagada. ¿Dónde se encontraba el punto para empezar a dibujar si toda la pantalla se había convertido en un maldito borrón? Soltó una palabrota en bajito para que no le escuchara su madre (su padre y Vera no podían escucharle aunque gritase a pleno pulmón) y volvió a agitar el Telesketch. Maldijo de nuevo al verlo negro. «Joder, todo mal». Y dejó, casi tiró, el juguetito en la mesilla. Aquel verano ya era una pesadilla. Maldecía ser quien era y vivir donde vivía. Nada le podía salir peor. Se levantó, molesto hasta por las ganas de ir a mear. En el pasillo las voces de la televisión y de Vera eran un monstruo polifónico que disfrutaba torturándole. Un sonido al que se sumaban la loza de la cocina y los ronquidos de José el Gallego, su padre.

Encerrarse en el váter, la única puerta con pestillo, parecía la solución, pero no, ahí se escuchaban los gritos de los vecinos y era casi peor. Tenía doce años, no se podía permitir llorar, pero no por falta de ganas. Se sentía atrapado, preso en el agujero de su familia, de su casa, de su barrio. Era todo tan injusto. No conocía a nadie que sufriera tanto como él. Nadie tenía un día a día tan asqueroso. Nadie podía ser tan desdichado a su edad. A nadie podía contarle su vida miserable, ni siquiera a Ava, a la que conocía de siempre. No podía mostrarle la mínima debilidad. Qué pensaría...

Volvió derrotado del servicio a un cuarto que seguía vacío. Regresó a su cama deshecha y cerró los ojos. Trató de pensar en otra cosa que no fuese su vida ni su familia ni el bar ni los botellines de Schuss. Y le volvía a salir Ava, sus ojos, su manera de retirarse el pelo, su sonrisa (cuando raramente florecía en su cara). Le vino aquella vez que, en las piscinas, estuvieron hablando, solos, toda la tarde y los padres se quejaron de haber pagado la entrada para que sus hijos no se bañasen ni una sola vez. Tan a gusto estaban contándose cosas y jugueteando con los hierbajos del césped. No necesitaban nada más. Aquel día empezó a sentir por ella algo diferente. Algo que parecía peligroso, algo que era incapaz de reconocerse a sí mismo. Solo de pensarlo notaba el calor en las mejillas, le desarmaba. Aquella flacucha no, esa no podía ser la elegida. Pero lo era, claro que lo era. Igual la más borde y seca del barrio, una chicazo, como le llamaban los del Juan Pablo II, el colegio enemigo. Pero existía aquella tarde en las piscinas municipales, aquella maravillosa tarde, tantas veces rememorada, en que hablaron y ella pasó de la sonrisa a la risa y de ahí a la carcajada con lágrimas. Aquella tarde que sus padres creían que les habían pagado para darse un baño cuando realmente lo habían hecho para que él se enamorase como un corderito. Aquellos recuerdos, de hacía apenas un año, le reconfortaban tanto como le dolían.

Habían pasado doce meses y seguía siendo incapaz de decirle ni hacer nada. Y ella no daba señales de saber ni sentir lo mismo. Aquel dolor inconfesable le torturaba en silencio y le volvía irascible con su hermana, con sus padres y con todo el mundo. Aquello le hacía tener pocos amigos, y eso le enfurecía más. Desde luego, aquellos pensamientos no iban a relajarle antes de bajar a pringar al bar.

Cerró más fuerte los ojos, como queriendo empujar un sueño que ya no iba a acudir en su ayuda. Tardó en asociar aquel soniquete a algo ajeno a la tele de la salita. Una musiquita que salía de algo en su propio cuarto y que no era la radio. Primero pensó que sería del piso de arriba, pero no.

Se incorporó de la cama y con el rabillo del ojo vio algo moverse en su mesilla. El sobresalto se acrecentó cuando, al mirar, se percató de que procedía de dentro del Telesketch, que había pasado de la negritud a la imagen real de una chica moviéndose de manera espasmódica que no dejaba de mirarle. El soniquete era la musiquilla extrañísima que estaba sonando en el cuarto de aquella chica desconocida. Todo en ella era raro. Tendría su misma edad, pero parecía mayor, vestía ropa extraña, como nunca había visto, y sus movimientos parecían un baile que se basaba en bombear con el culo atrás y adelante muy rápido. Y la música no era menos peculiar. ¿Qué era aquello? «Estoy soñando, al final me he quedado dormido sin darme cuenta». Pero no se despertaba, y la chica del Telesketch volvía a hacer lo mismo, una y otra vez, al cabo de unos segundos.

Al coger el juguete, con miedo, tocó sin querer la pantalla y apareció durante un segundo un corazón.

Y la imagen volvió a empezar.

Era enfermizo. Una y otra vez lo mismo. Se percató de que en la parte derecha de la imagen había una serie de dibujitos y números. Algo absurdo que no acababa de entender. Estaba temblando con el Telesketch en las manos cuando, al volver a tocar la pantalla, vio como la imagen de la chica desaparecía para aparecer un gato que se caía al tratar de coger una galleta de un bote. Si volvía a tocar la pantalla, provocaba distintas reacciones: a veces paraba la imagen; otras, cambiaba y mostraba algo diferente, o hacía que volviese a aparecer el corazón. Una cosa de locos. Parecía que el limitado Telesketch se hubiese convertido en un videojuego que Peio podía controlar tan solo rozando la pantalla con el dedo.

—¿Qué haces tan calladito? Qué raro que no estés dando voces todo enfadado. —Vera entró avasallando y sobresaltó a Peio, cuya primera reacción fue esconder el Telesketch como si se tratase de una revista porno.

—¿Por qué no llamas antes de entrar, niñata?

—¿Porque es también mi cuarto? —exageró la pregunta irónica abriendo mucho los ojos, como en las series de humor estadounidenses—. ¿Qué estabas haciendo? Estás todo rojo y has escondido algo debajo de la sábana.

—¿Y a ti qué te importa? —lo dijo por instinto, pero realmente estaba deseando contárselo a alguien. Necesitaba echarlo fuera, buscarle una explicación y, maldita sea, Vera era muy espabilada. Igual daban con la solución a esa locura—. ¿Vera?

La hermana, que sabía que cuando Peio empezaba una pregunta con su nombre era porque, en el fondo, necesitaba algo de ella, se hizo de rogar. Pero estaba deseando averiguar de qué se trataba, con lo que el teatro no se alargó mucho.

—¿Sí, Peio? —Resultaba irritante para su hermano y eso le divertía.

—¿Si te enseño una cosa prometes no decirlo por ahí como haces siempre?

—No te lo prometo, ya sabes que me gusta chismorrear de todo...

—Pues que te den.

—Es broooma, ¿de qué se trata? —Efectivamente, Vera hablaba como los repelentes niños de las series estadounidenses.

No es que Peio se fiara mucho de su hermana, sabía que ella le haría sudar todo lo que pudiese, pero también tenía claro que, si Vera sabía que era importante para él, su boca, de cara a los demás, estaría sellada. Así que no vaciló mucho y acabó por sacar el Telesketch que guardaba bajo la sábana. Y se lo puso frente a la cara. Vera levantó ambas cejas.

—Bonito dibujo.

—¿Pero qué dices? —Peio no podía creer que su hermana no reaccionase a aquel suceso y siguiese el vacile. Giró la pantalla hacia él y descubrió, con chasco, que de nuevo era el mismo Telesketch de siempre, con unas torpes líneas, garabatos de niño pequeño—. Pero esto estaba... —No pudo seguir, porque, dijese lo que dijese, iba a resultar ridículo. Parecía una broma de *To er mundo e güeno.*

—Prometo no decir nada, Peio. —La guasa continuaba, con lo que, humillado, el hermano mayor decidió no seguir con la conversación.

De la televisión de la salita venía la omnipresente «Pánico en el Edén». Desde que fuera la canción utilizada para la Vuelta a España hacía un par de meses, sonaba por todas partes, sobre todo cuando se hablaba de ciclismo. José, el padre de Peio, ya se había despertado y se sirvió otro solo con chorrito antes de bajar a abrir el Mondoñedo. Toda su vida había sido trabajar, y tanto era así que no se sentía esclavo para nada. De hecho, las pocas veces que en el pasado había tenido unos días de descanso se había sentido raro, incluso mal, como que le faltaba algo. El bar era su vida, detrás de la barra se sentía realizado, aunque no eran unas palabras que él hubiese dicho. Se sentía bien, era su hábitat, su reino, la gente le respetaba y le quería. No le suponía nada madrugar ni acabar tarde cuadrando la caja con aquellas montañas de monedas que se multiplicaban a partir de las ocho o cuando había partido. Era un hombre afortunado, así se sentía, por haber conseguido abrir su negocio en Euskadi, tan lejos de casa, y haberse hecho un hueco en aquel barrio tan arisco por un lado y tan familiar por otro. Aunque no era especialmente sonriente ni bromista, sí se podía decir que era una persona feliz, a pesar de la morriña. Esa felicidad era la que tanto le fastidiaba a su hijo Peio. Le molestaba que su padre fuese tan conformista, que todo le pareciese bien, que tuviese esa especie de aceptación de la vida de perros que vivía. Estaba lejos de compadecerse de él, más aún de aceptarle y sentirse orgulloso de su padre. Estaba rabioso por hacerle esclavo a él de un trabajo que esclavizaba a su padre y que no se diera ni cuenta, pero a su vez se sentía en parte obligado, y no por su padre, a seguir con el negocio y echar una mano en lo que pudiese. El incidente con el Telesketch echó más leña a la ira de Peio, que notaba cómo le ardían las mejillas y cómo tenía que hacer esfuerzos para no llorar delante de su hermana, que había vuelto a ponerse los cascos del *walkman*. Qué injusto era todo aquello. Pero la rabia no le hacía olvidar la situación tan absurda que acababa de vivir a solas. Necesitaba tener la confianza suficiente para contárselo a alguien que no le tomase por loco. Hizo un barrido mental de la gente a la que podía recurrir y solo le vino un nombre: Ava.

3
Hawái-Bombay

> Al ponerme el bañador,
> me pregunto cuándo podré ir a Hawái.
> Al untarme el bronceador,
> me pregunto cuándo podré ir a Bombay.
>
> MECANO (1998), «Hawái-Bombay»

1984

En la canción de Petete «Las cuatro estaciones» ya se avisa de que el verano es el momento en que empieza el calor, se cierran los colegios y se juega. En verano parece que llega, de la nada, la felicidad. Hace buen tiempo, gran parte de la población está de vacaciones y no es la estación de los desamores. En pocas canciones se sufría por un desamor de verano, al contrario, la pena venía cuando el Dúo Dinámico decía, lánguidamente, aquello de «el final del verano llegó y tú partirás...». El pesar, las parejas rotas, las notas apresuradas con direcciones postales «para escribirnos cada día», aunque luego nunca era así. Perales le dedicaba buena parte de su obra al otoño; en cambio, los Beach Boys vivían en una fiesta veraniega constante, con fogatas en la playa, guitarras y tablas de surf clavadas en la arena, junto a las dunas. Chicos y chicas disfrutando de su juventud, nihilismo a tope. Ese era el verano, como las comedias españolas de la tele en las que José Luis López Vázquez, Alfredo Landa o Juanjo Menéndez corrían tras las turistas, metiendo tripa en los chiringuitos, a espaldas de sus mujeres. El verano era el olor a Nivea y arena, a salitre y rabas (o chopitos); era tener las manos pringosas porque el Calippo se había derretido (el que dice Calippo dice un Frigurón, un flash, un Colajet...). Era tener los brazos quemados porque «nunca te echas crema». Era dejar de hacer el castillo de arena porque un avión estaba tirando balones inflados al mar. Era el coche ardiendo a pesar del parasol que regalaban en el banco. Los veranos se habían inventado para ir al pueblo a ver a los abuelos, a reencontrarse con los amigos, a pasar tres meses con el mismo uniforme; *rockies*, cangrejeras y una camiseta. Para volver a montarse en la bici que, con telarañas, esperaba en el cuarto de la leña y, por qué no, para enamorarse y sufrir por la distancia el resto del año.

El verano era eso y muchas cosas más, pero no para nuestros protagonistas, que ni siquiera disfrutaban de un helado por día. En cambio, había muchos deberes y mucho que repasar para el próximo curso, «porque séptimo dicen que es muy chungo, más que octavo». Cuando se llevaba todo el curso esperando las vacaciones y estas, a última hora, se torcían, el sentimiento de injusticia y de «todo me pasa a mí» se multiplicaba. Y doce años eran suficientes para empezar a recibir los primeros bofetones de la vida. Todos ellos tenían razones de sobra para sentir ese revés que, a esa edad, se sufría como el mayor de los dolores, como cuando la chica que te gustaba bailaba con otro en la verbena y los veías desde lejos, fuera de la fiesta.

Era el momento del año en que los niños vivían lo que, con el tiempo, serían sus primeros recuerdos a largo plazo. Nunca se dice «el invierno de mi vida», en cambio, «el verano de mi vida» es un tópico asociado a canciones, películas, novelas... Por eso era importante recalcar el estado anímico de Ava, Peio, Koldo, Piti y Vera, aunque esta última nunca parecía sufrir realmente, quizá por ser la más pequeña del grupo, un año solo, pero suficiente para ver todavía la vida desde otro ángulo, uno muy romantizado por las revistas para fans de las que era, claro, fanática. Algo tenía el haber cumplido los doce y estar acabando sexto con un sentimiento como de despertar. Como si tener una docena de años fuese una primera etapa, decisiva, para empezar a hacerse mayor. Al menos así se sentían de alguna manera. Y Vera aún no estaba ahí. Ese año, sin duda, los contratiempos se habían cebado con ellos y se encontraban encerrados en un barrio que, además, tenía las piscinas municipales en obras desde que, por una negligencia nunca aclarada, hubo que cambiar las cañerías de los alrededores Por lo menos parecía que el buen tiempo iba a llegar por fin, y se esperaba alguna que otra excursión a la playa.

—Lo malo del calor de aquí es que es muy húmedo, no es como en el Sur, que es seco, pero asfixia menos.

Las conversaciones que intercalaban frases como esta se repetían en el mercado año tras año, con cada cambio de estación o simplemente si un día, inesperadamente, no amanecía gris. Era fácil acostumbrarse a las nubes, al frío y al sirimiri. Pero ahí estaba el sol, puntual a su cita, preparado para provocar el verano más asfixiante que se recordara en muchos años.

Los habitantes del pueblo acogieron con ganas aquel clima benigno porque el verano anterior, en cambio, se produjeron grandes inundaciones cuyos estragos, doce meses después, todavía eran visibles. En diferentes zonas del Casco Viejo se habían colocado chapas conmemorativas para indicar hasta dónde había llegado el agua, aunque ciertamente en Zuloa se las podrían haber ahorrado, ya que en varias fachadas podían verse aún desconchones y manchas verdosas de humedad que marcaban el límite de las inundaciones sin que se necesitara ninguna placa.

Las calles, muchas de ellas sin un asfaltado digno, recordaban a los caminos de cabras de los pueblos, y las trochas traseras que servían de atajo, llenas de socavones y maleza, eran poco recomendables si no querías clavarte algo peligroso. Aun así, eran los recodos favoritos de los más pequeños, que aprovechaban lo angosto y no muy luminoso del lugar tanto para jugar al escondite como para no estar siempre a la vista de los mayores.

Zuloa no era un barrio especialmente luminoso, pero la gente impedía que resultase lúgubre, ya que había mucha vida en la calle y en los negocios de continuo. Estaba, eso sí, deprimido, envejecido y depauperado, pues había sido azotado por sorpresa un año antes por la aprobación del PSOE de la reconversión industrial. No pocos vecinos de Zuloa habían trabajado en Sestao y Barakaldo en Altos Hornos de Vizcaya y se habían encontrado con una jubilación forzosa cuando supuestamente la cosa era ayudarlos, y habían tenido que asistir al desmantelamiento de buena parte de las instalaciones. Las inundaciones no contribuyeron a mejorar precisamente, y Zuloa, como muchos barrios periféricos, quedó en el olvido.

Ni siquiera se hizo un mantenimiento de los restos del búnker de los años treinta que quedaban en el descampado, lugar donde aparcaban los camiones de las obras y los coches y que servía, aparte de refugio de los yonquis y de lugar de juego de los niños del barrio, como solar para realizar las sanjuanadas. Esos restos de la Guerra Civil estaban en proceso de ser considerados patrimonio y, mientras, sus paredes estaban llenas de pintadas, botellines de El Águila rotos, jeringuillas, páginas arrancadas de revistas porno, neumáticos e incluso restos de un lavabo. Ese descampado, el paraíso del tétanos, era el lugar de juegos preferido de los chavales, para horror de sus padres, que ya hacía tiempo que se habían rendido en su lucha por que fueran a divertirse a un lugar menos tóxico. Allí se echaban partidos usando palos o jugaban al fútbol con jerséis tirados en el suelo a modo de porterías, las niñas saltaban a la goma o a la comba, se cambiaban cromos repes..., era como un gran mercado de juegos. Allí era donde poder encontrarse con los amigos sin necesidad de haber quedado previamente. Ese descampado era testigo mudo de no pocos besos y magreos de noviazgos en ciernes. Muy lejos de convertirse en un tabú por su peligrosidad, era, junto al mercado y el Mondoñedo, uno de los epicentros sociales del barrio. Además, ahí se encontraba la fuente donde muchos vecinos acudían con botellas y damajuanas si querían beber, cocinar o lavarse.

—Pues dice la *Pronto* que Julio Iglesias siente nostalgia por la Preysler.

—Ya te dije que está muy enamorado. Él quería que fuese la definitiva...

—Sí, ¡jaja! Hasta que vuelve a los conciertos por allá y le ven un día con una y otro con otra...

—A mí me maravilla, tiene un gusto cantando...

—Bueno, ¿y qué más trae esta semana?

—Pues hablan de la muerte de Marilyn y lo del desgraciado ese que mató a los hijos en Barcelona...

—Qué hijo de... mala madre... —Paquita rectificó al ver entrar en la carnicería a Koldo. Pobrecito, con ese parche color carne en el ojo izquierdo, «el ojo, vago, pero debe de ser un hacha en el colegio, muy bueno en matemáticas, y es tan educado...».

Koldo era hijo único, el tercer intento de sus padres, el que consiguió nacer generando en sus progenitores un estado de alerta constante, un miedo cerval a que le pasara cualquier cosa. Cuando en la óptica le vieron unas dioptrías, el evento se vivió con pesar. Cuando la tutora les comentó, de muy pequeño, su personalidad psicomotriz, el drama se instaló unas semanas. Incluso el hecho de que no presentara interés especial por el sexo opuesto les llegó a causar cierta angustia y alguna que otra noche de desvelo. Ellos solo querían que su hijo fuese normal, aunque eso no era real del todo. Nadie quería un hijo del montón, sino un portento en algún campo, y desde luego Koldo lo era, sobre todo en matemáticas. Era el empollón de la clase, aunque desde que compraron el Beta empezó a interesarse (obsesionarse) por las películas y ya no eran todo sobresalientes y notables, lo que provocó en sus acostumbrados padres un nuevo motivo para angustiarse.

—Ahora que parecía que el pobre empezaba a destacar en clase —dijo su madre cuando creía que su hijo dormía—, y es que creo que esos amigos con los que va tampoco le vienen muy bien. Los hijos de los del bar, la hermana de los gemelos y el otro que parece alelado.

—Son buenos chavales. —Quiso apaciguar su marido, que sabía que su mujer era imparable cuando empezaba la batería de críticas, sobre todo si era para poner bien a su Koldito—. Y le tienen en cuenta, acuérdate de cuando en clase le llamaban Pepe Soplillo y…

—Pero era por las gafas, que le estaban pequeñas y le sacaban un poco las orejas —atajó la madre coraje.

—Lo que quieras, pero fueron los hijos de los del bar, la hermana de los gemelos y Pedro los que daban la cara por él; y siempre le llaman para quedar. Yo creo que estar en grupo le ha venido muy bien. Ha mejorado mucho y ya nos cuenta las cosas del cole, acuérdate de que era como una ostra cerrada.

—Mejor le vendría estar en otro grupo, he oído que los llaman los raritos, y ya están en sexto…

—¿Y qué tiene que ver?

—Mucho. Están en el ciclo superior, tendrían que ser los jefes del cole, no los pardillos.

El padre no daba crédito a lo que estaba escuchando, de pronto su mujer hablaba como los chavales en el parque. Optó por no seguir la discusión por si se despertaba Koldo y porque él mismo tenía sueño y se levantaba todos los días a las seis para ir a la fábrica. Apagó la luz de su mesilla, mientras que Carmen se quedó un poco más leyendo *Caballo de Troya*. En su cuarto, Koldo suspiró aliviado al dejar de escucharlos. Estuvo pensando un rato en lo que había dicho su padre. Desde luego, tanto Ava como Peio, y sobre todo Piti (así llamaban a Pedro), le habían ayudado mucho el curso pasado. Nunca le habían llamado cuatro ojos, Pepe Soplillo ni se habían reído cuando le pusieron un parche adhesivo por lo del ojo vago. Nunca había sido gordo, pero su constitución era más fuerte que la de muchos de sus compañeros; eso, unido a las gafas, el pelo ensortijado y su torpeza crónica, le había convertido en uno de los sacos de boxeo en cuarto y quinto. Si no hubiese sido por sus amigos, los raritos, haría más caso a su madre y estaría mucho más acomplejado. Al menos tenía unas personas en las que confiar y resguardarse, ya no estaba solo. Ya no le importaba ser brillante en clase. Además, ahora tenía el carnet número 1223 del videoclub Zafiro, un paraíso al que acudía los sábados nada más levantarse. Había descubierto que las películas eran otra parcela, como los amigos, donde no tenía que fingir ser quien no era, y pronto se dejó deslumbrar por ese nuevo mundo que parecía de ciencia ficción. Las baldas con todas las carátulas acolchadas en fila, repasar una y otra vez los títulos, aprenderse cada foto y las sinopsis, y soñar con cumplir al menos trece años para acceder a más títulos. Las de dieciocho ya eran el santo grial, inaccesibles. Y no hablemos de las que había en la balda más alta. Koldo se ponía rojo solo con subir furtivamente la mirada. Un día llamó a Piti para que le acompañara al videoclub solo para echar un vistazo rápido a aquellas películas X.

—A ver, vosotros, o cogéis una peli u os largáis. —Ramiro, el dueño del Zafiro, odiaba dos cosas con toda su alma: su trabajo y los niños—. Les voy a decir a tus padres que vienes con amigos a mirar las carátulas de las porno, ya verás como dejas de ver pelis.

La reacción de ambos niños, avergonzados, fue salir corriendo del videoclub, no parar hasta que llegaron al descampado del búnker y estallar allí en una carcajada nerviosa.

—¿Tú crees que se chivará a mis padres? —La preocupación de Koldo iba en aumento. Veía como de un plumazo se le acabarían las pelis de ninjas, de risas y las de Disney con carátula blanca, las que no eran de dibujos.

—No sé, pero me he cagado vivo…

Obviamente, Ramiro nunca dijo nada a los padres de Koldo, principalmente porque estos casi no iban por el videoclub y porque el dueño ni los conocía. Para él todos los niños y adultos que entraban al Zafiro eran iguales, solo quería que dejasen su dinero, se largasen y volviesen al día siguiente con la película en perfecto estado y rebobinada. Así que Koldo no tuvo problemas y siguió yendo a alquilar películas con el miedo de ser reconocido por el cascarrabias del dueño.

Koldo tenía una facilidad enorme para despertar ternura a todo aquel que le conocía. Posiblemente tenía que ver su imagen vulnerable con las gafitas eternamente rotas, su curiosa vestimenta como de adulto, su educación exquisita y la lástima que inspiraba por ser hijo de quien era, de la histérica y el calzonazos. En el fondo se trataba de una mezcla de ternura y pena que no le ayudaba a desarrollarse fuera de los límites de la autocompasión y los complejos. Solo sus amigos le ayudaban a superar los días. Eso y las películas que alquilaba en el videoclub Zafiro, que le evadían y le convertían en lo que no era. Porque ese era uno de sus mayores problemas, que no podía ser lo que realmente era. No podía quejarse de que las marujas tardasen tanto en la carnicería por chismorrear sobre la vida de los famosetes; no podía contestar a Ramiro y decirle que era un amargado y que lo mejor sería que dejase el videoclub y se encerrase en su casa para no ver a nadie; no podía soltarle cuatro frescas al borde de Juanjo, el profesor de gimnasia, por humillarle cada vez que se bloqueaba frente al plinto o el potro. No podía enfrentarse al cabrón de Rocky, el repetidor, incluso darle un puñetazo como los de las películas, esos que tiraban al suelo. Y, sobre todo, no era capaz de decirles a sus padres que si era así era por su culpa, que él no era responsable de haber nacido, que dejaran de amargarle y sobreprotegerle.

Toda esa negrura se le pasaba en días en los que salía la *Teleindiscreta* y podía repasar las fichas de todas las películas, marcar las que le interesaban, escribir en un cuadernito las que veía y añadir estrellitas en función de si le habían gustado más o menos. Ese protocolo lo realizaba con meticulosidad, como si fuesen apuntes de clase. Era enfermizamente ordenado y responsable, aunque su nueva pasión cinéfila había provocado una leve bajada en su rendimiento en el colegio. Aun así, seguía siendo el que mejores notas sacaba, y ser amigo de los chicos le ayudaba a no formar parte del grupo de los cutres más cutres, de los parias. Era consciente de todo eso, pero tampoco se dejaba llevar por el drama, no tenía predisposición a la depresión, no por falta de razones, pero había algo dentro de él, quizá ser el empollón, que le subía un poco la moral. Eso y que ese día salía la nueva *Teleindiscreta*.

Las marujas seguían charlando sobre Julito y la Preysler, sobre Marilyn, horóscopos y recetas, pero Koldo esperaba paciente, con otro talante. Le gustaba no tener que ir a clase a demostrarse que era el mejor en algo. Tenía por delante muchos días para bajar al videoclub y descansar, a pesar de que tendría que aguantar sobre todo a su madre más horas al día, y eso también era agotador. Pero ya no se sentiría culpable por los miedos de ella. Ya no.

A pesar de ser laborable, los días de peli eran los viernes y los sábados, le habían dejado ir al Zafiro y alquilar dos películas. Una para él y otra de vaqueros o de guerra para su padre, a poder ser tolerada, algo difícil.

—*Ama*, las bélicas o del oeste son, por lo menos, no recomendadas para menores de trece años —le repetía a su madre cada vez que esta le recordaba la misma cantinela. Nada, tendría que ser tolerada, por muchos tiros que hubiese, eso sí, ni una gota de sexo, eso era tabú.

Recorría con la mirada las baldas, que se sabía de memoria. Pocas novedades las últimas veces, seguramente el verano no era buena fecha para traer nuevos títulos, o eso, o Ramiro era el tacaño que parecía. Alquilar las películas era cien pesetas más caro que en cualquier otro videoclub, pero era el que les pillaba más cerca, y ahí no había discusión posible. No le dejaban bajar al Casco ni al centro a él solo para alquilar las mismas pelis que había justo debajo de casa. «Ellos sabrán —pensaba para sí—, al final las pagan ellos». La única tolerable que encontró de las que quería su padre fue *Por mis pistolas*, una comedia del oeste protagonizada por Cantinflas. También había pelis de ninjas, de terror cutres, de Ozores y las de Jaimito, que aprovechaba a alquilar cuando sus padres no estaban. Ramiro torcía el gesto, pero luego le dejaba llevársela sin decir nada.

Aquel día, como sus padres no tenían plan, decidió coger *En los límites de la realidad*, una película de historias cortas. Una de ellas la dirigía el de *E.T., el extraterrestre*.

El calor era insoportable, y no había nada que Koldo odiase más que sudar. Notar la espalda pegada a la camiseta, tener empapado el pelo sobre las orejas o en la nuca..., pero lo peor era que se le empañasen las gafas y tener que repasar el parche para que no se despegase del todo. Había sacrificado el helado por una película, con lo que solo le quedaba subir a casa y prepararse una jarra de agua llena de hielos haciendo caso omiso de los miedos de su madre. En cambio, el mayor de sus temores irrumpió en una esquina.

—Vaya, si tenemos al cuatro ojos, el amigo del cerdo ese de Ramiro, ¿te molan los viejos?

Rocky, el eterno repetidor, apareció rodeado de sus cuatro colegas, como siempre; los cinco macarrillas de trece años de 6.º B (Ava, Peio, Koldo y Piti iban a 6.º A) tenían aterrorizado a medio barrio. Habían sido expulsados varias veces, pero ni sus padres ni los profesores podían con ellos. Se portaban mal, extorsionaban a los alumnos de cursos inferiores, fumaban en los váteres del Viuda de Epalza y se lo pasaban en grande cuando les mandaban a Dirección. Eran salvajes y peligrosos. Vestían con camisetas negras de Megadeth o Iron Maiden a las que habían cortado las mangas y vaqueros llenos de agujeros (sin parches ni rodilleras como el resto de niños del barrio a los que se les rompían). A Roberto todos le llamaban Rocky porque corría la leyenda de que había tumbado de un puñetazo a uno de octavo. Nadie lo había visto, pero la noticia corría como la pólvora y ninguno estaba dispuesto a ponerlo en duda, bien por miedo, bien por morbo. Sin dejar de fumar, se acercó a Koldo con andares de malote de película.

—Te he preguntado si te van los viejos, estás todo el día en el videoclub. ¿Veis pelis porno juntos? —Sus secuaces estallaron en una carcajada tan escandalosa como impostada.

—Tengo que irme —fue todo lo que Koldo acertó a decir. La voz le temblaba.

—¿Qué llevas ahí? ¿Alguna peli guarrilla? A ver.

Sin que Koldo pudiera evitarlo, Rocky le arrebató las dos cintas y las tiró sin mirarlas siquiera.

—Vaya, el gordito está sudando como un cerdo. ¿Llevas pasta? ¡Que si llevas pasta!

Antes de poder responder, Rocky le dio un bofetón más sonoro que fuerte. En un acto reflejo, Koldo se zafó, cogió las dos películas y se fue corriendo, dejando atrás a los cinco macarras, que se reían.

Una vez ya fuera de peligro y frotándose aún la mejilla, Koldo recuperó el aliento y las pulsaciones volvieron a la normalidad.

—Pareces un zombi.

La voz de Piti le sacó de sus pensamientos. Pedro, que era el verdadero nombre de su amigo, estaba obsesionado con el tabaco. Veía a los mayores en la tele, en las pelis, en los bares, en el autobús, incluso el médico. Todos fumaban. Y él se moría de ganas por probar un cigarro. O un piti, como decían los chulitos del barrio. De ahí su mote.

Pedro, o Piti, era el mejor amigo de Koldo. Compartían complejos, ambos eran torpes en manualidades y gimnasia y fueron los primeros en jugar juntos en el patio del Viuda de Epalza. Al principio, incluso, veían a Peio como uno de los guais y querían ser de su grupo. Luego, al conocerle, descubrieron que no todo en la vida eran los músculos y se les cayó el mito. Al igual que Koldo, Piti no era el elegido para los equipos de ningún juego. Pasaba desapercibido y apenas nadie le tenía en cuenta, ya que tampoco él hacía nada por destacar. Era de hablar poco, no daba su opinión casi nunca, ni con los amigos, y era muy difícil adivinar en qué podía estar pensando. Pero el que le conocía sabía que podía contar con él, no porque demostrara incondicionalidad, no demostraba nada nunca, sino porque siempre estaba ahí, y eso en el barrio ya era un triunfo.

Sus padres nunca le dieron pautas de nada, no querían que tuviese otros amigos o que destacase en nada, ese era el problema, que también pasaba desapercibido para ellos. Era lo malo de ser el segundo hijo, sobre todo cuando el primogénito, que iba para soldado, había fallecido años atrás por culpa del caballo. Era imposible luchar contra eso. Así que Piti decidió precisamente no decidir, no opinar, ser un espectador y que nadie le molestase. Y le funcionaba.

El saludo que pudo dar Koldo apenas fue un leve movimiento de cabeza, no tenía fuerzas ni para hablar. Entre ellos no hacía falta más, tenían una relación que iba más allá de las palabras. Se entendían como nadie; de hecho, tampoco Piti parecía demasiado animado aquella mañana. Su padre ya se había ido cuando se despertó. Otro día que no sabían dónde podía estar. A veces, desde lo de su hermano mayor, su padre se iba de casa y tardaba en volver, horas, incluso más de un día. Algo que su madre no parecía querer o poder discutir. A su vez, ella también se comportaba de manera ausente, con lo que Piti también se iba a la calle a dar vueltas, a buscar a sus amigos o a pasear solo, como en esa ocasión en que se encontró con Koldo a la salida del videoclub. Estuvieron unos minutos caminando sin rumbo uno junto a otro y como por inercia acabaron yendo al Mondoñedo a ver a Peio.

Nada más entrar reconocieron la música que sonaba en el bar. Una de esas cintas que recopilaban canciones, desde Mecano, Olé Olé o Miguel Bosé hasta La Polla Records, Kortatu o Eskorbuto. Un maremágnum sonoro que era muy común por el barrio. La barra estaba vacía, pero sabían que esa BASF de sesenta minutos no la había puesto José el Gallego, desde luego. De esa cinta al padre de Peio solo le gustaba la de «Miña terra galega», que le generaba mucha morriña.

Tanto en la barra como en las mesas estaban los de siempre, los jubilados y parados que se habían convertido en parroquianos. Cafelitos, caldos y alguno ya el primer vino del día. En la puerta esperaba un grupito de niños más pequeños que cedieron el paso a Koldo y Piti. El Mondoñedo era uno de esos bares donde tanto podías pedir un café como echar la quiniela o comprar el periódico. Dejó de vender pan para no tener líos con Tensi, la de la tienda de chuches de la esquina, aunque en la barra, tras una vitrina, además de tortillas de patatas y gildas había Phoskitos, sobaos pasiegos y algún dulce plastificado más. En las baldas de cristal donde reposaban las botellas de coñac, whisky y ginebra colgaba una bufanda del Dépor. La pared estaba repleta de recuerdos en forma de fotos y cuadritos enmarcados: desde los abuelos de Peio en una imagen antigua con vacas hasta la instantánea de José con Juan Pardo una vez que, por un concierto que dio en Bilbao, acabó en el bar provocando no poco alboroto. Todo el bar era una suerte de álbum de fotografías y recuerdos del dueño. Aunque aquel local no era el único de su clase en Zuloa, era al que acudía más gente y se había convertido en una especie de centro gallego donde se juntaban todos aquellos que habían venido a trabajar.

Por la puerta del almacén apareció un sudado Peio cargando un barril de cerveza que iba a purgar. Justo en ese momento, el grupito de niños que esperaba en la puerta entró a tropel hacia la barra.

—Peio, Peio, ¿tienes chapas?

—¿Me dejáis que llegue? —dijo fingiendo estar molesto. En el fondo le conmovía que los niños viniesen a pedirle chapas como había hecho él dos años antes en otros bares. También le gustaba que le llamasen por su nombre, eso le hacía sentirse mayor e importante. Sacó una bolsa llena de chapas de botellines de cerveza, agua y gaseosa y se las entregó—. No las raspéis, que así resbalan peor, ni las rellenéis con plastilina que luego pesan más.

Koldo y Piti observaban la escena y asentían como si fuesen unos viejos experimentados. Con doce ya se sabía mucho de la vida, y sobre todo de las carreras de chapas.

—Tampoco las forréis con cristal, que también pesan —se vino arriba Koldo. No había como hablar con niños más pequeños para restaurar la autoestima de uno. Piti y Peio asintieron a su vez.

Los niños salieron corriendo sin hacer mucho caso a los sabios consejos, ni siquiera se despidieron, y en el bar empezó a sonar un tema de Leño, el grupo favorito de Peio.

En el barrio ya empezaba a notarse el ajetreo de los coches cargados hasta las cartolas de maletas y de familiares que se marchaban discutiendo a pleno pulmón; aun así, todo resultaba mucho mejor y apetecible que quedarse todas las vacaciones en el mismo sitio. No consolaba ver las noticias de los grandes atascos, la temida operación salida. Mucho peor era la operación quedada. Pero no era cuestión de estar tres meses lamiéndose las heridas.

—¿Qué has alquilado? —preguntó Peio a Koldo al verle con el pedido de la carnicería y las dos películas.

—Una de Cantinflas para mi padre y otra de historias de fantasía, una la dirige Spielberg.

—¿Quién?

—El de *E.T.*, *Indiana Jones*...

Para Koldo hablar de películas era, a menudo, hablar de directores y actores. Daba por hecho que todos conocían más allá del título de la película. Y era frustrante cada vez que tenía que aclararlo.

—A mi padre le gustaba Cantinflas —comentó Piti, que se sorprendió a sí mismo por haber retenido un dato sobre la personalidad de su padre y, sobre todo, por el hecho de hablar de él en pasado.

—¿Ya no le gusta? —quiso saber Peio, que les estaba sirviendo una Fanta, gratis, a cada uno.

—No sé..., hace tiempo que no hablo mucho con él.

Se hizo un silencio tenso, pero no del todo incómodo. Koldo y Peio volvieron a darse cuenta de que la vida de Piti era un misterio, pero había algo en su laconismo que les impedía seguir preguntando. Lo mejor era cambiar de tema, pero esta vez no hizo falta porque apareció Ava por la puerta, justo en el momento en que en la BASF de sesenta apareció Paloma San Basilio cantando «Juntos», feliz coincidencia que Peio agradeció.

—Hola, tíos, ¿qué tal? Peio, vaya moñeces que pones en el bar. —La entrada de Ava a los sitios solía ser arrolladora. Peio corrió a cambiar de canción con una rapidez de la que se arrepintió al momento. No podía exponer de aquella manera tan torpe sus sentimientos. Las siguientes canciones de la cinta eran «Amante bandido» y «Ni tú ni nadie», y acabó dejando una al azar.

*Era una chica muy mona
que vivía en Barcelona...*

Ava sonrió con malicia y se sentó junto a Koldo y Piti, que estaban apurando la Fanta. La habitual autosuficiencia de ella estaba algo atenuada por cierta premura que no acertaban a localizar. Era difícil saber si esos nervios provenían de algo bueno o no. Pero no duró mucho la incógnita.

—Chicos, tengo algo que contaros. Algo que me ocurrió la otra tarde y que es alucinante. Pero tenéis que guardarme el secreto, porque es algo muy fuerte. Solo os pido que me escuchéis sin cortarme y que no penséis que estoy loca.

—Va a ser difícil... —dijo Vera apareciendo de la nada, o mejor dicho del almacén.

—Genial, ya estamos todos —exclamó Ava con sinceridad.

—Sí, genial... —dijo irónicamente Peio poniendo los ojos en blanco.

El relato de Ava no escatimó en datos. La narración fue, aparte de entusiasta, muy rigurosa. Contó todo lo del juego y el problema con el monitor que se puso en contacto con ella tal y como fue. Una anécdota como aquella, en otra persona, hubiese resultado inaceptable, ridícula, pero Ava era una niña que no hablaba por hablar. Podría haber dicho que había visto una vaca con tutú y sombrilla por la calle y a nadie le habría cabido la menor duda de que así había sido. Sus amigos la escuchaban con la boca abierta, incluida Vera, que solía reírse de esas cosas. En ese momento solo estaba Baldomero, Baldo, en el bar, pero no era sospechoso de ser un cotilla. Siempre estaba sentado en la mesita del fondo, con su vino, mirando por la ventana, como queriendo con eso recuperar otros tiempos. Era un borrachín, pero no se metía con nadie y solía caer bien. Cuando Ava acabó de contar la historia se quedaron todos en silencio, parecía que se había detenido el tiempo. No sabían qué decir ni adónde mirar.

—Bueno —preguntó por fin Ava—, ¿qué os parece?

Después de unos segundos de incertidumbre, el silencio fue roto por Peio, que miraba por el rabillo del ojo, con miedo, a su hermana. Finalmente se tiró a la piscina.

—Pues a mí también me ocurrió una cosa muy rara ayer.

4

Donde haya aventuras que correr

1984

De pronto los cinco amigos de Zuloa del grupo de los raritos del Viuda de Epalza, que habían visto cómo sus vacaciones de verano se iban por el desagüe, tenían algo entre manos que los motivaba, más que nunca, a quedar; y eso era descifrar, si podían, los dos accidentes tecnológicos que habían sufrido Ava y Peio.

Por delirante que pareciese nadie dudó de su palabra, tales eran las ganas de ser rescatados de un tedio de tres meses. Eso y que no eran ajenos a *La puerta del misterio*, el programa de Fernando Jiménez del Oso, que aportaba enigma y algo de pasión a una programación televisiva un tanto seca y gris.

—Está claro que son señales —se aventuró Koldo—, algo parecido vi en una película…

—Ya, pero esto no es una película —aseveró Peio visiblemente alterado—, aparecieron en el Telesketch unas imágenes como en la tele, y me sentí como si pudiese manejar con las manos lo que aparecía.

—Y desde luego —completó Ava— lo de que las líneas de codificación del Spectrum me hablasen directamente a mí, llamándome por mi nombre, fue real. Muy raro, pero real.

Volvió a hacerse el silencio. Nadie sabía qué añadir, en ese punto cualquier cosa podía parecer una tontería. Ni siquiera Ava, tan segura siempre, con la respuesta exacta en la punta de la lengua, acertaba a encontrar una solución, una explicación lógica a lo que estaba pasando. ¿Y si Jiménez del Oso no fuese un loco y, efectivamente, podían ocurrir cosas paranormales? Ella no era muy crédula en esos temas de ovnis, ouijas y cuentos de abuelas supersticiosas, pero mucha gente creía a pies juntillas aquellas historias y, por primera vez en sus doce años, dudó. Y esa fisura amenazaba con volverse una grieta enorme que le echara abajo todas sus certezas, que a esa edad tampoco eran tantas. Tenía que reconocer que lo del Telesketch de Peio era aún más raro que lo suyo. Que aquella pantallita dorada donde se dibujaban torpes trazos se hubiese convertido en una especie de televisión, que pudiera cambiar lo que se veía con solo tocar la pantalla... Vaya movida.

Obviamente, a ninguno de ellos se les ocurrió contar lo sucedido a nadie fuera del grupo. Bastante fama de raritos y parias tenían ya en el colegio y en el barrio como para ir dando más razones con sus historias de extraterrestres y cosas por el estilo. Eso lo tendrían que resolver ellos solitos, y no tenían nada mejor que hacer en todo el verano.

—Ya, pero ¿y ahora qué hacemos? —En esa ocasión la iniciativa la tomó la joven Vera—. ¿Esperar a que ocurra otra cosa extraña?

—Podríamos encender el Spectrum de Ava y el Telesketch de Peio y hacer guardia, por si hay alguna nueva pista —Koldo musitaba cada palabra, como con miedo, no queriendo resultar ridículo.

—Me parece buena idea. —Piti sorprendió a todos, nunca daba su opinión. Quizá por eso aceptaron de manera unánime la proposición de Koldo.

—Pero ¿cada uno en su casa o todos juntos en una?

—Mis hermanos nunca están en casa, y tengo todo el jaleo del monitor en mi cuarto —Ava se mostraba excitada—, podéis venir a la mía. Además, quiero enseñaros algo.

Se acercaba la hora de comer y se rompió de manera instantánea la reunión, emplazando a las cuatro y media la visita al cuarto de Ava. Peio se quedó solo en el Mondoñedo, con la única compañía del silencioso Baldo, que seguía en su mesa con su vino.

—Van a volver —dijo para sí.

—¿Cómo? —le preguntó Peio desde la barra—. ¿Has dicho algo, Baldo?

Pero este no le contestó, parecía absorto, charlando con un interlocutor invisible más que hablando solo. Peio regresó a su tarea al ver que no iba con él la cosa. Deseaba que viniese su padre a hacerse cargo del bar y tener, por fin, la tarde libre para ir a casa de Ava. Era increíble lo que les estaba ocurriendo, pero lo que más le importaba era volver a verla, y la idea de visitar su cuarto le producía un hormigueo especial.

Ava se sorprendió poniéndose nerviosa al saber que su cuarto iba a estar lleno en un rato. Eran sus amigos, sí, pero no estaba acostumbrada a sentir invadido su espacio y empezó a hacer algo parecido a recoger. No es que su cuarto fuese una leonera, Ava era bastante organizada, pero había cosas que no quería que viesen: peluches, casetes de Enrique y Ana o María Jesús, o su acordeón, que tenía en una vieja casita de muñecas que también se precipitó a guardar en el armario. No le avergonzaba conservar recuerdos de cuando era más niña, pero no tenía ganas de que lo viesen cuando precisamente iban a enfrentarse, como adultos, a un misterio como aquel. De aquellos objetos se hubiese burlado ella misma de haberlos encontrado en el cuarto de Peio. Era encantador verle enrojecer a la primera de cambio, provocar esa reacción en él era un pasatiempo privado del que Ava disfrutaba en secreto, sobre todo fingir desinterés, como dejando fluir una conversación en apariencia inocua de la que era realmente instigadora. Disfrutaba avergonzando a Peio, era la única vez en la que él parecía sentir algo que no fuese rabia; verle vulnerable le hacía aún más adorable. Claro que ella tenía que mantenerse en su papel, no dejaría entrever lo que podía sentir por él, que tampoco tenía tan claro. Y quizá tampoco era el momento de pensar en ello. Lo que se traían entre manos parecía apasionante, pero también podía ser peligroso. No sabían en verdad a qué se podían atener, y eso lo hacía aún más interesante. A lo tonto el verano de mierda se había convertido en algo diferente y estaban a punto de empezar las verdaderas vacaciones.

Sus hermanos Daniel y Pablo seguramente estarían fumando petas toda la tarde por el centro. Mejor, así no los molestarían. Antonio y Marisa, sus padres, seguramente irían a visitar a la *amama*. Solo esperaba que no la obligasen a ir también a ella. Tarde o temprano le tocaría ir a verla, pero ese no era el momento.

El vínculo que le unía a su abuela, no obstante, era mayor que el que podía tener con sus padres. En no pocas ocasiones, siendo más niña, había confiado en ella para contarle secretos, y esta la había escuchado y comprendido como nadie de su casa hubiese sabido hacer de haberlo intentado. No quería verla enferma, moribunda, porque de eso se trataba. Su *amama* se estaba muriendo y no se sentía con fuerzas para asumirlo. Sabía que no se podía morir si Ava no se despedía de ella, por eso no quería verla todavía; era como mantenerla más tiempo con vida sacrificando el poder visitarla. No había conocido a su abuelo. Lucía era viuda desde que su nieta nació, pero siempre se había mostrado divertida, ocurrente, cantarina y una confidente perfecta, no así sus abuelos maternos, los del pueblo, tan reservados y con la eterna sensación de que todo y todos los molestaban, razón por la que Antonio y Marisa, hartos de discutir, dejaron de ir a La Rioja y lo cambiaron por un camping incómodo, pero al que se habían acostumbrado, en Noja. Un sitio donde también llovía bastantes veces en agosto; sin embargo, Antonio odiaba conducir, y si querían playa era lo que había. Ya lo dijo una vez, y no era persona de repetir las cosas.

—¿Te pasa algo, Ava? —le había dicho en una ocasión Lucía a su nieta al verla seria jugando en una esquina.

—Nada.

—Qué cabezota eres, ya sabes que a mí no me la das con queso. —Lucía siempre utilizaba esa expresión—. Y que me encanta el queso.

Y siempre conseguía hacerla reír, y Ava se abría.

—Es por Daniel y Pablo. Es injusto, a ellos les dejan hacer más cosas porque son chicos. Son los favoritos de mis padres.

—Ahí Ava tenía razón, pero Lucía siempre encontraba la contestación oportuna.

—No son los favoritos, simplemente son mayores, por eso pueden salir al parque solos, aunque siempre van juntos, como son iguales… —Le guiñó un ojo—. Cuando tengas su edad, te dejarán hacer muchas cosas, muchas más que a ellos, porque eres más lista y responsable.

—No creo, a veces escucho discutir a mis padres por mí. Siempre se enfadan conmigo por lo que hago. Es como si los decepcionase. Creo que no me quieren…

—No digas tonterías, claro que te quieren, por eso se preocupan… ¿Sabes una cosa? Cuando tu padre tenía tu edad siempre estaba renegando por las esquinas, era un trasto y recibía reprimendas por todas partes. Si jugaba con una pelota, se rompía algún cristal; si corría por la calle, acababa tirando un puestecito de frutas o se tropezaba con alguien que iba en bici… —Exageró un poco el gesto para provocar la risa de su nieta—. Era un desastre… No lo olvides, Ava, eres especial y única. No importa lo que en ocasiones piensen los demás, basta con que tú lo sepas.

Siempre conseguía sacarles una sonrisa, por eso se sentía mal por no visitarla últimamente tanto como debiera; desde que cumplió doce había sentido muchos cambios tanto físicos como anímicos y su humor la había transformado. Pero Lucía no tenía culpa de eso. Se quedó un rato absorta, triste con esos pensamientos. «Aguanta abuela, iré a verte, pero hoy no puedo, estoy segura de que me entenderías».

Los minutos avanzaban con lentitud y la impaciencia afloraba. Revisaba las cintas con los últimos juegos que había utilizado, buscaba algo, un indicio, una pista que mostrar a sus amigos; trataba de encontrar una respuesta medianamente satisfactoria a lo que le llevaba ocupando todos los pensamientos desde hacía un día.

—Ava —entró sin avisar Marisa, su madre, llenando la habitación de un aroma tan suyo a Eau Jeune—, nos vamos papá y yo a ver a *amama* y luego vamos al Pelícano, hay cena en la nevera. Tus hermanos volverán tarde.

El Pelícano era una sala de fiestas cerca del centro. Un lugar al que nunca la habían llevado, porque solían programar actuaciones para mayores, revistas y cosas picantes.

—Vale —trató de ocultar la alegría de saber que no habría nadie en toda la tarde—, ¿qué vais a ver?

—A Los Calatrava, unos humoristas. Los de la peli de *E.T.*, esa de risa que vimos el año pasado.

—Ya, ya. Pasadlo bien.

Y se fue de la habitación sin un beso ni un «Pásalo bien tú también». Estaba acostumbrada, pero esta vez no lo tuvo en cuenta, tales eran las ganas de quedarse sola y de que viniesen sus amigos a su cuarto. Las ganas de volver a tomar contacto con ese algo que se le había aparecido en forma de letras gruesas y verdes. Estaba segura de que nadie había vivido algo así en todo el mundo. Pero no sentía miedo, de alguna manera lo veía como si algo la hubiese elegido a ella especialmente. Sí, era eso. Era una elegida, pero ¿de qué? Lo de Peio era raro también, pero no se habían puesto en contacto con él, nadie le había llamado por su nombre. Solo habían aparecido unas imágenes en la pantalla del Telesketch y una música. ¿Tendría algo que ver con la toma de contacto con el monitor de su cuarto? Al parecer ocurrió no mucho después. De todas formas, estaba siendo una semana extraña.

Abrió las ventanas para que se fuese el olor a Eau Jeune que había dejado su madre, no quería que la asociaran a aquel pestazo como de persona mayor, a pesar del nombre. Incluso su abuela desprendía un olor más juvenil, algo parecido a natillas de vainilla, ya que estaba siempre cocinando y era una experta en repostería, por eso el olor con que la recordaba era como de sobre de flan Potax o de Mandarín.

—¿Por qué no hay colonias con olor a postre? —preguntaba siendo más niña.

—No lo sé —le respondía Lucía—, supongo que a los mayores no les gusta ir oliendo a dulce por la calle, no se los vayan a comer por ahí…

—Pues yo cuando sea mayor voy a inventarme colonias con olor a chocolate, a regaliz, a chicle de fresa ácida y a *petit suisse*. Y cada día voy a llevar uno diferente.

—Pues igual te comen —comentaba burlona la abuela—, igual tú también alimentas como un bistec…

—*Amamaaa*.

Sonó el timbre del portero automático. Por fin, eran ellos. Hizo un repaso rápido a su cuarto, todo era acorde con lo que se esperaba de ella. Corrió a abrirles.

—¡Buah! Cómo mola, tienes una tele en el cuarto —dijo Koldo soñando con las películas que podría ver si tuviese una en el suyo.

—No es una tele, bueno, sí lo es, pero no tiene canales sintonizados, la uso solo para los juegos.

—Claro —coincidió Vera—, ¿cómo le van a dejar sus padres tener una tele para ella? Solo tiene doce años, a sus hermanos igual sí...

—A mis padres les daría igual si estuviera todo el día viendo la tele; mientras no los moleste...

Piti asintió en silencio entendiendo perfectamente lo que decía. Él se sentía un poco así también, de hecho, era un sentimiento con el que podían sentirse identificados todos. Pero tampoco lo vivían con excesivo dramatismo.

Estaban todos un poco alucinados con la habitación de Ava. Después de tanto tiempo siendo amigos era la primera vez que estaban allí, era como conocerla un poco más, algo raro. Peio andaba escudriñando cada esquina, buscando datos sobre ella que aún no sabía, y el corazón le dio un vuelco cuando vio, en la cabecera de la cama, en un recodo de madera donde estaba el despertador, la caja del casete que él le grabó. En el lomo, su torpe letra queriendo ser chula escribió LENTAS. Se puso rojo como un tomate. Justo en ese momento Ava se dio cuenta de que no había escondido la cinta. «Mierda, mierda, mierda». Entonces notó como las mejillas le ardían. «No, no, no te pongas roja ahora, no hagas el ridículo, piensa en algo, piensa, piensa, piensa...».

—¿Y no tienes ningún póster de algún cantante, actor buenorro o presentador de tele? —Sin saberlo, Vera la había salvado.

—Paso de esas cosas, eso lo dejo para las lectoras de la *Superpop*...

—Ñi ñi ñi —se burló Vera al sentirse atacada.

—Bueno, vamos al lío, que luego tendré que ayudar a mi padre con la caja —cortó Peio ocultando la alegría de haber encontrado su cinta ñoña en el cabecero de la cama de Ava.

Ava encendió el Spectrum y el monitor. Eligió un juego al azar y lo puso a cargar. Todos miraban expectantes en pos de algo fascinante. Pero lo que vieron fueron las rayas bicolores y el chirrido cacofónico y molesto durante tres minutos. El juego cargó perfectamente.

—¿Jugamos? —dijo Koldo, fascinado por el efecto de los rayos catódicos.

—No, vamos a probar otro.

Ava rebuscó en el cajón y sacó otro juego, uno de coches, y repitió la acción. Nada, lo mismo, minutos de espera para que el juego hiciera su trabajo. No ocurría nada extraordinario. Con la de veces que daba error al cargar y en esta ocasión todo iba a las mil maravillas.

Pasaba la tarde y no habían descubierto nada. Los ánimos se habían derrumbado con la misma facilidad con la que se habían inflamado, y Peio y Ava se miraban, solos entre el resto, sabiendo que aquello había sucedido y que estaban haciendo el ridículo.

—Aquí no ocurre nada; si sigo creyéndome que hay algo raro es por Ava, de este no me fío nada —dijo Vera señalando a su hermano—, pero me quiero ir a casa ya.

—Sí, ya es tarde —coincidió aliviado Koldo mirando a Piti, que asintió en silencio con cierto rubor.

—Lo entiendo, chicos, esto es muy frustrante —atajó Ava tratando de mantener cierta dignidad—, seguiré pendiente.

Peio no sabía qué decir. De nuevo el líder quedaba en segundo lugar y el último en expresarse. Y en ese caso ni siquiera tenía palabras. Se sentía estúpido con su Telesketch, que empezó a meter en la mochila azul que regalaban con la leche RAM. El primer golpe lo habían recibido en la frente; de nuevo, el verano era una mierda y no iba a ocurrir nada. Habían soñado con películas de Spielberg, con aventuras de Hollywood, pero eso era Zuloa y su banda sonora no era de los Beach Boys, sino de Eskorbuto y La Polla Records.

Poco a poco se fueron despidiendo, avergonzados, dejando a Ava derrotada en su cuarto. Estuvo un largo rato sola probando uno a uno todos los juegos sin conseguir ese contacto deseado. ¿Y si todo había sido una enajenación, un sueño? También estaba lo de Peio, pero vete a saber si no era por echarle una mano y hacerlo más creíble. A tal punto llegaba la inseguridad de Ava sobre lo que había pasado. Era tan increíble que tenía que haber sido cierto; tenía imaginación, aunque no tanta, y aquello no había ocurrido estando dormida, pero ¿qué demonios significaba? ¿Y por qué no se repetía? Se estaba dejando algo en el tintero, algo que no se repetía como la otra vez. Agotada, empezó a guardar los casetes en el cajón.

Escuchó al final del pasillo la puerta de la entrada. Eran sus hermanos, que trataban, en vano, de no hacer ruido pensando que todos estarían dormidos. Mejor, así se meterían en su cuarto y no tendría que hablar con ellos; no quería hablar con nadie, estaba furiosa y decepcionada. Sus padres tardarían más en llegar, los espectáculos del Pelícano siempre acababan muy tarde. Hacía unas horas era la persona más feliz del mundo, se sentía como Jorgina de *Los Cinco*, dispuesta a vivir un verano lleno de emociones, misterios y aventuras al margen de sus padres y del entorno de mierda donde se pasaría las vacaciones. Pero todo se había ido al traste. No había misterios ni contactos con extraterrestres, o lo que fuese, ni nada que se saliese de la norma; en definitiva, no había un verano digno de ser vivido. Maldijo las novelas de Enid Blyton, las películas de Hollywood, los dibujos donde todo era fantasía y, finalmente, los videojuegos, que acabó de meter de mala manera en el cajón que no pudo cerrar y que la obligó a colocar todos bien de nuevo.

Fue entonces cuando lo vio. Ahí estaba, olvidado al final del cajón, el juego que puso antes de que empezara el contacto, el que bloqueó el monitor. *6L1TCH 1984*. No sabía ni cómo se pronunciaba. Solo le quedaba ese por probar y un escalofrío entre emoción y esperanza le recorrió todo el cuerpo. «¿Y si es este?». Se reprochó en silencio por no haberlo recordado cuando estuvieron sus amigos.

Sus hermanos ya roncaban en el cuarto de al lado. Venían siempre tan borrachos o fumados que no tardaban ni cinco minutos en quedarse fritos. Y el volumen de los ronquidos y el rechinar de dientes siempre era considerable.

Sacó la cinta de *6L1TCH 1984* y la metió en el reproductor de casete con una centésima de esperanza. Y efectivamente no ocurrió nada; de hecho, se quedó la pantalla bloqueada, como la otra vez.

Empezó a mirar a su alrededor. La cinta seguía su cadencial curso en el reproductor. En la pantalla no aparecía nada, pero ese ronroneo continuaba sin descanso.

Optó por pararla y desenchufar el monitor esperando terminar con aquel molesto zumbido, pero no funcionó. Cerró los ojos para centrarse solo en el ruido, como un sabueso tratando de localizar algo.

Provenía del armario. Lo abrió con temor a encontrarse un bicho raro, una especie de insecto o abejorro enorme; era uno de sus miedos inconfesables. Escuchó el zumbido con mayor intensidad y empezó a rebuscar entre la ropa. Al fondo del armario distinguió una lucecita intermitente.

Allí estaba.

Increíblemente había olvidado enseñar a sus amigos aquel extraño objeto que encontró hacía una semana, en la noche de San Juan, junto a la tapia de los restos del búnker. Sin duda habían sido unos días intensos. Lo cogió con una mano, vibraba y emitía ese sonido y la luz salía de esa especie de pantallita. De ese objeto negro y liso que no sabía qué era ni para qué servía. El caso es que hacía un ruidito raro, emitía luz y vio un número largo de nueve cifras junto con una palabra: LLAMANDO...

No sabía qué hacer con ese objeto, no era como con el Spectrum, no había botones para escribir ni contestar. Manipuló el aparatito hasta que, de pronto, dejó de zumbar.

Le pareció que de su interior brotaban como unas voces. Miró por la ventana por si era alguien en la calle, pero no vio nada. El aparatito ya no emitía luz, pero seguía escuchando las voces a lo lejos. De pronto, un pitido y la pantalla se volvió a encender. Ya no aparecía el número largo.

Ava se quedó mirando alucinada aquella especie de maquinita de entretenimiento que no alcanzaba a entender. Si aquello era un juego, desde luego los gráficos dejaban que desear, solo números y una imagen como de una playa, pero inmóvil. Nada más. Guardó el smartphone en la mochila para mostrárselo al resto cuando los volviese a ver.

5
La voz de su amo

Qué difícil es quedarse quieto, indiferente,
mientras todo tu alrededor hace ruido.

Franco Battiato (1981),
«Bandiera bianca»

1984

Las canciones que escuchaba Vera en su *walkman* hablaban de mundos maravillosos, de amores y desamores, de veranos y de recuerdos imborrables. Eran el retrato de la juventud desinhibida y nihilista en la que ansiaba entrar dentro de unos años. Llevaba unos meses escribiendo un diario personal, pero poco tenía que contar en realidad. No le ocurría nada, ni siquiera le gustaba nadie (¡con lo romántica que era!). Bueno, alguien había, pero no se veía capaz siquiera de reconocérselo a su diario. Todos en su clase eran unos brutos, estaban obsesionados con el fútbol y se pasaban medio recreo peleándose y haciéndose los chulitos delante de las chicas; algunas de ellas, las más tontas, se reían y les bailaban el agua. Vera no; ella sabía que su chico llegaría, y desde luego no sería del Viuda de

Epalza. Lo más seguro era que ni siquiera fuese de Zuloa. Ninguno del barrio se parecía a los guaperas rubitos de media melena que salían en la *Superpop* o la *Nuevo Vale*. Por supuesto, de aquel barrio perdido de la mano de Dios no saldría un cantante o un actor, ni siquiera un triste famoso de un programa para mayores. Ella lo tenía claro: en cuanto pudiese, se iría de allí, lejos. Por lo menos a Santander, o más lejos aún. Zuloa era un lugar para perdedores, esa era una de las pocas cosas en las que estaba de acuerdo con Peio, aunque este parecía atado al barrio.

Otra cosa que Vera tenía, o creía tener, claro era que, cuando llegase el momento, con eso de los chicos, sería más directa que su hermano y Ava. Qué tontos eran, se notaba a la legua que se gustaban y no se atrevían a dar el paso. Eso les pasaba por no leer la *Nuevo Vale*, la Biblia del ligoteo. Ella estaba tomando apuntes con los test y las «Cartas al director» para cuando llegase el momento. Entonces su diario empezaría a llenarse casi solo. Porque, aunque era muy romántica, no pensaba consagrarse solamente a un chaval. Antes de casarse con el que sería el padre de sus hijos (niño y niña, si no más), tendría una buena colección de novios y sumaría experiencias como las chicas que escribían en las revistas que devoraba sin que sus padres se enterasen muy bien del contenido. Que una niña de once años tuviese tan claro su futuro emocional no era lo normal, pero no se podía decir que Vera lo fuese. Obligada en parte a madurar estando más de lo que quisiera tras la barra del Mondoñedo, en un barrio sucio y con un ambiente inestable, jugaba a evadirse con historias rosas y canciones moñas, según su hermano Peio, pero realmente esa mezcla explosiva entre ficción y cruda realidad, y estar rodeada de gente mayor que ella la convertían en una persona irónica, cuando no ácida. Se trataba además de una mente inteligente, rápida, no tenía que esforzarse para ser de las primeras de su clase.

Querido diario:

Llevo meses escribiendo cositas por aquí, cosas pueriles, lo sé, pero espérame, que algún día vendré con muchas cosas interesantes que contarte. Ya verás, vas a flipar. De momento no me ha ocurrido nada especial y tú te mereces estar lleno de anécdotas e historias chulas. Y prepárate, porque no solo te voy a hablar de chicos y amores, pienso contarte de todo: salidas con amigos, aventuras... Tú espérame que ya verás como merece la pena. De momento solo te puedo decir que este verano empieza raro.

Aquella mañana Ava no tenía ganas de salir a la calle. No quería encontrarse con nadie. Estaba obsesionada con aquel aparatito negro que había vibrado la noche anterior. ¿Y aquellos números? ¿Qué significaban?

Lo manipulaba, le daba vueltas y no encontraba botones, solo una hendidura, pero no sabía cómo funcionaba. ¿De dónde había salido aquel cacharro? Desde luego no parecía una máquina para jugar y, por primera vez, Ava no sabía ni cómo se podía abrir aquello. Por otro lado, no quería romperlo. Tenía la sensación de que haberlo encontrado en la sanjuanada y lo ocurrido después con la línea de código de aquel videojuego raro podían estar relacionados, pero ¿cómo? Se desesperaba tratando de encontrar una fisura, algo por donde poder dominar aquella figura lisa y negra. Estuvo tentada de estrellarlo contra el suelo y ver qué había dentro, pero pronto se le pasó, afortunadamente. Era el momento de enseñárselo a los chicos, a ver si entre todos encontraban alguna respuesta.

—Pues ni idea de qué puede ser este trasto —dijo Peio mientras recogía unos chatos a medio tomar de la barra sin dejar de mirar el smartphone, que ya había cogido Koldo.

—Parece un espejo —aseveró este, que se veía reflejado y empezó a posar.

—No digas chorradas —respondió Peio metiendo los vasos en el fregadero que estaba tras la barra—, ¿cuándo has visto un espejo negro?

—El caso es que te ves reflejado.

—También en el Duralex recién lavado, mira qué tontería.

—Pero esto tiene que tener un valor —atajó Ava—. Está muy pulido, pesa y nunca había visto nada parecido. No parece la pieza de un camión ni de una maquinaria de construcción.

—¿Y por qué iba a ser eso? —Vera apagó el *walkman* y empezó a interesarse por el nuevo juguetito.

—Pues porque lo encontré en el descampado del búnker la noche de las sanjuanadas y allí solo hay restos de cosas de esas que se caen de los camiones.

—Bueno, y botellines rotos y jeringuillas… —Peio se calló demasiado tarde. Todos le miraron con desaprobación—. Perdón, Piti.

—No te preocupes, Peio. —La respuesta calmada de este le tranquilizó—. Lo cierto es que es un aparato extraño, parece muy nuevo para haberlo encontrado en el descampado…

—¿En qué estás pensando? —se interesó Ava.

—En que eso que tiene Koldo en la mano no lo ha tirado nadie.

Silencio.

—Quiero decir que es algo que se le ha caído a alguien.

—O alguien lo ha dejado ahí adrede.

Esta vez fue Vera la que soltó la bomba que dejó a todos pensativos durante unos instantes. Se habían quedado atascados en suposiciones, no sabían por dónde tirar hasta que el silencio se rompió de la manera más inesperada.

—¿Me dejáis verlo?

La pregunta vino del fondo del bar, del rincón donde nunca se fijaba nadie. Ahí estaba, como siempre, casi invisible para todos, y, por primera vez, las miradas de los cinco amigos se giraron hacia él.

—¿Quieres otra, Baldo? —malinterpretó Peio.

—No, os he preguntado si me dejáis ver eso que tenéis.

Hasta ese momento los cinco chavales pensaban que nadie los escuchaba, siempre esperaban a que no hubiese nadie en el bar, hasta ese punto ignoraban la presencia de Baldo el Borrachín, como era conocido en el barrio. Constantemente estaba solo y, quitando a Peio, jamás había interactuado con ninguno de ellos. Se miraron entre sí con temor, sin saber qué hacer. Desde luego, Baldo no parecía una persona en la que poder confiar un secreto de esas magnitudes. Incluso daba cierto respeto dejarle aquel aparatito.

—¿Qué hacemos? —susurró Koldo tratando de que no le escuchara.

—Déjamelo, chaval, que no lo voy a romper.

Los sorprendió la destreza con la que Baldo empezó a manipular aquello, poco propia para las manos de un alcohólico. Lo palpaba, lo giraba como si conociese de qué se trataba.

—Curioso.

—¿Sabes lo que es? —preguntó Ava.

—Ni idea.

Lo dejó en la mesa y volvió a coger el vaso de vino. Todos se sintieron entre defraudados y decepcionados y pensaban regresar a la barra cuando Baldo les dijo:

—Pero me suena. Esto lo he visto antes en algún sitio.

Fuera del Mondoñedo la vida, ajena, continuaba cansina y monótona. El ambiente era igual que el día anterior y se volvería a repetir los días siguientes. Las anécdotas, los saludos de los vecinos y los comentarios de las señoras en el mercado o en la peluquería serían los mismos dependiendo de las noticias de *El Correo Español*, el *Egin*, la *Garbo* o la *Pronto*. El verano no era como en las películas, no se vivía ese ambiente festivo, divertido, de playa, sillas plegables de tela y neveritas llenas de refrescos. El sol salía y brillaba con fuerza a media mañana, pero perdía la batalla a media tarde, cuando las nubes más grises bajaban del Pagasarri o el Ganeko, y las primeras gotas, diarias, hacían su aparición antes de las ocho de la tarde.

En Zuloa el verano era menos verano, había algo deprimente de deber, como esas mentalidades de antes que casi demonizaban el placer y el ocio. Apenas se permitía a los niños que fueran niños, ya que a la vida se había venido a sufrir. Había una manera de pensar, casi supersticiosa, que reprochaba el disfrutar cada día, jugar, cantar o beber. Las pías enlutadas ocupaban el escalafón más alto de la moral, mientras que los borrachos, los yonquis o las prostitutas se encontraban en el estrato más bajo, con un rol depauperado que los enterraba ante la dignidad de los pobres de solemnidad. Esa mentalidad seguía dando sus coletazos en el verano de 1984, a pesar de que hacía casi una década que el dictador había muerto y muchos creían que las puertas se habían abierto de par en par, y no pocos estaban escandalizados.

Por eso no era de extrañar que Ava, Peio, Vera, Koldo y Piti tuvieran sus reparos iniciales en acompañar a Baldo a su piso. No tanto por miedo a que fuese a hacerles algo como a la exposición pública en el barrio. Que los viesen con él. Afortunadamente, Baldomero vivía a la vuelta del Mondoñedo y a esas horas casi no había nadie por la calle. Los sorprendió su pericia al andar o al manejar el llavero, un regalo de Cinzano. Le presuponían más vacilante y torpe, pero aquella era de las pocas cosas que hacía a diario, como beber y, por lo que vieron a continuación, leer.

El piso, diminuto como casi todos los del barrio, era un cuchitril oscuro, las persianas estaban bajadas o rotas, y había un fuerte olor a tabaco y a bebida espirituosa, algo que no les chocó en absoluto. Apenas se podía respirar allí dentro, y, poco después de que Vera tosiese, un Baldo un tanto avergonzado abrió las ventanas y subió un par de persianas.

—Perdón, es que normalmente no suele venir nadie a casa.

Como excusa sonó pobre hasta para él, pero no fue necesario decir más. Estuvo a punto de ofrecerles algo, pero solo tenía alcohol y café. Los niños miraban a todos lados como si acabasen de entrar a una cueva misteriosa. Estaban viviendo el momento con talante aventurero; desde luego, era el lugar más extraño donde podían estar. El último lugar donde nadie pensaría en buscarlos, y aquello les produjo un hormigueo de adrenalina. Por fin algo de tensión.

—Por aquí. —Les indicó que le siguieran por el angosto y breve pasillo. El papel pintado con grecas psicodélicas se despegaba por las esquinas, y la gastada moqueta que pisaban animaba a pensar en ácaros e infecciones. El techo de escayola agrietada amarilleaba y había un perro de loza, a todas luces enorme para el pasillo, al que le faltaba una oreja.

Los chicos avanzaban, fascinados, igual que al entrar en una atracción terrorífica. Llegaron a la habitación del fondo, una especie de estudio donde el olor a tabaco se agudizó. Parecía la oficina de un detective acabado, de esos de las películas de después de cenar, pero la puerta no era de cristal esmerilado con un nombre en inglés ni había una gabardina colgada de un gabanero. En su lugar, una cazadora vieja de terciopelo marrón, unos mocasines gastados en una esquina, una mesita con un cenicero a rebosar de colillas junto a un cartón de Ducados y una bombilla que colgaba de su cable en medio del cuarto. Pero lo que realmente les sorprendió, en especial a Koldo, fue lo que apareció como por arte de magia en la pared que se encontraba a sus espaldas: una librería tosca, de madera sin pulir, incluso con astillas. Un armario de tres metros por dos y medio, que, a todas luces, había sido montado por el propio Baldo, abarrotado de libros y revistas de todos los colores y tamaños. No se trataba de la típica colección de Discolibro o Círculo de Lectores que tenían casi todos los mayores en el armario de la salita, libros plastificados que nunca se iban a leer, sino de una colección de lecturas de alguien que había ido poco a poco buscando y rebuscando (ni ellos sabían las odiseas para conseguir algún que otro título). Una colección cuidada, mimada y, como descubrieron enseguida, bastante peculiar. No se trataba de una biblioteca de temática amplia; desde luego, para Baldo la literatura, digamos, de evasión, o la alta literatura no entraban en sus pasiones.

—Estos libros son... —Koldo, que se había sentido atraído por la biblioteca, experimentó un escalofrío, incluso retrocedió un paso al ver que todos los volúmenes tenían una temática común.

—Sobre ocultismo, sí. Y sobre esoterismo, mundos mágicos, misterios sin resolver, ovnis... —Baldo lo dijo con un orgullo bajo lupa. No sabía si aquello les produciría interés o mofa.

De pronto, en aquella oficina de detective acabado reinó uno de los silencios más incómodos que se pudiera imaginar. Nadie sabía cómo reaccionar y tuvo que ser Ava quien cortara aquella tensa situación:

—Bueno, decías que lo habías visto antes. —Mostró el objeto negro pulido.

—Sí, sí... —Agradeció, en silencio, que le rescatara de aquella trampa en la que se había metido él solo y procedió a rebuscar en los volúmenes de una especie de enciclopedia, de nueve tomos grises, llamada *Los temas ocultos*—. Aquí está.

Acercó el volumen a la mesita llena de ceniza de Ducados y dejó el libro abierto por una página donde se veía una foto en color, pero antigua, que mostraba algo parecido a aquel cacharrito pulido y negro que Ava ya se había metido en el bolsillo de sus anchos pantalones.

—Aquí lo tenéis. Sabía que esto me sonaba de algo, y no estaba equivocado. Se trata del mismo objeto.

Los amigos, formando un semicírculo, miraron atónitos aquella foto de no muy buena calidad.

—Ese es el monolito de *2001: Una odisea del espacio* —dijo Koldo sin saber si tomarlo en serio o no.

—Efectivamente, ¿has visto la película? —se interesó Baldo.

—No, mis padres dicen que es para mayores.

—Tonterías, es una película que os vendría bien ver a todos los niños. —Baldo había recobrado la confianza y se encendió un cigarro.

—¿Y ese *monoalito*, o como se llame, qué tiene que ver con lo que se encontró Ava? —preguntó Peio con más miedo a meter la pata que curiosidad.

—Ese monolito, y otros, han llegado a la Tierra para estudiarnos. Son unas máquinas extraterrestres, mucho más inteligentes que nosotros y que no dudarán en someternos si ese es, al fin, el propósito. No somos capaces de entender de qué están hechos, es una tecnología que se nos escapa…

Los chicos escuchaban en silencio, sin atreverse a cruzar miradas por si se escapaba una risa nerviosa. Todo lo que Baldo decía era fascinante y descabellado. No sabían cómo reaccionar ante tamaña cascada de información. Era un monólogo culto y paranoico, pero no querían juzgarle, a pesar de que, reconocían para sus adentros, no se trataba de la persona más fiable que conocían. Aquel desconocido los había llevado a su casa, a su guarida, una covacha de pastor maloliente y enfermiza, pero se acababa de descubrir como una persona de cultura deslumbrante, un lector empecinado como nadie en el barrio. Y cada cosa que decía disparaba la imaginación de los cinco chavales, que necesitaban el mínimo aliciente para salvarse del que prometía ser el verano más triste de sus vidas. A su vez, sin dejar de fumar, Baldomero seguía con su perorata.

—… y que es inconcebible para la raza humana. Lo que hasta hace nada parecían cosas de novelas y películas se está cumpliendo y vamos a vivir en breve lo que es seguir la voz del amo, ya no es solo el Gran Hermano orwelliano, ya no solo va a ser vigilancia, vamos a sufrir en nuestras carnes la tiranía de una raza superior que viene para quedarse y arrebatarnos los recursos que crean necesarios para llevar a cabo su función. Aún desconocemos qué los mueve, qué puede, de nuestras pertenencias, servirles de energía para una maquinaria que ni podríamos soñar, y lo malo es que cuando despertemos de este letargo ya será demasiado tarde y nos convertiremos en animales domésticos, las mascotas de unos seres superiores de los que no conocemos sus intenciones...

Desde luego, Baldo no era la persona más indicada para tratar con niños. No hablaba su lenguaje y no creía que aquellas teorías pudieran aterrorizarlos. Por otro lado, los chicos estaban impresionados, pero desde luego terror no era lo que sentían, al contrario, había algo morboso en aquella fantasía que les estaba contando. Es cierto que se les presentaba un futuro negrísimo, pero a la vez era como protagonizar una serie o película de esas que tanto les gustaban. Por fin, de alguna manera, podrían ser protagonistas de algo, ser ellos los importantes en aquello que iba a pasar. Porque nadie en Zuloa lo sabía, pero ellos tenían un monolito extraterrestre en el bolsillo, y eso los hacía sentirse privilegiados. Una especie de elegidos. Apenas habían prestado atención a eso de «la voz de su amo». Ellos veían aventura y diversión, entrar en un parque infantil sin que fuese Navidad, subirse a unas atracciones trepidantes, dejar de ser unos pardillos. Iban a tener el verano de su vida y todos en el Viuda de Epalza iban a envidiarlos.

Baldomero seguía hablando sin parar. Enlazaba una teoría con otra con la misma facilidad con la que se acababa un cigarro e inmediatamente encendía el siguiente que se pensaba fumar. Se servía otro culín de Terry y disfrutaba con tener un pequeño pero nutrido grupito de oyentes. Por lo general nadie le tenía en cuenta, nadie le escuchaba porque nadie le preguntaba nunca nada. Se sentía abandonado, ya no solo por su familia (después de enviudar, su hijo no quiso saber nada de él), sus compañeros de chiquiteo preferían jugar al mus en otra mesa y todo precisamente por exponer en alto sus opiniones y teorías sobre la vida extraterrestre o por su amistad con Jiménez del Oso, que nadie creyó en ningún momento, a pesar de que lo juraba de manera vehemente. Antes de convertirse en el borracho oficial del barrio fue el excéntrico oficial, después de haber sido el pobre viudo joven y el hijo que se fue a Barcelona porque debe de ser marica.

Con los chicos no se sentía juzgado, por lo menos no después de que conocieran su estudio, lleno de libros molones sobre temas tan fascinantes como la creación de las pirámides, las caras de Bélmez o los enigmas de la piedra Rosetta. Quiso ver en esos renacuajos unos cómplices desprejuiciados, unos fieles escuderos que le ayudarían a desentrañar misterios que nadie sabía ni que existían. Esos chavales eran una puerta que le conduciría a ese otro mundo del que tantos se pitorreaban. De pronto se sintió un tanto avergonzado por su actitud tan intensa. Apagó el cigarro en un cenicero de plástico dorado, robado del Mondoñedo, dejó su vasito curvo sin apurar el Terry y trató de resultar digno, no como el loco conspiranoico que podía parecer. Y se quedó observando al grupo de niños, que le miraban a su vez con los ojos como platos.

—Bueno…, ¿qué os parece lo que os he dicho?

Hubo no poca vacilación por parte de estos. Finalmente, Ava se atrevió a romper el silencio.

—A mí me parece de puta madre.

—Sí, de cojones —secundó Peio, arrepentido de no haber sido el primero en contestar.

—Una teoría de la hostia. —Esta vez Koldo fue el animado.

—De la rehostia —remató Piti.

Vera miró a su alrededor, viendo como tanta palabrota se decía sin consecuencias.

—Sí. ¡Joder! —Fue su forzada respuesta, lo que hizo que todos explotaran en una sonora carcajada.

Baldomero también rio. Aquellas respuestas le animaron a encender otro Ducados y a rellenarse el vasito con dos o tres dedos más de Terry. Definitivamente, ahí mismo había ganado cinco amigos.

Fuera de aquel piso apolillado y sucio, el día quiso secundar, con un sol brillante, la unión entre el borrachín de Zuloa y los raritos. Un equipo por el que nadie daría un duro, pero que era, en ese momento, el grupo de vecinos más feliz de Bilbao. Habían descubierto algo realmente increíble. Ese monolito que Ava se había encontrado en el descampado del búnker les iba a abrir muchas respuestas a preguntas que ni siquiera se habían planteado aún. Lo que no sabían era que también los iba a poner en el mayor de los peligros. Iban a conocer otra realidad oscura y su vida ya no sería la misma después de ese verano de 1984.

6

Chicos malos

> Chicos malos.
> Malos, por qué será.
> Algo marcha mal.
>
> Pato de goma (2002),
> «Chicos malos»

1984

—¿Tú qué opinas de lo que nos contó Baldo?
Una de las cosas que más le gustaban a Peio de Ava era lo directa que era. Llevaba un rato queriendo empezar una conversación, la que fuese, pues no soportaba estar en silencio a solas con ella, algo que siendo más pequeños nunca le había importado. Pero ese curso, sexto, había sido decisivo para notar algo muy especial que le hacía sentirse bien y mal a la vez. Aquellas malditas canciones que escuchaba su hermana Vera eran falsas, trataban de las relaciones amorosas desde una nube de pasión o de odio. Ninguna de aquellas canciones hablaba de él. Ninguna ponía al cantante con problemas para expresarse, ahogado por no saber decirle a esa persona lo que

realmente sentía. ¿Por qué nadie había hecho una canción así? ¿Solo a él le pasaba? ¿Era el único pringado incapaz de decirle a la chica que le gustaba lo que en verdad sentía? ¿El único cobarde?

—¿Lo-lo de Baldo? —Maldita sea, tartamudeando como un gilipollas—. No sé…, todo lo que nos dijo era muy raro, pero…

—… pero también era la leche. ¿Y si fuese verdad?

—Pe-pero… ¿tú crees en los extraterrestres?

—Mira, Peio, después de lo que me pasó con el Spectrum y a ti con el Telesketch, y luego esto…

—¡Guárdalo! Me da miedo que alguien te lo vea. Tenemos que adivinar antes lo que es.

—Según Baldo, es un monolito extraterrestre.

—Ya, sí, bueno… Koldo dijo que salía en una película.

—¿Y?

—Pues eso, que lo que sale en las películas no es real.

—¿Tampoco lo de *El lago azul*? Qué pena…

Ava acababa de disparar con bala y Peio se puso rojo como un semáforo. Ella mal disimuló una media sonrisa al verle ruborizarse. En parte lo había dicho para conseguir exactamente eso. Algo le pasaba, pero desde hacía unos meses veía a Peio con otros ojos. Nunca le había percibido tan atractivo, nunca esa cara de chulito-pardillo le había atraído tanto. Pero le notaba rarísimo con ella, como si ya no quisiera ser su amigo, como si hubiese crecido más que ella y quisiera cambiar de amigos. Quizá le empezaba a gustar alguien. Muchas veces les habían dicho en broma que parecían novios, desde muy niños siempre juntos, pero nunca se lo había planteado hasta ese momento. Tener doce años cambiaba todo. Ella había salido en su búsqueda sabiendo que vendría con el pedido del bar por el descampado del búnker. Quería estar a solas con él para hablar de lo que les había dicho Baldomero, pero también para estar un rato sin todo el grupo. Le echaba de menos, ya casi no charlaban de sus cosas. Él se pasaba cada vez más tiempo en el bar ayudando a su padre. Se había vuelto muy irritable y los incidentes del comienzo del verano, lejos de resultar fascinantes, le habían hecho más cerrado y esquivo.

—Peio… ¿Te pasa algo conmigo?

Aquello sí que no se lo esperaba. Ni él ni ella. Fue una pregunta que cayó como una bomba atómica y que los pilló en el descampado, pero fuera del búnker. Un frío polar descendió por la columna vertebral de Peio y las piernas de Ava temblaron bajo aquellos pantalones anchos, cosa que agradeció porque temía que se notase demasiado. El contraataque había sido brutal y solo esperaba no espantarlo definitivamente. Escrutaba su cara, pero el pelele parecía no reaccionar. Ava por dentro gritaba, se maldecía por haberla cagado de aquella manera tan tonta. Nunca se había abierto de esa manera, nunca se había mostrado tan vulnerable. ¿A qué venía soltar aquella tontería una mañana? Qué tonta, qué tonta, qué tonta. ¿Qué opinaría Peio? Seguro que pensaba que era una niñata, que no le agobiara, que no quería verla más.

Peio estaba aterrado. Se había quedado de piedra y no acertaba a responder nada porque el tartamudeo podría ser mortal. Qué tonto, qué tonto, qué tonto. ¿Cómo se podía ser tan idiota? La chica más maravillosa se mostraba preocupada y él era incapaz de contestar que lo único que le pasaba era que estaba enamorado, que para él ella era la persona más increíble que había conocido y que por el contrario él pensaba que quien estaba molesta era ella por sus torpezas. ¿Qué opinaría Ava? Seguro que creía que era un inmaduro, mucho más inmaduro que Vera, que le daba mil vueltas. Con lo bien que se habían llevado siempre y la estaba cagando por su cobardía. «Te quiero, Ava; te quiero, Ava; te quiero, Ava…».

—Mirad, los dos tortolitos…

Las apariciones de Rocky y sus cuatro abusones, aparte de desagradables, solían ser por sorpresa.

Peio se quedó clavado en cuanto los escuchó. Blanco, sin atreverse a seguir caminando. No así Ava, que avanzó dos pasos más con gesto inconscientemente retador.

—¿Qué pasa?

—Ava, vámonos...

—Vaya, Peio, la novieta te ha salido más valiente que tú, que eres un gallina. —El resto de los abusones estallaron en una carcajada. Seguían fumando. Uno de ellos se acercó a Ava

—Ava...

—Déjame, Peio. —Volviendo a los chicos—: ¿Por qué no nos dejáis en paz?

—Eh, tranquila, que el descampado es de todos, a ver si no vamos a poder estar —dijo Sergio, uno de los secuaces de Rocky, con miedo de no ser aprobado por el jefecillo—. Por cierto, ¿qué era eso que tenías en la mano? Déjame verlo.

Ava, que estaba mirando fijamente a Rocky, no pudo evitar que el otro macarrilla le arrebatara el smartphone.

—Tú, dame eso.

El chico volvió adonde el resto de la panda admirando el aparatito.

—Qué chulo, ¿para qué sirve?

—Parece un Zippo —dijo otro de los malotes.

—Qué va a ser un Zippo, gilipollas, ¿no ves lo grande que es?

—Que me des eso, Sergio. —Ava se estaba poniendo muy nerviosa. Peio trataba de agarrarla del brazo para alejarla.

—No me has contestado, ¿para qué sirve?

—Que me lo des.

—Ava, por favor. —Peio estaba sudando.

—¿No le has escuchado? —Rocky se acercaba, agresivo, a Ava.

—Es un videojuego, ¿me lo devuelves?

—¿Cómo se pide? —contestó burlonamente el chaval sin dejar de mirar el pequeño trofeo.

—¿Me lo devuelves, por favor? —preguntó Ava totalmente humillada sin prestar atención a Rocky, que se acercaba. Al final, este se abalanzó sobre ella y le dio un beso en la boca y le magreó las tetas.

—¿Qué haces, gilipollas? —Ava le empujó sin pensar en las posibles consecuencias. Los macarras se reían.

—¿No te ha gustado? Hago lo que no te hace esta maricona —dijo Rocky mirando con desprecio a Peio, que estaba paralizado—. Tanto musculito para cagarse encima. ¡Venga, chicos, vámonos!

—Dámelo —repitió Ava sin poder evitar que se fuesen corriendo con el monolito—. ¡Dámelo! ¡Sergio, hijo de puta!

Peio se acercó a Ava jadeando con violencia.

—Pero ¿estás loca? ¿Quieres que te partan la cara? A Rocky se la suda que seas una chica.

—Y a mí me la suda que a él se la sude. Sergio se ha llevado el monolito.

—Joder, que se lo metan por el culo.

—¿Pero no escuchaste a Baldo? —Peio notaba como Ava le miraba, esta vez, con rabia—. Estos gilipollas no saben lo que tienen entre manos y puede ser peligroso.

—¡Joder, Peio! Te estaba buscando por todas partes. Dice papá que a ver dónde están las servilletas de papel y los palillos.

Vera podía ser aún más inoportuna que Rocky.

—Hostia, el pedido, es verdad. —Ava le empezó a mirar con desprecio.

—Peio, joder, que esto es más importante.

—¿Qué es más importante? —La sonrisita de Vera resultaba especialmente insultante en ese momento.

—Nada —dijo Peio mirando a su hermana y acto seguido a Ava—, me tengo que ir, luego hablamos.

Ava se quedó sola en el descampado sin apartar la vista de Peio. No se podía creer lo cobarde que podía llegar a ser. Sintió una punzada en su interior. Le habían robado el aparatito y se temía lo peor. Lo más urgente era recuperarlo.

El olor del videoclub Zafiro era inconfundible, una extraña mezcla de Cristasol, tabaco y Mr. Proper que Ramiro odiaba. Si por él fuese, las baldas, los cristales y los suelos se lavarían una vez al mes, pero a veces le salía la vena empresaria y tenía que pasar por el aro y hacer cosas como traer nuevos títulos o mantener limpia la lonja. Lo único que parecía gustarle, o que por lo menos le relajaba, era fumar un Celtas tras otro. Detestaba que entrasen los clientes a mirar, diesen varias vueltas y se fuesen sin alquilar nada. A esos ni les decía adiós. No entendía que la gente se quedase sin alquilar una película solo por el hecho de no estar la que buscaba. «Si no está esa, coge otra, será por pelis de vaqueros o guerras». Por no gustarle, a Ramiro no le gustaba ni el cine. Las películas las catalogaba como de risa, de hostias, de cague, de dibujitos o de cachondas (las que colocaba en las baldas de arriba). Nadie conocía datos de su vida. Se sabía que estaba casado, que no vivía en el barrio y poco más. No se daba a la gente, no pasaba por el Mondoñedo y no parecía interesado en empezar una conversación con nadie. Por eso, aquella mañana, hasta al propio Ramiro le sorprendió el hecho de preguntarle con buen talante a Koldo al verle mirando:

—¿Estás buscando alguna película?

Koldo tardó en darse cuenta de que era a él a quien se dirigía el dueño del Zafiro y dio un respingo pensando que le iba a reprender por algo que ignoraba. La cara relajada de Ramiro, que se esforzaba por dibujar una especie de sonrisa, le perturbó aún más. ¿Qué estaba pasando? ¿Una cámara oculta como las de *To er mundo é güeno*? Ramiro apagó el Celtas en un cenicero metálico con forma de hoja de árbol, regalo de la Caja de Ahorros Municipal de Bilbao, y salió del mostrador para acercarse a Koldo en un acto conciliador que aterró por momentos al chico. El dependiente cascarrabias, el malhumorado que tanto miedo le daba, se aproximaba a él con una mueca extraña y este no sabía dónde meterse.

—¿Co...? ¿Cómo?
—Que si quieres alguna película en concreto.

Koldo buscaba la trampa.

—¿Tienes *2001: Una odisea del espacio*?
—¿La de los monos y las naves?

Koldo trató de reprimir la sonrisa. Seguía sin saber gestionar que Ramiro estuviese tan cerca de él. Ramiro notó el nerviosismo del chaval y se dirigió a la balda del fondo, donde tenía algún clásico. Repasó las carátulas golpeándolas con el dedo índice a la vez que emitía un chasquido de lengua y dientes.

—¡Aquí! —dijo extrayendo la caja acolchada—. No sé qué le ve la gente a esta película. Es un rollazo, mucho mejor estas otras. —Le mostró las carátulas de *El retorno del Jedi* y *Krull*. Estuvo a punto de señalar *Blade Runner*—. No, esta también es bastante aburrida.

Koldo cogió emocionado la caja de *2001: Una odisea del espacio* y se dirigió al mostrador abandonando el miedo inicial. Desde luego, Ramiro era un buen tío. No tenía ni idea de cine, pero era un buen tío. Era el segundo viejo que le sorprendía esa semana. No había nada como tener mucho tiempo libre para conocer más a fondo a gente a la que, de otra manera, no te hubieses atrevido a acercarte.

Salió del videoclub muy contento, con su película bien agarrada contra el pecho. No tan distraído, sin embargo, como para no medir con cuidado por qué calles se metía. Koldo quería evitar toparse con Rocky. La suya era una amenaza siempre latente, y Koldo y sus amigos evitaban constantemente aquellas zonas donde sospechaban que podían toparse con él.

A pesar de la amenaza, Koldo estaba feliz por haber conseguido alquilar la película de Kubrick (posiblemente era el único chaval del barrio que conocía al director por su nombre) y esa tarde iba a verla con sus amigos para tratar de desentrañar algo de ese tema de los monolitos, a ver si era cierto que lo que se había encontrado Ava era un aparato extraterrestre que venía a dominarlos o a utilizar su inteligencia como en esa extraña serie, *Chocky*. Qué emoción. Al final esos primeros días de verano no estaban resultando ser tan aburridos como se esperaba. No necesitaba playa ni piscinas, con la bici, sus amigos, varios libros y unas pelis alquiladas a la semana tenía de sobra. Y con que Rocky fuese abducido para siempre por uno de esos extraterrestres que habían dejado ese minimonolito en Zuloa, aunque eso último era más difícil de conseguir.

Mientras, en el cuarto de Vera se estaba empezando a escribir un diario sin demasiada fe en su continuación:

> No quiero empezar cada página con el ñoño «Querido diario», no me gusta. Me parece típico y un poco falso. Me gusta haber empezado a escribir más de continuo porque ahora sí que están comenzando a pasar cosas. El otro día conocimos mejor a Baldo. Tengo que reconocer que al principio me daba un poco de repelús, siempre tan sucio, al final del bar, solo y sin parar de beber. Pero resulta que es superinteresante, tiene una casa guapísima, pero con un montón de libros y revistas raras, como de peli de miedo. Nos ha enseñado una foto donde aparece el aparato que encontró Ava en la sanjuanada. Es una cosa rara de extraterrestres. Me dio un poco de cague lo que dijo porque al parecer nos quieren secuestrar o algo así. No sé qué significa que tengamos eso. Él nos dijo algo de ser los elegidos. Me recuerda a las películas que le gustan a Koldo.
> *Aita* y *ama* siguen con su día a día. No parece que les importe no irse fuera de vacaciones, y eso que en el Mondo-

ñedo hay mogollón de trabajo y Zuloa es muy aburrido. El que peor lo lleva es Peio, cada vez más amargado. Lo que le pasó el otro día con el Telesketch fue la leche. Lleva muy nervioso desde entonces. Están pasando cosas muy extrañas últimamente. Hoy le he pillado a punto de besarse con Ava en el descampado. Por fin. Qué pesados son, si todo el mundo sabe que se gustan desde cuarto. Cuando a mí me guste alguien no lo voy a estar escondiendo, qué tontería. Hoy he leído un test en la *Superpop* para ver cómo sería mi chico ideal y la verdad es que no estoy de acuerdo. Me ha salido que mi chico ideal es el típico chulito que viste de negro, con chaqueta de cuero, el malote de buen corazón que busca pelea porque quiere que le hagan caso. No sé qué tontería es esa. El único malote que se me ocurre es Rocky, pero es un gilipollas. No tiene corazón, es un abusón. Sí parece que quiere llamar la atención, por lo visto en su casa no le quiere nadie. Solo espero que no sea verdad que mi chico ideal sea alguien como Rocky. No lo soportaría. Aunque reconozco, solo aquí, que es bastante guapo.

7

No future

> Nuestras vidas se consumen,
> el cerebro se destruye.
> Nuestros cuerpos caen rendidos
> como una maldición.
> Perdida la esperanza,
> perdida la ilusión.
>
> Eskorbuto (1986),
> «Cerebros destruidos»

1984

La casa de Piti había amanecido, como siempre, gris y callada. No había ruidos de cafeteras, de cacharros de cocina o loza, ni siquiera una radio con noticias y cuñas publicitarias. Parecía una casa deshabitada, si no fuera por el fuerte olor a tabaco negro que consumía sin parar Alejandro, el padre eternamente ausente, y que amarilleaba las cortinas. Ese desagradable olor no suponía un problema para su hijo, al contrario, era una especie de anhelo, como si aquellas ganas de hacerse mayor y fumar fuesen una manera de poder acercarse a su padre o ser como el malogrado Alejandro hijo, su hermano mayor, un mártir yonqui. Otro más.

En aquella casa nunca se hablaba, nunca se había hecho, y mucho menos después de que el primogénito, que había vuelto de la mili con una vocación y una enfermedad, apareciera en el descampado del búnker aquella mañana temprano, cuando el camión de la basura hacía su recorrido diario. La noticia había sido lo suficientemente morbosa como para ser olvidada en meses, y Concha, la madre, no volvió a ser la misma. Alejandro, que tantos proyectos tenía pensados con su hijo mayor, empezó a beber y fumar con mayor frecuencia, incluso a coquetear con ese polvillo que le había arrebatado a su hijo, como si quisiera entenderle. Eso le hacía ser agresivo, desaparecer varios días y gastarse el poco sueldo que le quedaba. Concha miraba para otro lado mientras no diese más de que hablar en el barrio; afortunadamente, en sus escapadas, Alejandro bajaba al Casco o a la palanca y era difícil que le viesen los de Zuloa.

Concha nunca había sido una mujer especialmente alegre. La típica historia de una chica de provincias obligada a dejar su casa para ganarse un sueldo y mantener a su familia que seguía en Zamora, en una vieja casa que se caía a cachos. Fregó platos, limpió portales y, de pronto, un día conoció a un chico de Bilbao, fuerte, bien parecido, y se quedó embarazada. Boda con tripita y con apenas veinte años ama de casa y con la vida supuestamente resuelta, pero con la duda eterna de cómo hubiese sido todo si no hubiese abandonado Zamora o si le hubiese dado una oportunidad a aquel cartero que andaba detrás de ella desde que llegó a aquella pensión bilbaína. Con el nacimiento de Alejandro júnior llegó un breve paréntesis de calma disfrazada de felicidad. Aquellos primeros veranos alquilaban un pequeño estudio en Gandía y se creían felices. Luego vino Pedro, que, lejos de venir con un pan debajo del brazo, vino con recortes en la fábrica de Alejandro padre. Al principio eran recortes semanales de horas, algo hasta cómodo para no madrugar tanto o comer antes, pero pronto empezaron a mandar a la gente a casa durante días y se fueron acabando las vacaciones a Gandía, el coche nuevo y tantos otros proyectos.

Piti tenía la sensación de que con él empezó lo malo. Había sido un hijo buscado, pero por el mero convencionalismo de ir a por la parejita. Nunca le habían ocultado que no era el favorito, algo que tampoco le importaba demasiado, al contrario, era un alivio no tener la responsabilidad de tener que superar las expectativas. Llegó incluso a sentir lástima por su hermano mayor, tan querido, tan perfecto y tan presionado. Desde bien pequeño se había acomodado a la soledad, a no ser tenido en cuenta, a que le dejaran en paz. Eso le hacía ser introspectivo, serio, pero no triste, aunque la imagen que proyectaba en los demás era la de una melancolía inalterable. Por otro lado, al no participar mucho en las conversaciones, había en él un halo interesante, como de reflexivo, quizá por eso cuando hablaba se le escuchaba como si fuese a decir una verdad absoluta, una genialidad. Obviamente, esto solo pasaba entre sus amigos, en casa no se le tenía en tan alta estima, mucho menos desde la tragedia con su hermano.

Aunque nunca mostraba emoción por las cosas del día a día, la historia del aparatito que encontró Ava le había renovado por dentro, le cosquilleaba una esperanza, un aliciente para huir de su casa sin remordimientos. Sentía que su verdadero hogar estaba ahí, con sus amigos, y tenía la certeza de que, junto a ellos, nada malo le iba a pasar. Los apoyaría en todo como lo hacían con él, aunque eso suponía entrar en un mundo donde la lógica tenía sus propias normas y no siempre respondía a lo común. No era un gran lector ni un amante de las películas, como su amigo Koldo, pero disfrutaba cuando se evadía viendo el capítulo de alguna serie, leía una novellilla o aguantaba el sueño después de comer viendo la de vaqueros o piratas de

Primera sesión. Un placer que escondía una necesidad urgente de huir de la realidad que le estaba atropellando diariamente.

A menudo soñaba con su hermano. No eran pesadillas, sino escenas que, de tantas veces repetidas en sueños, no lograba adivinar si una vez fueron ciertas. Como aquella tarde nostálgica en el cuarto de los hermanos; Alejandro hijo fumaba, sin esconderse, sobre la cama, donde no era raro encontrarse algún boletín de ideas revolucionarias o algún viejo topo entre los apuntes. Las ideas políticas del hermano mayor se vivían con un no disimulado orgullo en la casa, a pesar de no tratarse de una familia precisamente politizada. Se tenía por bueno el axioma que ser de izquierdas era una virtud, era de ser buena gente, como ocurría desde hacía lustros con la idea de la beatería y acudir a misa cada domingo. Había un heroísmo en luchar por los ideales y por el bienestar social, por dar voz a los sin voz, por tener chapas contra las nucleares. Y fumar negro español era parte del lote. Pedro, antes de ser rebautizado por sus amigos como Piti, miraba a su hermano con una mezcla de admiración y envidia. La política no le interesaba lo más mínimo. Le aburrían sobremanera los telediarios, no soportaba los programas de debates como *La clave* y de *El Correo Español* solo miraba la página de tiras de chistes y pasatiempos, especialmente los ocho errores de Laplace, con los que competía con su hermano mayor que, obviamente, se dejaba ganar.

—¿Qué tal sabe? —preguntó Pedro por lo que era realmente de su interés.

—¿El trujas?

Hubo un silencio y una respuesta sincera.

—No te sé decir. No le saco mucho sabor. Solo sé que huele mal y luego prefiero comerme un chicle antes que ver a Charo.

—Entonces ¿por qué fumas? —Pedro acertó con el dardo en el centro de la diana, algo que, lejos de desarmar a Alejandro, le divertía.

—Pues tampoco te sé decir. Fuman todos los de mi edad. Supongo que porque nos hace irresistibles a las chicas...
—Pero si luego dices que prefieres comer un chicle antes que ver a Charo.
—Ya, bueno, es por el aliento. A mí me gusta fumar porque me relaja. Me gusta ver el paquete con todos los cigarros en fila, sacar uno, encenderlo...
—Ya, para chulearte...
—Claro, hay algo de eso.
Risas.
—Niñato, por cierto, he visto otro error. En el sombrero.
—Ya lo había dicho yo.
—Pero no está marcado.
Pedro se había sentido protegido por su hermano, aunque no habían disfrutado mucho el uno del otro. Algunas veces había pensado ciertamente que no había hermano mayor mejor que el suyo, por eso lamentaba que sus padres volcaran tanta expectativa, que su hermano sufriese en silencio tanta presión. Nunca tuvieron una conversación profunda —Pedro era muy pequeño—, más allá de cigarros, revistas eróticas y pajas («No te quedas ciego, eso son tonterías, pero echa el pestillo en el baño, que no te veamos»), pero no hacía falta más. Menudo faro para un crío al que nadie le había hecho sentir especial nunca. Echaba de menos saber llorar para dedicarle unas lágrimas a la persona que mejor le había tratado antes de conocer al grupo. Tiempo después descubrió que el faro de su hermano estaba a oscuras demasiadas veces y que no tuvo la suerte de encontrar otra luz que le guiara como sí la había tenido él. Hubo un tiempo en que Pedro se sintió en parte culpable por no haber sabido ayudar a su hermano, devolverle tantos consejos, tanta sabiduría. La desgracia cayó sobre la familia y nadie supo ayudar a los vivos, no hubo abrazos, no hubo psicólogos. No hubo cariño. Se podía decir que no había futuro. Todos, de alguna manera, habían muerto

un poco a la vez que Alejandro hijo. Las escapadas de Alejandro padre a la palanca o el estado imperturbable de su madre Concha se revelaban como una suerte de suicidio cotidiano, una huida constante y enfermiza hacia el conflicto. Ratones que giraban en la rueda sin plantearse salir de ella. Pedro era diferente, o al menos tuvo la suerte de haber conocido a sus amigos. Tuvo la suerte de convertirse en Piti, de abandonar a Pedro y estrenar con el mote una nueva identidad, y quién sabía si una nueva vida.

Deseaba creer en el monolito de Ava, en que se abriesen agujeros en la razón, que Zuloa dejase de ser tan gris y aburrido. Quería que algo pasase, algo gordo, absurdo, aunque fuese trágico. Anhelaba un cambio drástico en los días, vivir en una de esas películas que alquilaba Koldo, que hubiese futuro por fin. Por otro lado, no quería dejar de soñar con su hermano, quería atesorar esa relación truncada pero fértil. Aun después de muerto le seguía ayudando, iluminando. A menudo se imaginaba que volvía a verle, que podía hablar con él otra vez:

—¿Qué tal estás?

—Bien, estoy tranquilo, ¿y vosotros?

—Todo se ha desbaratado desde que te fuiste. Pero creo que los *aitas* están más perdidos que yo. Se les fue el hijo favorito.

—No seas gilipollas. —Aunque Pedro no lo sabía, se imaginaba esta posible respuesta de su hermano.

—Sí, es así, ya lo sabes. Así ha sido siempre.

—¿Así que están mal?

—Sí, y no sé cómo ayudarlos, yo estoy más o menos estable, tengo un grupo de amigos.

—Qué bien, los amigos son la familia elegida. Muchas veces son las personas ideales para compartir la vida. La familia nos viene impuesta.

—¿Qué tal sabe?

—¿El trujas?

—No, el caballo.

—Ni puta idea, aquí sí que no sé decirte nada. A nadie le gusta ver a un yonqui, ni a las chavalas, ni puedes chulearte, es una mierda. Es estar sano y enfermarte adrede.

—¿Entonces...?

—Ya, ya sé lo que me vas a decir. Pues tampoco lo sé. Ni me acuerdo del primer pico. No sé si sentí esa paz de la que habla todo el mundo.

—He oído en la tele que muchos empiezan con la heroína para huir de su vida, pero tú no tenías una vida mala, todos te querían, eras el chico perfecto.

—¿Y no decían en la tele que muchos buscan una tranquilidad que no tienen?

—...

—Pedro, ni se te ocurra entrar aquí. Fuma todos los trujas que quieras, mejor si es rubio, no deja tan mal aliento, pero nunca te pinches. En este mundo no hay futuro. Y que nadie te diga lo contrario.

—Pero es que no lo entiendo. Con lo listo que has sido, con los consejos que me has dado siempre. ¿Por qué caíste aquí?

—No busques una lógica. Solo hazme caso otra vez. Aléjate de esta mierda.

Aquellas conversaciones imaginadas, que de alguna manera parecía que le enviaba su hermano, le servían de desahogo y le permitían entender mejor lo que le pasaba por dentro. Cómo era Alejandro hijo, le ayudaba hasta después de muerto. Claro que era el chico perfecto. Muchas veces, Piti se quedaba dormido después de estas autoterapias que guardaba en el más sellado de los secretos.

Los días se desarrollaban sin grandes cambios. Era muy difícil no encontrarse chutas en parques, callejones o jardines. Las noticias de víctimas de la heroína se disparaban y copaban buena parte de las noticias de los periódicos y los programas de debates de la tele. Una lacra social que se había convertido en la pesadilla de la democracia. Las bandas de música punk y los grupos de rumbita empezaban a introducir el tema en sus canciones y se hacían famosas, y el éxito del cine quinqui, con esos protagonistas un tanto idealizados, no ayudaba a que muchos jóvenes se alejasen de la sordidez y soledad de ese mundo. La enfermedad y la necesidad conducía a los tirones de bolsos, a los palos en callejones o en farmacias, a una inseguridad callejera que parecía dar la razón a quienes seguían diciendo que con Franco se vivía mejor. Algo más de una década después de ser presentada la Ley sobre Peligrosidad y Rehabilitación Social, el tema volvía a ser debate en la calle. Y en barrios obreros deprimidos, como Zuloa, era el día a día. Y Pedro, Piti, buscaba, con doce años recién cumplidos, un futuro, dentro o fuera de ese barrio.

Salió de casa en dirección al Mondoñedo y justo a la altura del descampado empezó a ver una multitud que se agolpaba, curiosa. Se acercó al ver entre ellos a sus amigos. El ambiente estaba crispado, alguien incluso dio un grito de horror.

—¿Qué pasa? —preguntó a Koldo al llegar.

—Es Sergio.

—¿Sergio? ¿Qué Sergio? —Se aproximó al grupo de curiosos que cuchicheaban sin esperar la respuesta de Koldo y entonces lo vio.

El cuerpo estaba extrañamente retorcido, como si se hubiese caído de una gran altura, con las piernas hacia atrás. A pesar de que su cabeza estaba oculta bajo un revoltijo sanguinolento y su cara era un coágulo bulboso, era fácilmente reconocible por la ropa. Era Sergio, uno de los colegas de Rocky. Lo más curioso era que en una mano tenía agarrada con fuerza una piedra puntiaguda.

—Parece que se lo ha hecho él mismo.

—¿Tú crees?

La gente no dejaba de hacer comentarios, sin atreverse a acercarse ni a irse del lugar. Ava estaba lívida y se abrió camino entre la multitud. Tenía que actuar con rapidez antes de que llegara la policía o la ambulancia. Aprovechó el jaleo para llegar hasta el cadáver de Sergio y extraer de uno de los bolsillos del pantalón el smartphone y guardárselo.

La ambulancia acabó de disolver a los curiosos y la policía se llevó a Rocky y al resto de sus amigos, que estaban blancos y mudos.

Una vez en su cuarto, a solas, Ava sacó el smartphone, que aún tenía manchas de sangre, y se quedó mirándolo unos instantes. De pronto el monolito vibró, se encendió lo que parecía una pequeña pantalla y aparecieron unas palabras:

Hola, Ava, me alegro de haber vuelto a las manos correctas.
Te pido por favor que a partir de ahora tengas más cuidado.

INTERLUDIO

8

Ava

2024

La habitación mostraba un tono pastel mate claro gracias a un pesado telón ocre mal corrido la noche anterior. A pesar de la hora, ya se escuchaba el bullicio típico de los días laborables. El hotel, aunque apartado, se encontraba en el epicentro de la actividad económica de la ciudad. Tardó en recordar de qué ciudad se trataba. Como para adivinar el nombre del chico que roncaba grotescamente junto a ella. Levantó con suavidad la sábana que le tapaba el culo a ese adonis desconocido. Hacía tiempo que no gastaba energías matutinas en adivinar cómo se había desarrollado la noche anterior. Era una especie de peaje del que ya no se sentía culpable. Nadie engañaba a nadie y los hoteles eran el lugar perfecto para seguir en el anonimato.

Como apenas dormía, se ahorraba el problema de las despedidas. Ese adonis también se despertaría solo en una habitación de hotel y tendría un bonito recuerdo de una noche junto a una desconocida a la que jamás volvería a ver.

Apagó la alarma del móvil, esa que nunca llegaba a sonar, pero que siempre ponía por si el alcohol era más eficaz, y se duchó en silencio. Una ducha rápida, triste. Una vez abandonada la habitación, decidió desayunar fuera, en el primer café que encontrara abierto. Del check-out se encargaría la empresa, y de echar al adonis, las de la limpieza. «Adiós, querido, supongo que estuvo bien».

Los últimos meses habían sido una locura de conferencias, convenciones, comidas, viajes, cierre de negocios, copas en bares vacíos de hotel y polvos furtivos, y se abría un horizonte esperanzador, pero si cabía más estresante.

La reunión, medio año antes, en las jornadas del videojuego de Frankfurt tuvo como consecuencia el contrato de su vida y una estupenda noche con una azafata alemana de veintitantos años.

—¿Pero qué estoy haciendo? Si podría ser tu madre.

—No eres la persona más mayor con la que he estado y, si te sirve de consuelo, no te echaba más de cuarenta y siete años o así.

La jovencita alemana hablaba un inglés perfecto, sin acento, y se las sabía todas. Por primera vez en años, Ava se ruborizó, desarmada. No era la primera vez que estaba con una chica en la cama, ni con una de esa edad, pero reconocía en ella algo que la revolvía por dentro, como si respondiese a una especie de ilusión. «Olvídate, Ava. No vas a volver por aquí, y menos después del contrato que acabas de firmar».

Y ahí estaba, medio año después tomando un *doppio* con minicruasán en un bar anodino de una zona a las afueras esperando al taxi que la llevaría al aeropuerto.

Se había acostumbrado a llegar a los lugares y que todo estuviese reservado y pedido en exclusiva para ella. Si de pronto se viese obligada a pedir un taxi o coger una habitación, seguramente le llevaría más tiempo que la primera vez que lo hizo, años atrás.

Había llegado el momento que llevaba esperando desde hacía seis meses. Desde Frankfurt. Una sensación de vértigo y excitación le venía bailando por dentro toda la semana. Un vértigo que la ponía especialmente cachonda. Las cláusulas del contrato las tenía memorizadas, por anómalas. Podrían asustar a los menos avezados o impulsivos, pero para Ava era la oportunidad que llevaba esperando toda su vida; prueba de ello era su mareante currículum, que parecía estar consagrado a ese fin.

Había llegado el día, poco después de ese *doppio* aparecería el taxi, un Mercedes negro con cristales tintados. Entonces una persona le pediría amablemente lo que ambos sabían, que se pusiera una venda en los ojos para no reconocer el camino al aeropuerto. Una vez allí cogerían un vuelo privado con destino a un hangar secreto donde cogerían otro vuelo hacia el destino en el que pasaría los siguientes siete meses. Un lugar secreto en un país desconocido. Un trabajo intensivo liderando un equipo de élite; encerrados en un edificio-búnker, aislados del exterior. Parecía de película de serie B de espías, pero eso, entre otras cosas, había firmado. Esa era su realidad.

El taxi no se hizo esperar y todo transcurrió según lo pactado. El corazón de Ava luchaba por permanecer dentro del pecho, bajo una camiseta informal y barata que daba el pego junto a una chaqueta oscura que realzaba su figura, deseada y a menudo disfrutada por las personas equivocadas. Con los ojos vendados trató de agudizar el oído como había visto hacer en las películas, queriendo adivinar un tren, una megafonía o el canto de unos pájaros. Imposible. El chófer había puesto una monótona música electrónica que recordaba al new age de décadas atrás y que tapaba cualquier sonido externo. Ava sintió que esa música relajante cumplía a medias su cometido; por un lado, le privaba de pistas de fuera, pero a la vez la estaba poniendo de los nervios. El chófer, eso sí, era de una delicadeza extrema y no notó bache alguno en todo el trayecto ni se mareó, algo raro en ella. Recordaba los horribles viajes al camping de Noja con sus padres y los gemelos.

—Joder, Ava, ¿otra vez? —le recriminaban sus hermanos cada vez que hacía parar a su padre para vomitar en el arcén.

Los viajes, ya de por sí alargados en el tiempo por la caravana, se volvían eternos por las paraditas técnicas de la chica.

Sonrió al verse sorprendida por ese recuerdo y trató de captar cualquier información mediante el tacto y el olfato. Ambos sentidos le vinieron a decir lo mismo, que el coche era nuevo y, seguramente, lujoso. Un Mercedes con todas las prestaciones, sin apenas kilómetros. El olor a tapicería nueva no la desagradaba, pero no se encontraba entre sus predilecciones. Prefería el de la gasolina, el del café o el de la hierba recién cortada.

Aunque perfectamente aseada, nunca llevaba perfume ni colonia porque no le gustaban los buenos olores impuestos sobre una piel, y si llevaba chaquetas era por imperativo de su trabajo; si hubiera sido por ella, habría llevado jerséis amplios, vaqueros y zapatillas cómodas, como cuando era niña.

La persona que viajaba a su lado era una chica más joven que ella que desprendía un aroma frutal. Apenas tuvo tiempo de verla bien antes de la venda, con lo que pudo fantasear con su físico tratando de dibujarle uno acorde a aquel perfume, seguramente carísimo.

El viaje, cuya duración ignoraba, iba a servirle para liberar la mente y pensar en cosas ajenas a la absorbente tarea que le ocuparía por completo durante más de medio año. Incluso a ella le habían dado la información parcelada hasta que no se encontrase en aquel búnker con el que también fantaseaba.

Nunca se había sometido a un trabajo tan exigente como ese. Pensó en los que se pasaban meses en una plataforma petrolífera. Ella ni siquiera podría llamar al exterior, ni una triste videollamada, aunque tampoco hubiese sabido a quién hacérsela. No tener a nadie ayudaba a firmar contratos como ese. No tener a nadie que la esperara, a nadie con quien celebrar el éxito o lamentar el fracaso, nadie con quien disfrutar de la remuneración millonaria.

Ava no iba por el dinero, su ambición no se medía en cifras. Siempre había soñado con vivir de los videojuegos; de niña se conformaba con que le pagaran por probar los prototipos, por ser la primera persona en disfrutar y valorar la jugabilidad, los gráficos y la originalidad de los títulos nuevos. Pero el destino y su tesón le regalaron una oportunidad que estaba por encima de cualquier cheque. Estaba deseando ponerse a prueba de esa manera, pero no se ocultaba el miedo a no estar a la altura.

El Mercedes, tras un rato que pudieron ser horas (Ava se había quedado dormida), paró en un lugar sin tránsito, amplio y ventoso. Con la venda aún en los ojos, Ava pensó en el hangar.

—Por aquí, por favor. Cuidado con la cabeza al salir.

Aquel lugar frío y presumiblemente solitario pasó por la imaginación de Ava como el escenario de una película mala, de esos en los que el protagonista huye *in extremis* en un aeroplano que, por arte de magia, sabe pilotar.

La chica del perfume frutal la cogió del antebrazo, delicada pero firme; no obstante, notó que esa mano que la dirigía temblaba ligeramente. Pensó en el frío, luego en una posible inexperiencia de la joven, algo que descartó de inmediato. Escuchó el portón del hangar deslizarse con pesadez.

—¿Puedo tomar un café? —pidió Ava, serena para no resultar desesperada.

—Por supuesto —contestó la joven con voz dulce—, saldremos cuando lo acabe. ¿Cómo lo quiere?

Le sorprendió que la tratara de usted. No acababa de acostumbrarse a esos formalismos. Cayó en la cuenta de que, a pesar del secretismo enfermizo y lo incómodo de la venda, allí, de alguna manera, la jefa era ella y todo se haría según lo pidiera.

Adivinó una Nespresso encendida en una mesa llena de papeles de una oficina de paredes desmontables. Se frotó los brazos de frío.

—Perdone, ahora le traigo una chaqueta.

Se sintió abrumada por su solícita compañera de viaje y asintió agradecida.

—¿Podría quitarme la venda? —La puso en un aprieto Ava—. Llevo varias horas así y es algo molesto.

La joven del perfume floral tardó en contestar. Seguramente estaba consultando la petición.

—Por supuesto, pero tendría que acompañarme a una salita y no salir de ella hasta que vuelva a ponérsela.

—Lo que sea por quitarme esta tortura unos minutos.

La chica asintió sonriendo en silencio, algo que Ava no pudo percibir y lo asumió con una interrogación.

Una vez en la salita, Ava pudo disfrutar de un segundo café mientras miraba las paredes blancas de lo que a todas luces era una especie de vestuario. Hundió su nariz en el vasito de cartón para aplacar el olor a sudor del lugar y volvió a preguntarse dónde estaría. Afuera nadie hablaba, no había ruido alguno. Nada. Ni un idioma ni un acento. Perdió su mirada en una caja de bombillas que había en una esquina. «¿Qué hago aquí a mis cincuenta y dos años?». Por primera vez se le cruzó ese pensamiento. Nunca antes se había planteado que podía ser mayor para ese puesto. Pero ya era tarde. Aquella era su gran oportunidad, lo que había estado esperando, ¿a qué venían de pronto esas dudas?

Sintió un extraño escalofrío en aquel vestuario minúsculo de un hangar perdido a saber dónde.

—¿Ha terminado? —escuchó al otro lado de la puerta.

Ava apuró el café, se puso de nuevo la venda y se dirigió a la puerta.

—Sí, ya estoy.

La puerta se abrió. La chica la agarró de nuevo del antebrazo y volvió a conducirla, esta vez hacia el aeroplano del que ya rugía el motor.

9

Peio

2024

—¡Cagüen la puta!

—¿Qué pasa? —le preguntó el mozo de la farmacia que pasaba justo por delante del Mondoñedo.

—La puñetera persiana, quién me mandaría poner una eléctrica. En cuanto caen dos gotas se atasca.

El mozo se despidió con media sonrisa pensando que si no era la persiana sería otra cosa, pero escuchar a Peio echar sapos y culebras era lo normal. Casi se había convertido en una caricatura. En el barrio ya le conocían de sobra y prestaban poca atención a sus quejas, de hecho, se había ganado a pulso el mote por el que le conocían, el Juramentos.

No habían sido dos gotas, pero necesitaba echarle la culpa a la persiana, esa modernidad con mando. El aguacero había durado toda la noche, pero Zuloa ya no se convertía en un barrizal ni tenían que venir a achicar las alcantarillas cada dos por tres. El barrio había cambiado, eso era innegable viendo fotos de años atrás. Lo que había sido el videoclub Zafiro se había convertido en una frutería de mala calidad; las fachadas de ladrillo habían pasado a ser en su mayoría ventiladas, del mismo color y sin personalidad; las aceras se habían ensanchado en dos ocasiones y cada poco tiempo volvían a abrir zanjas para retomar el conflicto de las cañerías, que no parecía tener solución.

A golpes, sin dejar de maldecir, Peio logró subir la persiana. Le dolía la espalda desde hacía días y cada esfuerzo le costaba la vida. Recogió las cartas que conseguían dejarle bajo la persiana y entró sudando. Se sentía mayor, en baja forma, gordo y agotado, y acababa de empezar el día. Avanzó a oscuras dentro del bar. Se conocía cada esquina, cada mesa, la máquina tragaperras, por mucho que estas fuesen más modernas y hubiesen cambiado los materiales. Más de cuarenta años en aquella jaula de la que no conseguía escapar. Había días en que la rutina se le agarraba al estómago, otros a la garganta, y cada cigarro se había convertido en un suplicio.

A menudo pensaba que si hubiese tenido algo más de ambición y valor habría abandonado hace años Zuloa, como la mayoría de su generación. El día a día en el barrio le recordaba a esas películas donde a los presos se les dejaba caminar en círculos en el patio de la cárcel. De alguna manera, toda su vida había pasado así y cada paso que daba en otra dirección le había hecho retroceder de nuevo.

Con el bar en penumbra, en silencio, miró a la calle. Ya solo reconocía a los más viejos que, achacosos, pasaban por delante de la puerta en dirección a la farmacia regentada por Federico, el hijo de los anteriores dueños, un matrimonio mal avenido que terminó separándose.

Al barrio habían llegado muchas parejas jóvenes, a la llamada del piso heredado y la vida asequible de la periferia. Las nuevas necesidades de los actuales vecinos habían modificado las calles, los negocios, incluso los sentidos de circulación. No pocas veces Peio se refugiaba en la memoria, posiblemente su mayor don, jugando a redibujar el barrio hasta dejarlo como cuando era niño. «Ahí estaba la papelería de Itxaso, al lado del autoservicio había un negocio de telas y cortinas, más adelante un colmado y una lonja pequeña de bacalao. Lo que es ahora un locutorio fue una pequeña delegación de una caja de ahorros...».

Era más doloroso ver cerrados los negocios que no habían sido renovados, como la mercería de Aurori, con óxido en la perfilería metálica de la puerta. El rótulo otrora humilde pero elegante se había oscurecido de tantas lluvias y los cristales del escaparate estaban llenos de carteles que invitaban a huelgas o denunciaban los sueldos elevados de los altos cargos del ayuntamiento. Otro local del que quedaban vestigios mugrientos y nostálgicos era el club de tiempo libre El desván, donde tantas horas había pasado con sus amigos y que había llevado un grupo de voluntarios algo mayores que ellos. Programaban excursiones a los montes de los alrededores, cine al aire libre, interpretaban obras de teatro y hacían talleres de manualidades (todavía conservaba una marioneta que realizó en uno de ellos). Un día pillaron a uno de los monitores quemando un cajero. Se abrió una investigación y resultó ser miembro de un *talde* que apoyaba a ETA. Le detuvieron y no volvió jamás al barrio. El desván siguió un tiempo, pero ya no recibían tantas subvenciones y no fue lo mismo. El local llevaba unos treinta años cerrado y nadie se había interesado en él, a pesar del cartel de Se alquila, también con solera, de la ventana. Era fácil imaginarse su interior; una capa de polvo cubriría una estancia desolada, las baldas llenas de libros, botes con pinturas y bolígrafos sin tinta, restos de disfraces, cabezudos, pelotas deshinchadas, mesas cojas, una bata en una esquina...

Un claxon de la calle arrancó a Peio de sus ensoñaciones y le llevó de nuevo al decepcionante 2024. Chasqueó la lengua de fastidio y se dirigió al cuadro de luces.

Tiró las cartas sin abrir en una mesita en la cocina que servía de mueble para todo. Más tarde descubriría que una de esas cartas era el último aviso de aquella otra carta, certificada, que se negaba a recoger donde se le reclamaban los meses que había dejado sin pagar de una manutención a todas luces abusiva, conseguida por el hábil abogado de su ex.

Peio torció la boca en un gesto de desagrado, como si de pronto hubiera notado un mal sabor. Acordarse de su ex siempre tenía ese efecto en él.

Había conocido a Clara en un viaje que hizo a Granada en 1999. Aquel autobús sin aire acondicionado e increíblemente incómodo llevaba, durante horas, a medio centenar de desconocidos con ganas de conocer el sur de la península. Peio entonces tenía veintisiete años y con su cuerpo atlético no tardó en resultar uno de los más deseados en aquella escapada. No era el gracioso ni el más inteligente, pero cuando se quitaba la camiseta en las calas no tenía rival. Pronto se hizo un grupo de amigos aquellos días y tras varios escarceos con alguna chica empezó a quedar, ya en Bilbao, con Clara. Nunca se trató de una relación romántica. Desde el principio hubo mucho sexo y discusiones. El carácter de ambos impedía que la relación albergase momentos entrañables de paz. Aun así, hubo boda y una hija, Laura, que siempre los escuchó discutir. Los años pasaron sin mucho que reseñar y la relación se resentía y se estancaba, empezando a oler mal. Los días en el Mondoñedo eran muy largos y Peio comenzó a hacer algo que siempre se prometió no hacer, beber. Por su lado, Clara, que trabajaba en una empresa de telefonía móvil, empezó a quedar con su compañero de tienda. Llegaron a acostumbrarse a que Peio durmiese borracho en el sofá y a que le señalasen como el cornudo por la calle. Era una vida triste pero cómoda y desde que compartían piso sin hablarse habían desaparecido las discusiones. Pero llegó el día en que todo cambió para siempre.

—Peio, quiero que nos divorciemos.

—¿Bien? ¿Quieres casarte con ese?

—Pues no lo sé, pero me ha pedido que me vaya a vivir con él.

—¿Y Laura? Es menor de edad.
—Vendría conmigo, claro.

No discutió. No tenía sentido ir de pronto de padre coraje. De hecho, no se imaginaba viviendo con su hija sin la supervisión de Clara. Aceptó demasiado rápido y no tuvo suerte con el abogado de oficio que le tocó. Nunca había sido un buen marido ni un buen padre y desde que las dos se fueron a vivir a Portugalete apenas las había visto.

El Mondoñedo empezó a recibir a los parroquianos de todos los días que, al igual que el propio bar, también habían cambiado. Aún quedaban algunos chiquiteros de mediodía, algún parado o jubilado que no necesitaba ni pedir lo que quería porque Peio ya lo sabía de memoria, pero el grueso de la gente que entraba eran personas que se cuidaban. Los sol y sombra, los riojas, los brandis, incluso los cubalibres habían sido desterrados por los rooibos, los tés helados, los *smoothies* o los cafés de mil variedades. El nuevo siglo les había sentado mal a él y al bar, que había visto cómo unas obras de mejora le habían convertido en una especie de gastrobar al estilo de las franquicias de moda. Aún conservaba una vieja foto enmarcada de sus padres, José el Gallego y Dori, encima de la caja registradora y algún objeto de recuerdo, pero el Mondoñedo (también quiso conservar el nombre) había perdido ese halo de taberna castiza que tanto le gustaba a su difunto padre.

En la televisión, un magazine de actualidad muy patrocinado por cientos de marcas informaba de un crimen en un barrio de Madrid. Los tertulianos, que minutos antes habían estado hablando de política con vehemencia, repetían una y otra vez las mismas frases para rellenar minutos. Las imágenes, también puestas en bucle, habían sido grabadas esa misma mañana.

—¡Qué hijoputa! —dijo uno de los clientes apurando en la barra un café con leche sin quitar el ojo de la televisión. Estaba claro que buscaba empezar una conversación o que por lo menos Peio le secundara. Este asintió sin dejar de secar los vasos, ajeno al tema en cuestión.

Miró el móvil y vio que tenía varias llamadas perdidas y mensajes sin abrir. Había desarrollado un temor a recibir citaciones y malas noticias. El cupo de disgustos estaba rebasado hacía tiempo y vivía con el miedo de que, en cualquier momento, pasara algo peor. Notó la diaria presión en el pecho. Se dirigió a la cocina y tomó la pastilla de la tensión. Vio su reflejo en un diminuto espejo, donde tanto le gustaba mirarse a Vera de niña. «Vaya vida de mierda, Peio. ¿Qué ha pasado?».

Cogió las cartas y dio con el último aviso del juzgado. «Aquí estás, te estaba esperando, cabrona».

Empezaba otro día de mierda y tocaba ser fuerte, no iba a dejar que el insistente recuerdo del pasado le venciera de nuevo. Tenía claro que los ochenta y los noventa eran infinitamente mejores que la época actual, donde veía cómo su día a día era un lento y agónico desaparecer por el inodoro.

Segunda parte

*Vamos a jugar a las pruebas.
Yo os propongo una serie de pruebas y tenéis
que ir pasándolas. Algunas serán sencillitas,
otras no tanto. ¿Os animáis?*

10

La cosa se complica

1984

A la mañana siguiente de aparecer el cadáver sanguinolento de Sergio en el descampado, Zuloa se había puesto de moda y las furgonetas de diferentes televisiones, radios y prensa ocupaban, casi atascaban, la calle donde se encontraba el Mondoñedo. El ambiente estaba agitado, los periodistas con blocs de notas y micrófonos trataban, en un afán competitivo, de conseguir más testimonios y más datos jugosos sobre lo sucedido.

—Joder, cómo se ha llenado esto hoy. —Peio miraba a través de la cristalera del bar. El barullo era considerable y apenas había cuatro dentro del local.

—Cómo no iba a estar Velasco —exclamó Baldo desde su mesa al ver en la calle a un tipo con aspecto mugriento y una libreta—. Esa alimaña de *El Caso* no se pierde ni una. Ni se os ocurra hablar con él…

—Peio, ven aquí, por favor —aseveró con gesto serio Ava que, junto a Piti, Koldo y Vera, estaba en otra mesa—. Creo que es importante que volvamos a juntarnos en un sitio seguro para hablar de lo sucedido.

No necesitaba dar más explicaciones. Sus amigos sabían perfectamente que se trataba del tema del monolito y de la muerte de Sergio, pero no alcanzaban a ver la relación. Ava se mostraba nerviosa, estaba deseando contarles todo, pero prefería hacerlo sin que estuviese Baldo delante.

—Podríais venir a mi casa —comentó tímidamente Koldo—, aún no he visto *2001: Una odisea del espacio* y tengo que devolverla. Mis padres hoy no van a estar.

—Hecho —dijo resueltamente Ava acompañándolo con una palmada.

Horas después estaban todos en la salita enfermizamente limpia de la casa de Koldo. Como también era la primera vez que la veían, el resto de sus amigos miraba cada rincón como si estuviesen en un parque de atracciones. Parecía la casa de unos neuróticos del orden y limpieza. Koldo se agachó para introducir la película en el reproductor, pero Ava le cortó:

—Espera, Koldo, antes quiero deciros una cosa.

Sacó el smartphone y lo colocó con dramatismo en la mesita de cristal delante de todos.

—¿Lo recuperaste? —Peio no salía de su asombro.

—Sí, y no gracias a ti, precisamente —sonó más agresiva de lo que hubiese querido. Peio estaba rojo como un tomate—. Ya sabéis que Sergio me robó el monolito y horas después apareció muerto en el descampado del búnker.

Todos escuchaban en silencio sin acabar de entender adónde quería ir a parar.

—Dicen que se suicidó —soltó Vera disimulando mal cierto morbo.

—Eso dicen, pero creo que no fue así.

—¿Ah, no? —Koldo seguía agachado frente a la televisión—. ¿Y quién lo hizo?

En ese momento el extraño aparatito negro vibró e hizo gran ruido sobre el cristal de la mesa. Todos lo miraron sobresaltados.

Ava estiró la mano para cogerlo.

—¡Cuidado, Ava! —No pudo reprimir Peio al verla acercar la mano.

—¿Por qué? —quiso saber fingiendo una valentía que vacilaba por momentos.

—No sé, podría quemar o dar calambrazos.

—¿Y por qué iba a hacer eso? —preguntó burlona Vera.

—Porque está moviéndose solo, sin pilas. No sabemos lo que es, Baldo podría tener razón.

Tras unos segundos de vacilación, finalmente Ava se decidió y cogió el aparatito, que no solo vibraba, sino que emitía pequeños destellos de luz. La sorpresa estaba a punto de llegar.

Hola de nuevo, Ava, ¿me echabas de menos?
¿Ya les has hablado de mí?

De pronto toda la estancia se nubló, no había nadie alrededor, solo ella y aquel aparatito que le hablaba y la llamaba por su nombre, como aquel videojuego que no cargaba días atrás, como hacía unas horas en su cuarto. Pasaron unos segundos que podían haber sido horas.

—De esto os quería hablar…

Vaya, veo que tú también me has echado de menos.

Oscuridad, perplejidad…, aquella situación resultaba absurda hasta para una experta en tecnología como era ella. Esa cosa se quería poner de nuevo en contacto con ella, pero no sabía cómo contestar. La otra vez, con el Spectrum tenía un teclado, y en su cuarto la última vez solo acertó a guardarlo en la mochila.

—¿Qué pasa? —Peio volvió a no poder reprimir sus sentimientos.

—No sé —contestó contrariada—, esto me está hablando, pero no sé cómo contestarle.

Ah, es eso. No te preocupes. Te estoy escuchando.
Podría explicarte cómo utilizar el teclado, pero de momento basta solo con que hables.

Ava dudó rodeada por sus amigos, que no sabían cómo actuar, y, finalmente, con un hilo de voz dijo:
—¿Eres el de la otra vez?

¿El de la otra vez? ¿Por qué no LA de la otra vez?
¿Por qué piensas que soy masculino?

—Bueno, pues la de la otra vez.

Ah, no, no. No me hables en femenino. Estaba bromeando.

Estaba claro que aquello la estaba vacilando y que, sí, era lo de la otra vez. Koldo acertó a sacar la película sin dejar de mirar al aparatito. Le molestaba el sonido de la tele y no sabía cómo reaccionar. Ni siquiera se acordó de sus padres. Era muy fuerte todo aquello y no conseguía dar con una explicación satisfactoria. Tampoco la experta en cacharritos, Ava, parecía entenderlo y se mostraba perdida, como el resto de sus amigos. La adrenalina, la fascinación y el miedo se apoderaron de ellos en aquella salita de papel pintado y moqueta con olor a amoniaco.
—Bueno, ¿y qué quieres?

¡Por fin! Pensaba que nunca me lo ibas a preguntar.
Aunque la pregunta sería: ¿qué quieres tú?

Aquello dejó sin palabras a la chica, que notó un escalofrío que bajaba, en cascada, por su columna vertebral. Nunca se había enfrentado a nada parecido. ¿Quién le estaba hablando? ¿Por qué sabía su nombre? ¿Qué aparato era ese? La otra vez fue a través del monitor de su cuarto, pero ahora era a través de aquella extraña pantallita negra que aseguraba que la escuchaba, y de hecho lo hacía, porque estaba teniendo una conversación con esa especie de máquina. Pero lo que realmente la atormentaba era qué relación tenía aquel aparatito con la muerte de Sergio.

Vale, veo que no sabes aún lo que quieres. Igual estoy yendo muy deprisa. Vamos a jugar. Eso te gusta, ¿verdad?

—¿Jugar? ¿A qué?

No sé, vamos a ir viéndolo sobre la marcha. ¿Te parece?

El silencio se hizo denso en la salita, pasaban los minutos y solo se escuchaban los jadeos nerviosos de los chavales y el ruido extraño cada vez que vibraba el smartphone.

Vamos a jugar a las pruebas. Yo os propongo una serie de pruebas y tenéis que ir pasándolas. Algunas serán sencillitas, otras no tanto. ¿Os animáis?

—Pues depende —respondió Ava—. ¿Qué conseguimos nosotros?

Yo no lo enfocaría así, tampoco creo que tengáis demasiadas opciones. Tampoco las tuvo el pobre desgraciado ese, ¿cómo se llamaba? Ah, sí, Sergio.

—A ver, a ver, a ver. —Peio estaba visiblemente alterado, mientras que el resto del grupo seguía paralizado sin salir de su asombro—. ¿Qué coño es esto, Ava? ¿Es una broma tuya?

—¿Crees que estoy bromeando? ¿Crees que lo de Sergio es una broma?

—Es que no sé qué coño es todo esto. ¿Por qué estás hablando con ese cacharro?

¿Cacharro? ¿Qué falta de respeto es esa? ¿Acaso te he llamado niñato? ¿Verdad que no, Peio?

Peio se quedó lívido.
—¿Por qué sabes mi nombre?

Por cierto, ¿qué tal va el Telesketch? ¿Conseguiste arreglarlo?

—Joder —se le escapó a Vera.

Bueno, ¿qué me decís? ¿Jugamos un rato?

—Sigo sin entender por qué deberíamos hacer algo sin saber la razón.

Como ya te he dicho, lamentablemente no tenéis muchas opciones, pero, si necesitas una motivación, te voy a dar dos. Podrás conseguir lo que quieres…

—¿Lo que quiero? ¿Sabes lo que quiero?

Por supuesto. Por encima de todo, lo que quieres es saber quién soy. Y qué es lo que le ha pasado realmente a Sergio.

Estaba claro. Ese era el quid de la cuestión, y Ava no pudo reprochar nada a aquellas palabras que se acababan de escribir solas en la pantalla. Aun así, lanzó un órdago.
—¿Y la otra motivación?

Ah, claro, esa es la más importante. Seguir con vida.

Aquello, aun siendo por escrito, resonó como una pesada losa que hubiese caído en medio de la salita.

—Joder, me quiero ir de aquí —dijo Koldo olvidándose de que se encontraba en su propia casa.

Eso sí, es fundamental que estéis todos juntos, los juegos mejor con amigos, ¿verdad?

Koldo no sabía si reír o llorar; Piti seguía petrificado; Vera empezó a jadear fuertemente; Peio no dejaba de pensar que aquello debía de ser una broma, y Ava luchaba por no ser presa del pánico. Aquello se escapaba a la lógica y no conseguía acercarse a una mínima explicación.

¿Trato hecho?

Ava miró a sus amigos, que tenían los ojos abiertos como si hubieran visto un ser de otro planeta. Supo leer en sus miradas que aquello, fuese lo que fuese, era lo que habían estado esperando para ese verano, lo que no sabían era lo que entrañaba realmente. Habían sido demasiadas emociones seguidas.

—¿Acaso tenemos opción?

Esa es la actitud.

Si había un momento mágico en la sala de máquinas era cuando aparecía en una pantalla aquella pequeña frase de dos palabras, INSERT COIN, que servía de pasadizo a grandes aventuras o a la necesidad de pedir, si se había acabado, una chapa, cinco duros o uno, una monedita que los separara del aburrimiento y de la contemplación pasiva del disfrute de los otros. Una moneda que hacía las veces de llave con la que estrenaban nuevas vidas que, pronto, se ponían en peligro y que había que saber gestionar con la pericia que daba la experiencia adquirida con la acumulación de partidas. Pericia en el manejo de dos o tres botones y un *joystick* que se golpeaba con una fuerza que alteraba al jefe de la sala de máquinas. «¡Más cuidado, coño, que lo vas a arrancar!». El protocolo que debían seguir era darle suave unos segundos para volver a machacar los mandos en cuanto el hombre dejara de vigilar. Cada uno tenía su truco para pasarse una pantalla o conseguir más puntos o velocidad, llegando a utilizar mecheros o llaves, por no hablar de los *magiclick*, que les permitían insertar el dinero si no tenían o preferían usarlo para comprar tabaco y un chicle, por lo del aliento. Pero ese era otro cantar.

Ava sabía perfectamente que lo que acababa de ocurrir en la salita de Koldo era un *insert coin* en toda regla.

Lo importante en ese momento era no dejarse llevar ni por el entusiasmo ni por el miedo. Los cinco habían sido, de alguna manera, retados a una partida, y desde luego amenazados con su vida.

En eso pensaban, cada uno en su casa. Peio y Vera decidieron no hablar del tema aquella noche; Koldo se puso la película de Kubrick para pensar en otra cosa; Piti cayó redondo en la cama tras el día largo que habían tenido, y Ava, en la soledad de su cuarto, seguía inspeccionando el aparatito, que permanecía apagado y mudo.

Estaba claro que ese maldito cacharro decidía cuándo comunicarse y no le interesaba hacerlo en ese momento. Ya no vibraba, no estaba caliente, como en la casa de Koldo. Qué curioso era aquello. Era una especie de robot que parecía tener vida propia. Ava no había visto nunca nada parecido, y eso era algo que la perturbaba y emocionaba a partes iguales. Estaba harta de videojuegos clónicos, de pasarse pantallitas casi sin esfuerzo, de localizar errores y subsanarlos con ayuda de un destornillador y su ingenio. Pero esto era otra cosa, la horma de su zapato. Al menos de momento. Agotada de darle vueltas y vueltas, se quedó dormida sobre la cama sin deshacerla, sin ponerse el pijama.

Las mañanas de Zuloa, a pesar del suceso de Sergio, resultaban monótonas, como una mala copia del día anterior; las mismas vecinas discutían desde la ventana y se escuchaba su griterío por todo el patio interior; el camión de la basura, al que nunca le daba tiempo a pasar de noche, formaba un molesto tapón en la calle del Jardín, llamada así porque según los mayores allí hubo un proyecto (que no se llevó a cabo) de crear el pulmón de Bilbao. Como triste herencia quedaban unas jardineras descuidadas y unos extraños bloques de cemento que tuvieron que parecerle bonitos, en su momento, a alguien, pero que así, huérfanos de flores, asemejaban mojones modernistas, de esos que servían para fijar las lindes en los pueblos. Era curioso ver cómo lo que se proyectó como algo moderno y bello podía convertirse en una losa fea y anticuada. Desde luego, Zuloa no era, en 1984, un barrio acorde con su tiempo. Los edificios altos, construidos en los cincuenta, ofrecían un aspecto casi marcial. El estilo bailaba, mortecino, entre el brutalismo soviético y las edificaciones lumpen de los barrios más deprimidos de Inglaterra, imagen que, unida al perfil de las chimeneas altas escupiendo humo gris, cancerígeno, creaba un paisaje duro y deprimente. Uno que décadas después resultaría, por influjo del paso del tiempo, extrañamente melancólico y despertaría hasta nostalgia.

Si se abrían los álbumes de fotos más antiguos, se descubría que a mediados de los ochenta muchos de aquellos barrios eran de características similares. Mucho ladrillo, mucho cemento, aceras rematadas hoscamente, sin rodapiés, sin embellecimientos. Cemento que ahogaba la tierra, la hierba, el polvo. Los charcos, las lagartijas colándose en cualquier esquina y una gravilla que esperaba, paciente, a que los niños tropezasen para pelarse las rodillas. En un barrio así, cinco chavales con sentimientos de inferioridad, con problemas de relaciones familiares y con muchas semanas de tiempo libre por delante se encontraron, de repente, con algo que en otras circunstancias hubiese sido alentador, incluso apetecible para muchas personas. El problema era saber si se trataba de un dulce sueño o del mayor de los problemas, y desde luego la amenaza implícita en esa especie de juego que les proponía la maquinita no los tranquilizaba para nada. Era muy difícil saber si estaban a las puertas de un peligro real o si se trataba del verano de su vida, el más maravilloso, ese del que se hablaba en tantas canciones melosas.

Pero el barrio, como cada día, permanecía ajeno, algo que le resultaba increíble a Peio, que pringaba de nuevo tras la barra. Veía a través de la cristalera del Mondoñedo como todo era asquerosamente igual; ya no había furgonetas de tele y prensa, volvía el barrio a ser olvidado, con la de cosas alucinantes que había ocultas y que no tendrían respuesta jamás.

Miró la mesa vacía de Baldo; aún era pronto. Se quedó absorto en esa dirección pensando en lo que les dijo en su casa aquella vez y en lo que había pasado en la salita de Koldo la tarde anterior. Dudaba de si decírselo en cuanto apareciese por el bar o si, por el contrario, lo más sensato era callarse y encargarse de aquella movida solo con sus amigos, sin mayores de por medio.

Si algo no le gustaba de los mayores era que tendían a racionalizarlo todo y se acababa la magia. Además, aquel artefacto se les había aparecido a ellos, por algo sería. Si se trataba de un alienígena estaba claro que los había elegido a ellos, a los niños. De todas formas, se lo consultaría a los demás en cuanto apareciesen.

Aquella placidez que había experimentado desde la mañana en el descampado de los búnkeres con Ava peligraba como su libertad cada vez que tenía que atender la puñetera barra. No era justo, ningún niño que él conociera vivía tamaña esclavitud.

 En esas cosas pensaba mientras los parroquianos diarios empezaban a dar señales de vida; entre ellos Baldo, que traía consigo una carpeta de cartón azul marino, como las que usaban en el cole. Resultaba un tanto ridículo ver a un adulto con algo así bajo el brazo. Solo había visto al de Ocaso, que venía a casa con una parecida llena de papeles, pero naranja teja en lugar de azul marino. Y eso daba otro tono. No era consciente de que el color fuese tan importante, pero era cierto que la imagen de Baldo no era como la de Eusebio, el de la aseguradora, y eso que Dori, su madre, siempre decía, según se iba, que era un pesado. Peio no entendía muy bien qué era eso de Ocaso y por qué su madre tenía que darle dinero a Eusebio cada vez que venía y se tiraba al menos una hora hablando sin parar en el sofá de la salita. Cosas de mayores que se guardaban en carpetas de cartón naranja teja. No como las de Baldo; estaba seguro de que lo que llevaba en su carpeta azul marino sería de su interés y del de sus amigos. Baldo le miraba, sonriente, desde su mesa, llamándole sin abrir la boca. Peio hizo un gesto de acercarse a él, pero Baldo le cortó con un breve movimiento circular del dedo índice que le dejaba claro que tenía que esperar un poco, seguramente a que el bar estuviese más vacío o a que llegasen los demás. Pero el misterio se rompió de forma drástica.

 —¡Peio, Peio! —Era Ava, que entraba como un miura en el bar—. Tengo que hablar contigo.

Si les hubiesen dicho hacía una semana que conocerían la casa de Baldo, se hubiesen reído por la ocurrencia, pero si les hubiesen dicho que volverían a ese pisito cochambroso, mal aireado y poco limpio en menos de una semana, el pitorreo hubiese sido mayúsculo. En cambio, ahí estaban de nuevo, en aquella suerte de biblioteca de lo oculto. Seguramente pocas personas en España tendrían tantos libros, enciclopedias y publicaciones sobre el tema. Baldo había aparecido aquel día en el bar emocionado y con nueva información y no dudaron en seguirle según lo pidió.

Baldo se mostraba inquieto, excitado. Al parecer había encontrado algo de interés.

—Pero bueno —quiso atajar Peio, que también estaba inquieto—, ¿de qué se trata? No puedo abandonar el bar así como así y tengo que volver. Vera no sabe ni lo que es un estadounidense, y miedo me da cuántas gotas de tabasco le eche al caldo de Sebastián.

—A eso hemos venido, tranquilo, tranquilo. —El más nervioso era el propio Baldo. De pronto se mostró más niño que ellos. Abrió la carpeta azul marino.

Ava quería decirle a Peio que el artefacto negro había vuelto a hablar. Había sido de repente, después de un tembleque que había hecho ronronear la mesa de estudio de color caoba del cuarto de estar. Una única frase:

¿Estás preparada?

—¿Qué es eso? —Koldo tenía ganas de respuestas después de que la noche anterior la visión de la película le dejara más interrogantes aún.

Baldo sacó, por fin, todo el papeleo que tenía metido, casi a presión, en la carpeta y lo dispuso en una mesa con restos de ceniza. Desde luego, el orden y la limpieza no eran lo que caracterizaba a Baldo, pero aquello no les molestaba en absoluto. Todos ardían de ganas por saber, por tener nuevos datos, una mínima clave para conocer si, efectivamente, estaban preparados para lo que el aparatito les proponía.

—Hace un tiempo mantuve una correspondencia con el doctor Jiménez del Oso. Ya sé que hay muchos que no creen que seamos amigos, pero me importa un huevo. Hablamos de muchas cosas en estas cartas. Yo le preguntaba sobre temas que me interesaban, cosas que salían en los programas y publicaciones de él hace ya diez años.

—¿Y qué temas eran esos? —Ava apretaba el móvil con fuerza dentro del bolsillo por si volvía a vibrar.

—Avistamientos de ovnis, vida extraterrestre. El tema de la vida inteligente fuera de este planeta siempre me ha fascinado. Estoy seguro de que hay vida en otros planetas aparte del nuestro. Otra cosa por la que hay cachondeo en torno a mí, ya lo sé.

—Y te importa un huevo —comentó, cómplice, Koldo.

Baldo contestó con un leve asentimiento sin abrir la boca, solo apretando los labios. Y continuó:

—Al parecer, en diferentes ocasiones a lo largo de la historia y en diferentes partes del mundo, los extraterrestres, antes de realizar un acercamiento o una comunicación formal, han emitido señales.

—¿Señales? —Koldo seguía pensando en la película.

—Sí, avisos, claves para ver si el otro es amigable u hostil.

—¿Para saber si somos chungos? —atajó torpemente Peio sin dejar de pensar en el Mondoñedo.

—Bueno, no del todo. Pensad que para nosotros ellos son los invasores, pero ellos se ven como unos exploradores.

—Como nosotros cuando vamos a la Luna.

—Eso es, Ava. No sabemos cuánta vida inteligente hay fuera de la Tierra, como no sabemos en cuántos planetas la hay. Las películas siempre nos presentan a los extraterrestres como seres peligrosos que vienen a atacarnos, pero eso no tiene por qué ser así.

—Como han mostrado siempre en el cine a los indios, y luego resulta que los vaqueros estadounidenses fueron los que los echaron de sus reservas…

Baldo asintió con gesto de admiración por la rápida y acertada asociación de Koldo. Ese pequeño cinéfilo era muy listo.

—Entonces… —Ava sacó el móvil—. ¿Esto es un aviso?

—Podría ser.

Se quedaron en silencio. Habían llegado a un punto sin retorno y no sabían qué más decir. De pronto la mano de Ava vibró.

¿Habéis acabado?

El Mondoñedo era un hervidero, como casi cada mañana a esa hora. Aunque Vera casi nunca atendía en la barra, quizá por eso estaba tan agobiada. Se preguntaba dónde estaría Peio, o su padre, que últimamente estaba raro y pisaba poco el bar. Carajillos, caldos, cafés solos, cortados con y sin nubes, cambios para la tragaperras, una gilda, un Terry, una Faria, un mosto para el crío, «Pon la tele que van a dar el parte»… y todo a la vez. «Joder, Peio, ¿dónde estás?».

Y, como si la hubiesen escuchado, los chicos aparecieron por la puerta del bar.

—Por fin, Peio, creía que…

—Avisa a papá, que venga. Tenemos que irnos.

—¿Qué dices?

Bueno, veo que estamos todos; bien, así me gusta. Supongo que estamos preparados, ¿verdad?

Los chicos permanecieron en silencio con miedo a hacer el ridículo. Pasaron unos segundos incómodos.

A ver, no tenéis que responderme a cada pregunta que haga. Esta era una pregunta retórica. Sabéis lo que es eso, ¿verdad?

Los chicos se miraron desconcertados. Era increíble como una maquinita que parecía una Game & Watch de *Donkey*

Kong, pero con una pantalla negra, tuviera vida propia y los estuviera vacilando. De hecho, parecía que los estaba viendo. Aquello resultaba intimidante.

Vale, ese silencio lo tomaré como que sabéis lo que es una pregunta retórica. Aunque no lo creáis, os considero unos chicos bastante inteligentes. Espero no equivocarme. Bueno, vamos allá.

Sin decir nada, los chicos cerraron más el círculo ante el smartphone.

Vale, pues esto empieza. ¿Y de qué trata? Muy sencillo, de superar pruebas. A Ava le gustan mucho los videojuegos y deberéis pasar pantallas. Por cada pantalla lograda, además de seguir con vida, se os concederá algo que queráis. ¿A que mola?

—Sí, mola. Mola mucho. Empieza, ¿qué tenemos que hacer? —dijo Ava, impaciente.
—Espera un poco —cortó Peio—. ¿Qué es eso de que si pasamos pantallas seguimos con vida?

Bueno, eso ya os lo comenté; claro, es la parte más interesante del juego, si no hay riesgo, ¿dónde está la gracia?

No tenían claro si aquel aparato les estaba hablando en serio ni si el riesgo era real. Permanecieron unos instantes en silencio hasta que Koldo dijo:
—¿Y qué pasaría si nos negáramos a hacer esas pruebas?

Pensaba que esto ya había quedado claro la otra vez. Os repito que no tenéis opciones. Acordaos de Sergio.

—¿Qué le pasó realmente a Sergio? —Ava no soportaba aquella intriga.

Primero, cogió algo que no era suyo. Así se lo hice saber, pero el estúpido no hizo caso. Tengo algo más de fe en vosotros, y creo que haréis las pruebas porque no queda otra.

—Deberíamos tirar este cacharro a la ría o destrozarlo a martillazos —Peio se envalentonó.

Cuidado, chico, no digas tonterías. Y ni se te ocurra tratar de hacer algo así porque no llegarías ni a tocarme.

—¿Ah, no? ¡¿Y qué podrías…?!
—Peio, cállate —le gritó Ava sin saber que realmente podría estar salvándole la vida.

Sí, Peio, cállate, haz caso a Ava.

—Está claro —arrancó esta— que estamos obligados a jugar a tu juego de las pruebas. Nos dijiste que las habrá sencillitas y otras no tanto. Vale, vamos allá, creo que lo mejor es que empecemos con esto cuanto antes.

¡Muy bien, Ava! Me encantan las personas decididas y valientes, bueno, ya lo sabrás. Pero no nos adelantemos. Pues sí, no vamos a perder más tiempo. Empezamos a jugar. Antes que nada, os quiero preguntar una cosa: ¿a qué tenéis miedo?

Menuda pregunta. Retórica o no, aquella podía ser la más sencilla o complicada de responder, y, desde luego, con doce años no tenían tan claras las cosas que les pasaban por dentro. Podían saber más o menos si alguien les gustaba, cuáles eran sus chuches favoritas, qué cantante o actriz preferían y cosas puntuales sobre lo que los asustaba, ponía alegres o tristes. Pero responder a qué es lo que les daba miedo se antojaba algo más profundo e incómodo. Podían darles miedo la oscuridad, la película esa del niño que flotaba en la ventana y despertaba a otro chaval, que los padres los pillaran desobedeciendo, incluso un suspenso. Miedos racionales, pero ¿qué había de los irracionales, de las cosas que revolvían y que no eran fáciles de reconocer, menos aún en público? La pregunta tenía muy mala baba, y todos eran conscientes de que no estaba formulada porque sí. Miraron al cubo transparente y pensaron en lo difícil que iba a resultar completarlo. Si la cosa era pasar pruebas, desde luego la primera era complicada.

Estoy esperando. Claro que, si no queréis seguir, lo entiendo. Entonces ya me habéis contestado.

—¿Cómo que te hemos contestado? —se aventuró Ava, medio enfadada, medio temerosa.

Sí, a mi pregunta. Si no queréis seguir, queda claro a qué tenéis miedo.

De unas entrañas desconocidas, Peio arrancó la siguiente pregunta en forma de desafío:
—¿Y a qué se supone que tenemos miedo?

A mí. A lo que pueda haceros.

A Peio le hubiese encantado responder con una carcajada peliculera, como queriendo ridiculizar la frase del móvil, pero algo dentro de él le previno de que no lo hiciera. Un leve escalofrío le recordó que estaban ante algo inexplicable, algo raro para lo que aún no tenían respuesta. Podía ser un juego o algo realmente peligroso, y no quería meter la pata.

—A mí lo que me da miedo es que Ramiro les cuente a mis padres que, a veces, alquilo películas eróticas.

La confesión de Koldo animó a los demás, que no querían que aquella situación se enquistase más.

—Miedo a que mis padres se separen —fue el turno de Piti.

—A mí lo que me da miedo es la muerte.

—Y a mí —Vera coincidió por una vez con su hermano.

Se hizo un silencio de unos segundos eternos en busca de la confesión de Ava, que no acababa de llegar. Esta notó las miradas de reojo de sus amigos, pero permaneció en silencio.

La tensión iba creciendo conforme seguía en silencio y las miradas nerviosas se vieron acompañadas por sonidos nasales, leves carraspeos y movimientos inquietos de cabeza. Nadie se atrevía a increpar a la chica, pero por otro lado sabían que era fundamental que contestaran todos. También lo supo Ava. Respiró hondo y se acercó un paso a la mesita donde se encontraba el móvil.

—Lo que más miedo me da eres tú.

De pronto se apagó el aparatito. Si aquello había sido la primera prueba, daba la sensación de que la habían pasado.

—Si las pruebas van a ser así —habló Vera—, parece que la cosa va a ser fácil.

—No te fíes. —Ava no quitaba el ojo de la pantallita apagada—. Ya ha dicho que otras no lo serán.

—No lo entiendo, de verdad que no lo entiendo.

—¿Qué no entiendes?

—Lo de antes.

Koldo dijo esto último mientras entregaba la película *2001: Una odisea del espacio* a Ramiro.

—Estará rebobinada, supongo, ¿eh, Koldo?

—Sí, claro, Ramiro.

Piti asistió a la devolución de la película sin dar crédito. Esperó a estar fuera del videoclub para despejar sus dudas.

—¿Qué ha sido eso?

—¿Qué ha sido qué?

—Eso de «Estará rebobinada, supongo, ¿eh, Koldo?» y lo de «Sí, claro, Ramiro».

—¿Qué hay de raro?

—Todo, incluso te ha sonreído. ¿Me he perdido algo?

—No, creo que se ha dado cuenta de que soy uno de sus mejores clientes. O le gustan las pelis que alquilo, yo qué sé. Bueno, ¿me dejas acabar?

—Sí, venga, dale.

—Pues eso, que no entiendo lo del monolito negro. Y eso de que nuestra vida puede peligrar.

—Ya, es una movida... —Piti contestó sin mucho convencimiento.

—¡Venga, chicos, vamos! Que os estamos esperando en el bar.

—Sí, Vera, ya, que no nos dejas ni respirar...

Al contrario de lo que cabía esperar, la noche era sofocante, algo raro en Bilbao, y obligaba a tener la ventana abierta de par en par, con el riesgo de que se llenase de bichitos la habitación y no poder pegar ojo con los revoloteos en la oreja, aunque lo raro hubiese sido dormir con la cabeza como la tenía, como una Mayestic a presión. Aquel día había sido bastante revelador y tenía una sensación que, de haberla conocido, le hubiese recordado a la de la resaca del día después. Había sacado fuerzas de flaqueza, se había puesto frente a sí misma y se había lanzado al abismo interior. Se había desnudado frente a sus amigos, se había mostrado frágil, temerosa, insegura. Ella, la que siempre pisaba firme sobre todo había reconocido que algo se le escapaba, que le generaba preocupación, miedo. Miedo a un pequeño aparatito que no sabía ni cómo llamarlo. Lo miraba, apagado pero amenazante, sobre el escritorio, donde hacía unas horas le había reconocido su debilidad. Desconectado desde que ella reconoció su miedo. ¿Qué podía significar aquello? Era una locura, no tenía sentido. Y todo lo de Sergio…, daba la sensación de que ese artefacto había matado al chico, pero ¿cómo? Todo apuntaba a que fue el propio Sergio el que se había golpeado en la cabeza. ¿Cómo llegó a eso?

El verano se estaba poniendo raro. Su abuela se estaba muriendo y apenas le dedicaba unos minutos de pensamiento en el día, ni siquiera la había ido a visitar. Con lo importante que siempre había sido para ella. Era como si aquel objeto, desde que se lo encontró la noche de San Juan, la estuviese vampirizando de alguna manera. Ella misma se sentía rara, muy distinta a la Ava de hacía un mes. No era una cuestión de madurez, era algo más directo. Tenía que ver con la consciencia. De pronto tuvo claro que ese aparatito que descansaba apagado en su escritorio era más importante y peligroso de lo que se hubiese imaginado y que no era casual que precisamente ella lo hubiese encontrado.

Se acercó al escritorio con un temor no vencido, pero en parte domesticado.

—¿Qué o quién eres?

Antes de darse cuenta de que la pregunta la había formulado en alto, el aparatito se encendió formando un pequeño fogonazo en el cuarto a oscuras. En la pantalla halló una sola frase:

Me puedes llamar Glitch.

11

Las pruebas

1984

—¿Qué te pasa?
—Nada, estoy bien.
—Ava... —El soniquete de la voz de Lucía sonaba débil, pero mantenía ese tono afable, juguetón, que tanto le gustaba a su nieta—. Ya sabes que no me la das con queso. Y no es porque me esté muriendo, que eso no es nuevo, y más que triste te noto preocupada.

Lucía siempre daba en el clavo y resultaba inútil ocultarle algo o querer convencerla de lo contrario. Esa mañana Marisa había irrumpido en el cuarto de Ava impregnando todo con su Eau Jeune, como de costumbre, y había sido muy clara:

—Ava, la abuela se muere, posiblemente no pase de hoy. Ya sabes cómo es, no se queja, pero los de paliativos nos han hablado de horas, o como mucho dos días.

No hizo falta decir más. Ava supo que no podía seguir dilatando la despedida, no podía retener más a su abuela y había llegado el momento de enfrentarse a su dolor más grande, que no le podía venir en peor momento. El verano de sus doce años estaba siendo un revoltijo de sentimientos que se empujaban unos a otros. El dolor de la inminente pérdida de su abuela, el sentimiento de atracción por Peio y el miedo por esa cosa llamada Glitch, que no sabía ni lo que significaba ni acertaba a explicarse qué era. Llevaba horas con un nudo en la boca del estómago que no la dejaba ni hablar ni llorar; era como si se le hubiesen bloqueado las emociones y procedía como una zombi. Se sentía como un corcho, con la cara, las manos y las piernas dormidas; no se explicaba cómo seguía en pie, aunque no estaba mareada. Ese embotamiento, parecido al de la borrachera, no se le escapó a su abuela que, aunque postrada y ya sin mucha visión, seguía tan observadora como siempre.

—Bueno —prosiguió esta—, ¿no le vas a decir a una moribunda qué te pasa?

El sentido del humor de Lucía, negrísimo, le producía una rara sensación de bienestar a Ava. Agradecía que su abuela fuese la misma hasta el final.

—Es un poco de todo, *amama*. No quiero que te vayas. Eres la que más me ha entendido siempre.

—Posiblemente. —La voz débil era como un puñal para la nieta—. Pero hay algo más, ¿o estoy equivocada?

—Nunca te equivocas. Estos días han ocurrido cosas raras. No sé ni cómo explicarlo.

—¿Es un chico?

—También, pero hay otra cosa...

A su abuela no podía ocultarle nada y, aprovechando que estaban solas, extrajo el móvil del bolsillo y le explicó todo lo que había ocurrido. Lucía permaneció en silencio, interesada, y finalmente comentó:

—Vaya, cómo cambia todo, ahora eres tú la que me cuenta un cuento para que me duerma. Por eso no has venido estos días. Ahora lo entiendo todo.

—¿Qué crees que significa todo esto, *amama*?

—Lo que ya sabía —prosiguió con un hilo de voz—. Que eres especial, única, por eso ese *glis*, o como se llame, te ha elegido a ti.

—Pero ¿por qué me ha elegido un aparato? ¿Para qué?

—Eso lo tienes que adivinar tú misma. Eres la persona más inteligente que he conocido nunca, y mira lo vieja que soy, he conocido a muchísima gente, demasiada quizá. Y estoy segura de que lo vas a descubrir.

Ava agradeció ese chute de una autoestima que permanecía dormida. Cuando Lucía ya no estuviese, iba a sentirse muy sola e incomprendida. Se alegró de haberle contado todo, le debía ese secreto que solo compartían con Baldo. Una nube oportuna borró los rayos de luz que entraban por entre las rendijas de la persiana y oscureció la habitación. Ava aspiró profundamente para empaparse por última vez de ese inconfundible olor a natillas de vainilla.

La lluvia azotaba las calles sin pavimentar y creaba charcos de colores psicodélicos y brillantes por el aceite que perdían los coches. Al no haber aceras, se formaban riadas que arrastraban palos, piedritas y los restos jabonosos de los cubos que tiraban las mujeres que limpiaban los portales. Los días de lluvia no daban tregua en Zuloa ni en verano, y las calles seguían transitadas como si tal cosa, sin descanso. En un barrio humilde y obrero como ese no se permitía parar ni un segundo. «Son dos nubes, en un rato para». Pero las nubes traicioneras de verano duraban casi todo el día.

El móvil volvió a presidir la mesa del cuarto de Ava, como si de un proceso de espiritismo se tratara, y a su alrededor los cinco amigos esperaban nuevas órdenes.

Bien, creo que es momento de empezar con las pruebas.

—¿Lo del otro día no era una prueba? —se animó Vera con inconsciente valentía.

> *¿La pregunta de a qué teníais miedo? No, eso era pura curiosidad. Por conocernos un poco. Por cierto, solo una persona fue sincera.*

Los chicos se inquietaron ante la acusación de Glitch y el revuelo fue cortado en seco:

> *Todos contestasteis con miedos más o menos generalizados, no fuisteis sinceros del todo, y vamos a comprobarlo. Por cierto, no sé si Ava os ha dicho mi nombre, Glitch. Lo sé, un poco raro, pero yo no lo he elegido. Os pediré, por favor, que si habláis de mí dejéis de llamarme monolito o cacharrito. Es ofensivo…*

Silencio en el cuarto de Ava.

> *Ja, ja, es broma, llamadme como queráis, en realidad me da igual.*

Resultaba irritante esa manera de ser tan burlona. Glitch, ya se le podía poner un nombre, era increíblemente retador, pero ¿qué significaba esa palabra?

Koldo estaba pasando rápidamente las hojas del pequeño Iter Sopena de Ava con la Estatua de la Libertad y el Big Ben en portada en busca de la palabra «glitch» sin encontrar nada.

—Yo también lo he buscado —le dijo esta al verle cerrar el diccionario con gesto de fastidio.

—¿Y cuál sería la primera prueba? —Peio decidió ir al grano.

> *Muy bien, por fin alguien se anima, me estaba aburriendo ya. Pues bien, tenéis que pasar, como ya os dije, las pruebas que os vaya ordenando. Si una prueba no la superáis, habrá un castigo que iré pensando.*

—Ya —dijo Ava falsamente burlona—, moriremos.

No es necesario, pero será un castigo ejemplar, para que en la próxima prueba os lo toméis más en serio.

Hubo un intento de motín entre los amigos que Glitch cortó de inmediato:

Es como un videojuego de esos que tanto os gustan, tenéis que ir pasando pantallas para conseguir llegar al final. Solo debéis ser sinceros, poner ganas y trabajar en equipo. Ah, bueno, menos cuando las pruebas sean individuales, ahí tendréis que hacerlo solitos, dependiendo de a quién le toque.

—¿Podremos elegir quién hace cada prueba? —Peio se encontraba más relajado al leer la palabra «pruebas». De pronto, la amenaza y el miedo a lo desconocido y a las batallitas que les contó Baldo se habían tornado en un juego. Podría ser divertido.

En algunas sí, pero no te pienses que esto os va a resultar divertido...

Un frío polar recorrió la columna vertebral de Peio al sentir cómo Glitch le había leído la mente y se quedó blanco al verse expuesto. No, aquello quizá no era un juego. Se maldijo en silencio por haberse relajado tan pronto. Del blanco pasó al rojo vergüenza y decidió no hablar más.

—¿Y cuál va a ser la primera prueba?

Así me gusta, Ava, con decisión. Bueno, la primera prueba es sencilla, algo que tenéis que hacer todos sin excepción...

A pesar de ser un móvil con unas letras en pantalla, se podía intuir un dramatismo juguetón en el corte de la frase con puntos suspensivos. Los chicos se impacientaban, nerviosos.

LA PRIMERA PRUEBA

Bueno, ahí va: tenéis que entrar en el Viuda de Epalza y llenar el suelo del patio con frases contra Felipe, el bedel.

Esperaron a que Glitch se volviese a apagar.

—Pues tampoco me parece tan difícil.

—¿Estás loco, Peio? —explotó un temeroso Koldo—. Saltar la valla del cole es allanamiento de morada.

—¿*Llanamiento* de qué?

—A-lla-na-mien-to, Vera, eso es delito.

—Bueno —interrumpió Ava—, allanamiento sería entrar en la casa del propio Felipe...

—Que está en el patio del colegio.

—Pero el patio no es su casa; además, seguramente se ha ido de vacaciones, con lo que el colegio estará vacío, solo tenemos que ir cuando anochezca...

Los chicos se quedaron en silencio, parecía que cada uno estaba pensando la mejor manera de llevar a cabo la prueba. Estaban tan absortos ideando la hora del día, el ángulo muerto desde donde poder entrar sin que nadie los viera, dónde conseguir las tizas... que no se dieron cuenta de que se les acercaba Rocky con sus matones, crecidos después de que los soltaran de comisaría.

—Bueno, mira quiénes están aquí, los raritos: el calladito, el peliculero, el cachitas con su hermanita y la marimacho... Por cierto, Pava, así te llamabas, ¿no? Tú y yo tenemos que hablar.

—¿Ya os han soltado? —dijo ella.

El resto de sus amigos dieron un respingo como si les hubiesen despertado con un jarro de agua fría. Con Rocky no sabían qué podía pasar. Disfrutaba alargando la tensión porque sabía el miedo que despertaba y Ava estaba jugando con fuego. Koldo empezó a ponerse muy nervioso, más aún cuando vio cómo le subían los colores a Rocky.

—Vaya, el gordito de las pelis está sudando. ¿De qué te sirven las pelis de ninjas que alquilas? ¿O son películas de dibujos para niñitas? —Se dirigió a Ava—: Tú, puta, ¿qué coño es eso que te cogió Sergio? Y no, no quiero que me lo enseñes siquiera, pero ten cuidado porque estoy en cualquier momento, en cualquier esquina, o igual mañana decido ir a comisaría…

Los macarrillas rieron grotescamente, como en las películas malas. Vera se puso roja como un tomate. Notaba el calor en las mejillas y solo esperaba que nadie se diese cuenta.

—¿No tienes nada mejor que hacer que venir a molestar? —Todos miraron a la kamikaze Ava.

—Te dije el otro día que si volvías a hablarme así te ibas a enterar, y parece que no me escuchaste bien.

Rocky hablaba como el típico malo de las películas, algo que a Ava le resultaba ridículo, pero que aterraba a sus compañeros, por lo cual no hubo un «Fuenteovejuna» y nadie la apoyó aquel día. Rocky se acercaba amenazadoramente.

—Igual me tengo que acercar más para que me escuches mejor, ¿eh, Avita?

—Me llamo Ava. Y no sé qué pasó con Sergio…

El corazón de Koldo iba a mil. Hubiese escapado corriendo, pero igual pasaba a ser el nuevo objetivo, y se quedó bloqueado asistiendo a la situación.

—Vaya, nos ha salido con uñas la gatita. —Rocky gesticuló con los dedos simulando garras mientras se giraba hacia sus secuaces. Ava seguía impertérrita, sin perderle de vista. Rocky avanzó con pasos lentos.

—Ava, vámonos. —Vera se empezó a sentir muy incómoda y no quería que la situación llegase más lejos.

—¿Nunca te han dicho que tienes muchos huevos para ser una tía? —Rocky, en el fondo, no sabía cómo finiquitar aquello.

—Seguramente más que tú. —Ava no lo ponía nada fácil. Rocky abrió mucho los ojos dibujando un gesto de furia en la cara. Estaba claro cómo tenía que acabar con aquello. Dio tres pasos rápidos hacia ella y se puso frente a frente.

—¡Ava! ¿Pasa algo?

La voz venía de unos metros atrás. Todos se giraron. Pablo, uno de los gemelos, se acercaba al grupo. Iba vestido más elegante de lo normal.

—Vaya, otra vez os salva la campana. Si el que tiene suerte… —Rocky hizo un gesto con el brazo para anunciar a sus seguidores que se retiraban—. El verano es largo, gatita.

Pablo llegó hasta donde estaban los chicos.

—¿Qué quería Rocky?

—No sé, una docena de huevos. Le he dicho que vaya a la tahona…

—Ava, no hagas el gilipollas, que ese tío es un macarra y le da igual partirle la cara a una chica. Y venga, que hay que ir al tanatorio, cámbiate de ropa.

—Hasta luego, chicos, ya hablamos —se despidió Ava con fastidio.

Todos se quedaron mirándola estupefactos. No daban crédito a lo que acababan de presenciar.

La tarde en el tanatorio fue especialmente dura. Vino gente del pueblo, primos lejanos de los que Ava no guardaba el mínimo recuerdo, gente mayor que no conocía y que tampoco parecían afectados…, de hecho, tuvo que respirar hondo para no explotar y mandar a todos esos charlatanes al carajo. «No respetan ni a los muertos —pensaba para sí misma—, alguno hasta está sonriendo por el reencuentro». A decir verdad, la única persona que estaba de duelo era ella, ni sus hermanos, ni siquiera sus padres. Pensó que, si su abuela hubiera fallecido antes de las vacaciones, estando ella aún en clase, seguramente se hubiesen ido al camping de Los Molinos como cada año y sin la mínima sombra de arrepentimiento. Se alegró de no haberse ido y de haber podido despedirse. «Ay, abuela, qué sola me dejas, aunque siempre te voy a llevar aquí dentro».

Miraba el reloj para calcular cuánto quedaba para que anocheciera. En verano los mayores tenían manga ancha para la hora de vuelta y no hacía falta escaparse de casa si conseguían hacerlo rápido. Notaba en su bolsillo el móvil y tuvo la insistente tentación de mirarlo por si Glitch estuviese diciendo algo, pero estaba rodeada de desconocidos y de gente mayor, y un primo de su edad, al que no recordaba, no dejaba de darle el coñazo con el tema de que podía ver películas y series con un rombo, a pesar de que aún no tenía catorce años.

—Pero si ahora no hay rombos —dijo Ava aguantando el tipo—, han dejado de ponerlos hace unos meses…

—Pero en el periódico ponen la calificación de la OCIC. El otro día pude ver una que era para adultos con reservas de que podía herir la sensibilidad.

Ava se alegró jugueteando con la idea de que seguramente no volvería a ver a ese plomizo en su vida. Antonio, su padre, se acercó y le dijo que Daniel y Pablo la llevarían a casa, que ellos se iban a quedar más tiempo en el tanatorio. «Adiós, abuela. Siento dejarte sola con toda esta gente».

—¿Habéis traído linterna?
—Sí, claro, para que nos vean desde cualquier ventana.
—En el patio no hay farolas y podíamos tropezarnos con algo, o peor aún, caernos en algún agujero.

—A ti tanta peli te ha vuelto majareta. ¿Qué agujeros hay en el patio del cole? Nos conocemos cada metro, además; se ve algo todavía.

Lo que más miedo le daba en realidad a Koldo era saltar la valla del colegio. La veía muy alta y él no era especialmente hábil. Tenía razón Rocky cuando le dijo que no le servían de nada las películas de ninjas que alquilaba. Él jugaba mentalmente a que era Shô Kosugi en *La venganza del ninja* y se imaginaba escalando fachadas, árboles, dando grandes saltos y teniendo una puntería exquisita con los *shuriken*. Su favorito era Bruce Lee, pero había algo en la vestimenta de los guerreros ninja que le encantaba. La idea de ser poco menos que una sombra, pasar desapercibido, que nadie le viese. La realidad era muy distinta.

Peio y Ava ya estaban dentro del colegio, Vera había llegado a lo más alto de la valla y Piti esperaba a que Koldo se animase para ayudarle.

—Vamos, tíos, que no puedo tardar mucho en ir al bar.

—¿Pero también tienes que ir de noche? —le preguntó Ava.

—De refuerzo, hoy hay partido.

—Pues mejor —dijo Vera que, tras un salto, se puso junto a su hermano—, estarán todos pendientes de la tele. Tenemos todo el patio para nosotros.

—¿Y a Felipe le gustará el fútbol o no? —inquirió Koldo señalando la casita del bedel al final del patio del colegio, donde se podía ver luz interior.

—Vaya, pues no se ha ido de vacaciones. —Peio sintió un subidón de adrenalina que no compartió con el resto de sus amigos.

—Joder... —Ava acabó de ayudar a Koldo a bajar—. Venga, tenemos que hacerlo rápido, y crucemos los dedos para que no nos vea. ¿Vera, has traído las tizas?

—¿Pero no las tenía que traer Piti?

Todos miraron a la joven con cara de terror y enfado.

—Tranquilos, chicos, no me comáis, que era una broma...
—¿Veis por qué la odio? Pues todo el día así en casa. —El hermano mayor hizo un gesto como de darle un sopapo a su hermana, uno que repetía cada vez que esta le chinchaba.

Avanzaron por la hilera de setos que coronaba el patio en el que tantas veces se habían escondido jugando en el recreo. Hacerlo de noche resultaba más peligroso y emocionante. Por un momento, los cinco amigos notaron un hormigueo que pasó del miedo a ser descubiertos a un subidón que los embriagó y los obligó a reprimir risas nerviosas y resoplidos. La casa de Felipe el bedel descansaba, al fondo, amenazadora. Era una especie de chalet de ladrillo naranja de unos cuarenta metros cuadrados, con una pequeña plaza para su Ford Fiesta que hacía las veces de pequeño taller donde siempre se le veía vestido con un mono azul marino, liado con sus cosas.

—Digo que teníamos que haber traído una linterna, creo que he pisado una mierda de perro —continuaba Koldo, cuyo miedo a ser descubierto por sus padres no le permitía disfrutar de la hazaña como al resto de sus amigos.

—Qué mierda de perro ni qué mierda de perro, al cole no entran perros.

—Pues peor me lo pones, ¿alguien ha cagado aquí?

—Psss, callad. —Ava adelantó a Peio saliendo del seto y bajó por un pequeño terraplén de hierba pelado de tanto jugar los alumnos al escondite.

—Cuidado, Ava.

Pero esta ya no los escuchaba. Avanzaba como un ladrón en las películas de *La Pantera Rosa*. Eligió una zona del patio y empezó a escribir en el suelo: FELIPITO TACATÚN, LOS ALUMNOS NO TE OLVIDAN.

Se le acercaron poco a poco el resto de los chicos y empezaron con sus frases tontorronas. Tampoco les había hecho nada Felipe, a pesar de su aspecto de tener malas pulgas, y no querían ser niños delincuentes. Felipe, bola de billar. Felipe se quedó sin vacaciones. Está encerrado en el cole.

Habían pintado una buena parte del suelo del patio, una proeza de la que nadie se iba a enterar, aparte del aludido. De pronto, Ava notó que algo le vibraba en el bolsillo de los vaqueros, donde tenía el móvil. Deslizó dentro la mano e hizo pinza con el dedo índice y el corazón para sacarlo. La pantallita estaba encendida y había una frase:

> *No olvidéis escribir algo también en la puerta de la casita de Felipe; si no, no vale.*

—Joder —exclamó en un susurro molesto Ava.
—¿Qué pasa?
Esta les enseñó el texto, que fue recibido con bufidos de fastidio.
—No, no, no. Yo ahí no voy ni de coña. —Koldo se estaba arrepintiendo de haber ido al colegio y solo quería volver a su casa a ver una película tranquilamente.

Piti y Vera permanecieron en silencio esperando que alguien dijera algo. Peio se acercó a Ava, le cogió el móvil y le habló:
—¿Tenemos que hacerlo todos o con uno vale?
Segundos de espera. La emoción general pasó a nerviosismo.

> *Uno de vosotros lo puede hacer. ¿Quién se anima?*

Era fácil imaginarse a Glitch (fuera lo que fuese) disfrutando con aquello. ¿Los estaba vigilando a través de aquel aparato? ¿Los podía ver? Las preguntas sin respuesta se sucedían, pero no era momento de pararse a pensar, tenían que hacer lo que les pedía y salir del colegio lo antes posible. Era absurdo que los amenazase de muerte para pedirles una prueba tan pueril.

—Vale, chicos, ya voy yo. —Peio devolvió el móvil a Ava, cogió un par de tizas y dramatizó su marcha heroica hacia la casa del bedel.

El resto de los chicos se quedaron vigilando detrás de un seto que estaba en la puerta principal del colegio. De pronto notaron que poco a poco había ido anocheciendo hasta que casi no se veía nada. La poca iluminación que les llegaba era la luz de dentro de la casa de Felipe.

Peio se acercó por detrás, por donde estaban el taller y el garaje, y se propuso rodear el chalet en cuclillas para llegar a la puerta sin ser visto. De pronto sonó un petardo, precedido de un «Goool» generalizado, en una casa cerca del colegio, lo que asustó a Peio mientras caminaba concentrado. Del susto se cayó contra unas placas de chapa que Felipe tenía en un lateral para hacer una tejavana, y formó un ruido descomunal.

A distancia, sus amigos vieron impotentes cómo Felipe salía por la puerta de la casa en busca de lo que había causado dicho escándalo.

—Joder, teníamos que haber traído los *talkies* —se quejó Koldo que, en esta ocasión, contó con la aceptación silenciosa de sus compañeros.

Peio, que no era ajeno al sonido de la puerta de la casa, corrió a cuatro patas hasta el taller y se escondió como pudo entre el Ford Fiesta y unos bidones que, por el aspecto, estaban llenos de aceite o un producto viscoso. Felipe llevaba algo en la mano que los chicos no pudieron distinguir. Podía ser un palo, una espada o una escopeta. El miedo y la imaginación desbocada les jugó una mala pasada.

—Mierda, le va a pillar y se lo va a cargar —Piti no pudo reprimir unas palabras que sobrevolaban sobre ellos, pero que nadie se atrevía a decir.

—Calla, joder. Venga, Peio, venga, prometo no chincharte más, pero que no te pille —dijo Vera con la voz entrecortada.

Felipe vio las placas de chapa caídas y se dirigió hacia el taller encendiendo la luz con un interruptor de grifo que instaló él mismo. «Ya está, estoy acabado. Esto es allanamiento. Va a llamar a la policía o me va a matar», pensó Peio, que luchaba para no hacer ruido al respirar. Felipe avanzaba dentro del taller con pasos cortos y lentos. Agachado detrás del coche, Peio, medio asfixiado por el fuerte olor de los barriles, pudo deslizarse debajo del Ford y ver los pies de Felipe, que vacilaban yendo de un lado a otro. Finalmente apagó la luz y se fue. En ese momento Peio, fuera de peligro, se permitió un sonoro soplido.

Ava y los demás esperaban, asustados, sin saber lo que pasaba. Ni siquiera se relajaron cuando vieron a Felipe entrando de nuevo en la casa. Solo al ver aparecer a Peio pudieron sonreír, tranquilos.

De rodillas, frente a la puerta de la casita, plenamente envalentonado, Peio escribió Felipe, tienes que limpiar el taller, y se alejó por fin hacia donde estaban sus amigos.

Fuera ya del Viuda de Epalza, más tranquilos y con las manos aún con restos de tiza, se sentaron en un banco solitario; seguía el partido de fútbol.

—Por qué poco... —Koldo no paraba de temblar.

—No lo entiendo —dijo Ava.

—¿Qué no entiendes?

—Esta prueba, Peio. Es una chorrada; quiero decir, que nos dijo que estaba en juego nuestra vida, ¿y ahora resulta que teníamos que pintar con tiza el patio del colegio? ¿Qué juego de mierda es este?

De pronto el móvil vibró.

Muy bien, chicos, habéis pasado la primera prueba.
La segunda quizá no os resulte tan sencilla.

—¿Y de qué se trata?

Tranquila, Ava. Descansad por hoy. Tengo que pensarla...

Tras unos instantes, ya con el móvil apagado, los chicos decidieron despedirse hasta el día siguiente.

—¿Y tú qué tal estás?
—Pues no lo sé. Hay días en los que mi padre me da pena, otros le odio y es mi *ama* la que me da pena. Pero casi todos los días soy yo el que me doy pena por ser su hijo.

Piti hablaba poco, pero cuando lo hacía revelaba una lucidez que sorprendería a cualquiera de su edad, incluso a adultos; no así a Koldo, que mostraba una madurez similar. Eran muy parecidos en lo esencial y se sentían a gusto el uno con el otro. Las conversaciones banales no les interesaban y aprovechaban los momentos a solas para sincerarse. Un día era la sobreprotección que agobiaba a Koldo y, en otros casos, el sentimiento de segundón de Piti, que, como era una persona bastante callada, no era el saco de las bromas, pero tampoco alguien a quien preguntaran por su vida. Solo Koldo lo hacía.

—¿Y tu padre lleva mucho fuera de casa?
—Esta vez, dos días. Puede volver hoy o mañana. Me da igual. Hay veces que está hasta cinco días fuera, luego duerme una noche y se va otra vez. Ya ni habla con mi *ama*. Y conmigo actúa como si le molestara, como si al verme se sintiera mal, por eso prefiere evitarme.

Koldo no supo contestar. Cuando hablaba con Piti se sentía afortunado. Él era el centro de sus padres. Le atosigaban, pero porque querían su bienestar; en el caso de su amigo no era así. Habían perdido a su hijo favorito y se habían quedado con el otro. Pensó en si no hubiesen preferido que fuese Piti el fallecido. Seguramente su amigo también lo había pensado más de una vez. El dolor que eso podía conllevar le parecía insoportable a Koldo. Quería cambiar de tema, pero temía resultar improcedente, que su amigo pensase que no le interesaba. Ava vino a su rescate.

—Aúpa, ¿habéis visto a Peio? No está en el Mondoñedo.
—No, hemos venido aquí directamente.

El parque era un lugar al que los chicos iban cuando en las campas del búnker estaban Rocky y los demás. Era un sitio con bancos de piedra y unos árboles secos que nadie se atrevía a cortar.

—¿Hay noticias? —Ava preguntó mirando hacia arriba de la cuesta del descampado, donde estaba el Viuda de Epalza.
—Algo han comentado en el autoservicio —respondió Koldo—, pero no le han dado mucha importancia.
—Es que no la tiene. —Piti sonó fúnebre.

Sus dos amigos asintieron, pensativos. La hazaña del día anterior había quedado sepultada por el triunfo futbolístico. Para ellos había sido una experiencia extrañamente increíble. Había algo de riesgo que no acababan de asumir del todo, pero por otro lado se veían de alguna manera obligados a hacer caso a Glitch.

—Yo casi lo prefiero, ¿te imaginas que empiezan a preguntar entre los niños de Zuloa?
—Tampoco hicimos nada malo —atajó Ava—, cuatro pintadas a tiza; si lo piensas es muy infantil. Voy a ver si encuentro a Peio. ¿Nos vemos luego en el bar?

Ava se alejó de sus amigos con una sombra triste en su cabeza. Desde luego, lo de las pintadas en el patio del colegio y en la puerta de la casa de Felipe era una tontería, algo de niñatos, y ellos no eran así. Glitch acababa de dar señales de vida con una nueva prueba. No había vuelto a comunicarse desde el día anterior. ¿Qué pretendía conseguir de ellos? Le preocupaba que los incitara a hacer cosas cada vez más peligrosas y obligarlos a convertirse en otras personas. Notaba el móvil en su bolsillo y supo que empezaba a sentir un miedo real que iba más allá de la curiosidad.

—Hola, muchachita, ¿adónde vas tan aprisa? —Baldo sorprendió a Ava a dos manzanas del Mondoñedo.
—Estoy buscando a Peio, no estaba en el bar.
—Le he visto antes con su padre en la furgoneta. Creo que van a la lonja a coger bebidas. Si le veo, le digo. Por cierto, ¿hay noticias nuevas del monolito?
Ava vaciló unos instantes.
—Sí, te cuento…

LA SEGUNDA PRUEBA

Peio se quedó blanco, observado atentamente por todos sus amigos, incluido Baldo, ya que este los había vuelto a invitar a su piso, que estaba bastante más limpio que la otra vez. En general, Baldo estaba más aseado, como si haber conocido a los chicos le hubiese insuflado una energía e ilusión que tenía dormidas.
—Déjamelo.
Ava le extendió el móvil y notó la mano temblorosa de Peio bajo un manto de sudor. Leyó la siguiente prueba, que iba dirigida especialmente para él:

Tenemos que felicitar al valiente de Peio, que lo hizo genial en el colegio la otra noche. Seguro que ganaste puntos con Ava. Vamos a subir un poco el nivel y de paso trabajar el tema de los miedos reales. La prueba que tendrá que hacer solo Peio es muy sencilla: bajará a atender en el Mondoñedo vestido con ropas de su madre y bien maquillado. No podrá cambiarse de ropa en todo el día y no podrá decirle a nadie por qué está vestido de esa manera.

—No pienso hacer esta mierda. —Peio había pasado del blanco al rojo furia. Sin haber hecho nada se sentía ridiculizado.

Los demás no dijeron palabra. Entendían su repulsa, pero temían las represalias de Glitch. La prueba, de grotesca, resultaba cómica y terrible. Los chicos no sabían cómo reaccionar y no querían que los nervios les jugasen una mala pasada riéndose a destiempo. Se compadecían de Peio, pero a algo dentro de ellos le hacía gracia y se sentían fatal por eso.

—¿Qué mierda de prueba es esta? —Peio estaba a punto de ponerse a llorar de rabia—. No lo voy a hacer, no lo voy a hacer…

Sin poder acabar la frase, notó un fuerte calambrazo en la mano que sostenía aún el móvil. El brazo empezó a agitarse fuertemente y no acertaba a soltar el smartphone, que no dejaba de vibrar.

—Peio, ¡Peio! —Ava se acercó al ver que no respondía. Era inquietante ver como su amigo convulsionaba. Trató de quitarle el móvil y recibió una descarga tal que la lanzó al suelo; segundos después era Peio quien caía de rodillas.

—¡Peio! ¿Qué te pasa? —Empezó a llorar Vera. El resto de los chicos, incluso Baldo, no sabían cómo reaccionar.

—Es una especie de combustión espontánea —los alertó este último—. Es mejor no tocarle.

—¿Pero qué le pasa? —Vera estaba histérica.

Peio no dejaba de botar en el suelo, con los ojos en blanco, incluso un hilillo de espuma empezó a escaparse por entre las comisuras de sus labios.

—Joder, se está muriendo. —Vera no tenía consuelo. Ava se acercó y trató de abrazarla, quizá para consolarse ella misma también.

—Baldo, ¿qué hacemos? —Koldo no pudo decir otra cosa. Y Baldo no supo qué contestar.

La bombilla del cuarto empezó a parpadear hasta que finalmente se fundió. En ese mismo momento el móvil dejó de vibrar y cayó al suelo al liberar al fin la mano de Peio.

Se acercaron con miedo al amigo inconsciente, temiéndose lo peor. Vieron cómo la palma de su mano estaba en carne viva, como si hubiese estado ardiendo. Notaron incluso cómo le salía humo por entre los dedos.

—¿Peio? —Vera se acercó a su hermano.

El móvil, en el suelo, se encendió.

> *No está muerto, no hagáis tanto teatro.*
> *Eso sí, le va a costar un poco despertar y puede que al principio no pueda hablar.*

—Hijo de…

Koldo agarró del brazo a Ava, que se dirigía a coger el smartphone.

—Cuidado, Ava, no lo cojas.

—Voy a tirar esta mierda…

—No, Ava —se alarmó Baldo—, eso podría ser fatal. Lo que acabamos de presenciar deja claro que estamos ante algo desconocido, una tecnología que se escapa a cualquier lógica. Por alguna razón ese tal Glitch os ha elegido para comunicarse. No sabemos las consecuencias que traería deshacerse de este objeto.

—¿Y qué propones? —A Koldo le temblaba el labio inferior.

—Pues sinceramente creo que lo más sensato, por duro que parezca, es hacer caso a Glitch.

Vera estaba tratando de reanimar a su hermano.

—¿Y si la siguiente prueba es que robemos o matemos a alguien?

Koldo hizo una pregunta que merodeaba en la cabeza de todos. ¿Cuál era el límite de ese juego?

—Bueno, hay límites, por supuesto, y no creo que se llegue a ese punto.

—¿Que no? Casi mata a Peio. —Vera lloraba de rabia.

Contesto por alusiones: si hubiese querido matarlo, ya estaría muerto, y todos vosotros, de hecho, pero eso no sería divertido, y tampoco tendría mucho sentido. Lo realmente divertido es jugar. ¿No, Ava?

Esta no supo qué responder, desde luego parecía que a Glitch solo le interesaba ella.

Poco a poco Peio fue recobrando el conocimiento.

—Lo primero es curarle la mano —dijo resueltamente Vera—, me invento cualquier historia en el bar y compráis algo en la farmacia.

—Creo que algo de alcohol tengo por aquí —dijo Baldo dirigiéndose al servicio, consciente de lo irónico que sonaba eso dicho por él.

Le recostaron entre Ava, Piti y Koldo en el agujereado sofá de escay de Baldo y trataron de no hacerle mucho daño. A su vez, Peio carraspeaba, mareado, medio consciente aún y balbuceando.

Ava no quitaba el ojo a Glitch, que estaba inerte en el suelo, como observándola también. De pronto vibró de nuevo.

No sabes qué hacer, ¿verdad? No sabes si cogerme o tirarme al descampado. Lo entiendo, es una decisión difícil. En cambio, creo que Peio se ha decidido ya sobre la segunda prueba.

Nadie le vio coger las llaves ni salir de casa. Afortunadamente, bajó solo en el ascensor y en el portal tampoco había nadie. Era lo bueno de la hora. El primer problema sería el trayecto hasta el bar. Respiró hondo y salió a la calle. Aceleró el paso tratando de que le viera la menor gente posible. Una vez dentro del Mondoñedo se encerró en la cocina. Era una estupidez, en unos minutos el bar se llenaría de gente y empezaría el pitorreo. La mano le ardía bajo el vendaje y seguía un poco mareado, a pesar de haber dormido toda la noche de puro agotamiento.

La gente no se hizo esperar y Peio atendió, muerto de vergüenza, vestido con las ropas de su madre y con los labios pintados. Los primeros clientes le miraron contrariados, sin atreverse a decir nada. Peio trataba de no mirar a nadie a la cara, algo que de normal ya hacía. Según pasaban los minutos los clientes entraban y salían y alguno empezó a hacer comentarios, a reírse. «Y todavía no ha venido mi padre», pensaba este con una mezcla de vergüenza y miedo real a que le volviesen las convulsiones. De pronto escuchó una sonora risotada que venía de fuera del bar. Eran Rocky y sus colegas partidos de risa, exagerando las carcajadas. Otro macarrilla había cogido el puesto de Sergio.

—No me lo puedo creer, joder, Peio. Ya decía yo que no tenía pelotas, pero esto no me lo esperaba —bramó Rocky quedándose en la puerta del Mondoñedo sin llegar a entrar.

Peio enrojeció más aún. Hubiese salido a partirle la cara, pero eso empeoraría las cosas con su padre. El pitorreo generalizado dentro del bar se heló cuando vieron a Peio llorando en silencio tras la barra. Nadie se atrevió a preguntarle qué estaba pasando. Alguno apuró su vino y se fue.

De pronto hubo un tumulto en la puerta del bar. Algo pasaba fuera que Peio no era capaz de ver. Volvieron las risas y los gestos de contrariedad de la gente que abrieron paso a Koldo y Piti, que entraron al bar con gesto serio. Peio soltó una risotada entre histérica y triste cuando los vio. Ambos venían vestidos de mujer. Detrás de ellos, Ava y Vera vestían como los chiquiteros que solían ir al Mondoñedo, con bigotes pintados y barrigas falsas. Se sentaron los cuatro en la barra, frente a Peio.

—Queremos un sol y sombra.

Las lágrimas de Peio ahora eran de emoción. Los clientes seguían sin entender lo que ocurría, pero poco a poco el cachondeo se fue disipando y todos creyeron que todo había sido una broma de los chavales.

A solas en su cuarto, Ava miraba a Glitch con un temor y una fascinación inexplicables. Seguía sin concebir el material de que estaba hecho, la capacidad que tenía de entenderlos y comunicarse a través de esa pantallita y, sobre todo, la energía que había ejercido sobre Peio hasta hacerle perder el conocimiento. Aquello era realmente inquietante y no les quedaba otra que hacerle caso. Ser sus marionetas, sus juguetes. Estaba claro que tenían que permanecer unidos, esa era la manera de ser más fuertes ante Glitch, si es que eso era posible, aunque asustaba la capacidad que tenía para escarbar en sus miedos y debilidades y desconocían de qué era capaz ese aparatito. Como siempre, cuando estaba a solas con Glitch, este optaba por apagarse y no dar más señales de vida hasta que lo deseaese.
—Así que lo de Sergio también lo hiciste tú.
Con el móvil en la mano, Ava se quedó dormida.

Pasaron dos días sin noticias de Glitch. Dos días en que los chicos apenas se vieron; necesitaban, de alguna manera, un descanso de todo lo que les había pasado esos días, hacer sus cosas un poco alejados unos de otros. Koldo se encerró a ver películas; Piti daba sus paseos por el monte adonde iba cuando quería estar solo; Ava metía horas con el Spectrum, con un mudo Glitch a la vista, y Vera y Peio ayudaban en el Mondoñedo. Este último estaba secando vasos en el bar cuando un Baldo irreconocible apareció y se acercó a la barra.
—Hola, Peio, no, no. No quiero nada. ¿Qué tal va la mano?
Peio hizo un gesto de impotencia mientras se frotaba las palmas. No le pasó desapercibido que Baldo estaba limpio y con ropa nueva. Peinado, afeitado y sonriente.

—Curará. Vengo a despedirme.

—¿Despedirte?

—Sí. Llevo un tiempo con una idea rondándome en la cabeza y el otro día cuando os vi disfrazados…

—Calla, vamos a olvidarlo.

—Déjame acabar. Digo que cuando os vi disfrazados, creyendo en lo que os estaba pasando, en Glitch, y haciendo lo que debíais, me disteis una lección.

Peio le miraba atónito. Notó incluso un perfume fresco, agradable, que provenía del hombre. ¿A qué se debía ese cambio?

—He perdido mucho tiempo en esa mesita, con más miedo que vergüenza. Bebiendo cada día más y dejando para más tarde lo realmente importante.

Peio pensó en el hijo de Baldo, que estaba en Barcelona y con el que no hablaba desde hacía mucho.

—¿Y te vas a Barcelona?

Baldo sonrió asintiendo. Sin duda era otro.

—Y ya de paso visito a mi amigo.

Ahora fue Peio el que sonrió.

—¿Jiménez del Oso?

—Sí, al parecer está estos días en Barcelona grabando unos programas. Lo dicho, que el autobús sale en media hora. Despídeme del resto. Muchas gracias a todos, en serio, conoceros ha sido revelador.

—¿Y ahora quién nos va a guiar con este tema? Tú eres el experto.

—No me necesitáis, chicos, os manejáis a la perfección. Sois muy listos. Le comentaré al doctor el caso y si tengo nuevos datos os lo haré saber.

Baldo giró sobre sus talones y se dirigió a la puerta, no queriendo alargar más una despedida en la que se había quedado ya sin palabras. Peio se despidió con una sonrisa triste. En esos días le habían cogido mucho cariño a ese loco solitario que iba a reencontrarse con su hijo.

—Por poco no te cruzas con Baldo —le dijo Peio a su hermana al verla aparecer por la puerta. Esta le vino a decir que podía irse, que ya se quedaba ella atendiendo antes de que llegase su padre. Desde el incidente de los disfraces, Peio y su padre estaban mejor bajo diferentes techos.

Una vez en la calle, Peio se encontró con Ava, que acababa de bajar a hacer unos recados. Aunque nervioso por no saber cómo actuar frente a ella, lo más urgente era conocer si Glitch había dado señales de vida.

—No, es muy curioso. Lleva dos días sin decir nada.

—¿Igual le hemos ganado? —Al momento Peio se arrepintió de haberlo dicho. Sonaba pueril, y Glitch no parecía dispuesto a darse por vencido.

Ambos se quedaron en silencio pensando en toda aquella situación y en el lugar adonde podía llevarlos. En ocasiones parecía un juego inocente. Hacer pintadas y disfrazarse de chica eran pruebas incómodas, pero no entrañaban peligros reales. El peligro real era negarse a sus caprichos, eso era lo realmente inquietante, una amenaza que se cernía sobre ellos, un miedo que los obligaba a permanecer atentos y a acatar unas órdenes a todas luces absurdas. Si alguien les hubiese dicho que aquello era un simple juego, lo estarían disfrutando, como unas colonias de verano, pero algo les decía que efectivamente aquello escondía algo más complejo y, desde luego, peligroso. De momento no había respuestas válidas y la espera esta vez se estaba haciendo desesperante.

Quizá por el fortuito encuentro entre Peio y Ava, esta notó cómo Glitch la reclamaba desde el bolsillo del pantalón.

Una vez reunidos, esta vez en el cuarto de Ava, los chicos notaron cómo les subían las pulsaciones ante una nueva prueba.

Hola, chicos, perdón por haceros esperar,
he estado ocupado estos días.
(…)
(…)
… Je, je, es broma.
Antes que nada, ¿me habéis echado de menos?
Espero que sí; por cierto, Peio, ¿qué tal esa mano?
Espero que no sea la de las pajas.

La insolencia de Glitch era realmente insultante, pero desde luego Peio no tenía pensado decirle nada más.

Había pensado que Vera os podía leer su diario,
sería muy divertido, ¿no creéis?

La divertida y siempre soñadora Vera estaba seria y roja como un tomate. Se había repetido la escena de hacía unos días con su hermano. Glitch estaba jugando con ellos y ahora le tocaba a ella. La siguiente prueba, que solo le atañía a Vera, volvía a ser algo casi pueril, una tontería, pero insoportable en ese momento y contexto.

—¿En serio tienes un diario? —Peio no se enteraba de nada. Vera puso los ojos en blanco.

—¿Y qué crees que escribo cada noche? ¿Una novela?

Sería chulo ver la cara que ponen todos viendo cómo hablas
de ellos, Piti el Rarito, Koldo el Gordito Cobarde, Ava la
Chicazo, el pelele de tu hermano Peio, incluso ese momento
en que reconoces cómo te pone Rocky…

Vera estaba al borde de las lágrimas. ¿Cómo era posible que aquel aparato supiera las cosas que ella había escrito en su diario? ¿Y cómo era capaz de soltárselo a todos? Se sintió fatal, con ganas incluso de vomitar. El resto de los amigos no sabían cómo reaccionar, no sabían si lo que decía Glitch era cierto o efectivamente Vera había escrito todas aquellas cosas. La tensión crecía por momentos y nadie parecía listo para hablar.

Pero, tranquilos, no vamos a hacerla pasar
por ese mal trago, ¿verdad?
En cambio, la siguiente prueba posiblemente
os dé un poco más de miedo.
Tendremos que pasar de nivel, ¿no estáis conmigo?

LA TERCERA PRUEBA

—¿Y qué se supone que debemos hacer esta vez?

Muy bien, Ava, vamos a avanzar.
Conocéis mejor que yo el taller ese que está cerrado cerca
del colegio.

—¿Cuál? —quiso saber Piti.
—Supongo que dice el de Arrieta —contestó Peio, que no dejaba de mirar de reojo a una avergonzada Vera.

Ese mismo. Pues la siguiente prueba es sencillita.
Tenéis que entrar y provocar un fuego lo suficientemente
grande como para que no quede nada.

—Pero ¿qué dices? —Ava se enfrentó a Glitch levantando la voz—. ¿Quieres que provoquemos un incendio que ponga en peligro a gente?

Bueno, ya dije que no todas las pruebas iban a ser fáciles.
También os comenté que tendríais que ateneros a las
consecuencias si os negabais a hacerlas.

—Pero no podemos hacer eso —dijo Piti con la voz quebrada—, es un delito, si nos pillan, vamos a la cárcel.

¿De verdad piensas que ir a la cárcel sería peor que negarte a hacer la prueba?

—Pero ¿por qué haces todo esto? —Rompió a llorar desgarradamente Vera.

Esta noche ese taller tiene que arder.

Y Glitch se apagó.

—Esto es una puta locura, joder, esto no es pintar con tiza el suelo del colegio ni disfrazarse. —Koldo se quejaba tres pasos por detrás de sus compañeros, que avanzaban a oscuras por entre los coches que estaban aparcados frente al taller.

—Solo espero que mi padre no note que le falta una lata de gasolina de la lonja —se lamentaba en silencio Peio, que iba en primer lugar. Desde el episodio de la descarga del móvil se había vuelto temeroso y solo quería que todo eso acabase de una vez, pero ¿cuándo se acabaría todo?

Entrar en el taller no fue difícil debido a que una de las puertas estaba forzada, y allí nadie los iba a pillar. Entraron en silencio. Afortunadamente no había pisos cerca y la zona no estaba vigilada a aquellas horas.

—Joder, joder, joder.

—Calla, Koldo, hostia. Venga, quemamos unas ruedas y unas maderas y ya. Tal y como está todo no creo que se busquen culpables, es un sitio donde se puede producir un incendio —Ava hablaba con una seguridad que no tenía.

Derramaron a oscuras el contenido de la lata de gasolina y esparcieron el líquido todo lo que pudieron. Con una cerilla encendida quemaron el resto de la cajetilla y provocaron una llamarada que hizo que Ava la soltara asustada. En apenas un segundo aquello se prendió y salieron corriendo a oscuras.

Se alejaron del taller todo lo que pudieron y ya empezaron a escucharse las persianas del vecindario abriéndose y el barullo en las calles aledañas.

—Joder, la que hemos liado. —Vera estaba asustada, al igual que Koldo, que estaba lívido.

—Cuando hemos salido del taller me ha parecido escuchar gritos —acertó a decir.

—¿Cómo?

—Que creo que dentro del taller había alguien.

En lo que parecían unos pocos minutos apareció un camión de bomberos.

—Esto ha ido muy lejos, se nos va a caer el pelo.

—Bueno, Piti, nadie nos ha visto, vamos a relajarnos —dijo, en el fondo aterrado, Peio.

—Tenemos que irnos de aquí —se le ocurrió a Ava de repente—, tienen que vernos por el barrio, la gente está saliendo a la calle y no sospecharán si nos ven por el Mondoñedo.

—A mí se me va a notar si me ven mis padres. —Vera no conseguía pensar con claridad.

Los cortó de pronto la sirena de una ambulancia.

—¿Por qué han llamado a una ambulancia?

—Ya os lo he dicho, los gritos. —Koldo notó un dolor fuerte en el pecho.

—Lo mejor es que volvamos a mi cuarto —dijo Ava—, no creo que haya nadie ahora en mi casa.

Consiguieron llegar a la casa sin levantar sospechas, tal era el revuelo en Zuloa. Desde allí escucharon cómo la ambulancia se alejaba.

Guau, chicos, me habéis impresionado. ¿Cómo se os ha ocurrido prender fuego al taller? Supongo que os habréis asegurado de que estuviera vacío.

—¿A qué viene eso? —se aventuró Ava.

No sé, podría ser el sitio donde entraran a drogarse Rocky y sus colegas. De noche en el descampado hace fresquito...

Ninguno de los amigos estaba para las bromas ni las ironías de Glitch. Peio, Piti y Koldo miraban a Ava, como pidiéndole explicaciones de qué era todo aquello, como si ella tuviese las respuestas.

Pero no las tenía. Lo único que tenía era un dolor de cabeza que iba en aumento.

—¿Adónde va todo esto?

Adonde vosotros queráis, ¿no se trata de eso?

—No lo entiendo. ¿Qué has querido decir con lo de Rocky?

Vaya, Ava, me decepcionas, se supone que tú eres la líder, ¿no? ¿No eres la jefa de todo esto?

—No soy jefa de nada. —La cabeza le iba a estallar.

Los demás la miraban sin entender nada. A Peio le alteraba verla tan nerviosa. Parecía que iba a explotar.

—Ava, ¿qué pasa? —le preguntó. Ella no contestó.

Vamos, la jefa debe contestar.

—Repito que no soy jefa de nada

¿Estás segura? A ver si me he equivocado yo...

—Ava, ¿qué está pasando? ¿Por qué dice que eres la jefa?
—No tengo ni idea. No sé qué está pasando ni por qué.

¿Y si te digo que, en realidad, no está pasando?

—¿Qué?

¿Te imaginas?

—¿Qué quieres decir?

Que esto realmente puede que no esté ocurriendo.

—¿Qué quieres decir? —La cabeza de Ava iba a estallar.

Sería muy fuerte, ¿verdad? Haber matado a Rocky y sus colegas quemándolos.

—Ava, ¿qué está diciendo? —preguntó temeroso Koldo.

O simplemente que nada de lo que habéis vivido estas semanas haya ocurrido realmente. ¿Te imaginas, Ava?

—¿Pero qué coño es esto? —Peio estaba fuera de sí y le preocupaba ver a Ava en completo shock.

Ahora está en tu mano si quieres seguir jugando o no.

El móvil se apagó un segundo antes de que Ava lo soltara para agarrarse con las dos manos la cabeza, que le martilleaba insoportablemente.

INTERLUDIO

12

Koldo

2024

El ascensor volvía a estar estropeado y la oficina de la redacción estaba en el quinto piso de un portal descuidado y sucio en el que solo vivían media docena de vecinos, el resto eran oficinas o negocios como el de Perico el Filatélico, un señor entrañable pero extraño y con olor fuerte. Las escaleras tenían una capa de polvo, ceniza y restos de yeso desprendido como si se encontraran en medio de unas obras que nunca acababan. En el tercer piso había una ventana rota que nadie parecía dispuesto a cambiar, acostumbrados como estaban a las corrientes y al frío.

A pesar del abandono, era un edificio con mucho tránsito que se encontraba a pocos minutos del centro. Era cómodo y barato el alquiler de uno de sus pisos si se quería abrir un pequeño negocio, por eso los dos socios de *Ay, Bilbao, cómo has cambiao* no se lo pensaron mucho cuando se decidieron a abrir un diario en papel, gratuito, que abarcara tanto noticias de actualidad como efemérides, historia de la villa, agenda cultural, incluso artículos de opinión. No se trataba de un diario de gran tirada, se pagaba en su integridad con la publicidad de los comercios de la zona y, a pesar de sus pretensiones primigenias, era una gacetilla de tono marcadamente local, muy de barrio.

A lo que llamaban redacción era un espacio diáfano de poco más de treinta y cinco metros cuadrados que en su momento fue un estudio. Tenía como único mobiliario media docena de mesas, los dos MacBooks de los socios y pilas de ejemplares pasados por todas partes.

Aparte de ellos, el periódico contaba con hasta seis colaboradores más, entre ellos Koldo, que escribía una columna de opinión con ínfulas literarias. El tema de su folio por una cara escrito a máquina (se negaba a usar el ordenador) era libre y a menudo tocaba asuntos culturales más que sociales. A la redacción no les hacía mucha gracia que les entregara un papel mecanografiado en lugar de un archivo PDF.

—Joder, Koldo, que estamos hasta arriba para ponernos a transcribir tus artículos.

—Los ordenadores y yo nos llevamos mal, ya os lo he dicho muchas veces. —Exageraba este su pose de pretendida bohemia.

—Déjame adivinar —bromeó Markel—, hablas de la partida económica municipal presentada la semana pasada.

—Casi —atajó Koldo ocultando cierto malestar—, hablo de la desconocida pero fundamental filmografía de Kidlat Tahimik, que este año cumple ochenta y dos años sin ver ni una de sus películas estrenadas en nuestro país.

—Ajá. —Fue la escueta respuesta que recibió, totalmente desprovista de entusiasmo.

—Por cierto, a ver si hacéis una derrama y arregláis el ascensor de una vez, es matador subir cinco pisos del tirón.

—Esos cinco pisos te los evitarías con un simple mail con PDF adjunto…

Markel y Perú habían coincidido en el instituto con Koldo y siempre los había unido la pasión por la letra impresa. Nunca salieron de fiesta ni quedaron los fines de semana, incluso hubo una época en que se perdieron la pista, pero latía un cariño, que mucho tenía que ver con la nostalgia, que los mantenía en contacto. Tener a Koldo de colaborador era, en cierta medida, rememorar aquellos fanzines noventeros.

Una vez en la calle, Koldo cogió el metro en dirección a Kabiezes, en Santurce. Había prometido a su madre comer con ella un día de la semana y ese era el que mejor le venía.

—Estás muy delgado —dijo su madre según abrió la puerta.

Para ella Koldo siempre estaba más delgado y siempre le notaba triste cuando hablaba por teléfono.

Cuando su madre enviudó y empezó a salir con Mario, un trabajador de Altos Hornos de Vizcaya, se mudó a casa de su pareja. Pero incluso esa decisión fue otra manera de cuidar a su hijo, que ya tenía los veinte cumplidos, al preferir dejarle para él solo la casa en la que había vivido que imponerle a un padre postizo. Pero Koldo duró poco en aquel pisito de Zuloa y en cuanto pudo se fue de alquiler al Casco Viejo, una zona más afín a sus inquietudes.

Allí tuvo contacto con gente del ámbito audiovisual y con escritores y guionistas. Ese era su mundo, al que se quería dedicar, y lo consiguió durante un tiempo. Rodó varios cortometrajes y uno de ellos, *Afán*, obtuvo el premio al mejor corto en un certamen a nivel nacional que le mantuvo sin necesidad de trabajar varios meses. Curiosamente, ese fue el principio del fin, ya que no volvió a rodar nada. Ni tampoco a escribir de manera habitual. Con el paso de los años y todavía sin pareja estable se planteó de nuevo retomar la escritura y, aparte de sus columnas para *Ay, Bilbao, cómo has cambiao*, mandaba textos para publicaciones pequeñas sobre cine y artes en general. No le sobraba el dinero, pero tampoco le faltaba gracias a una vida sencilla que le mantenía la autoestima y la cordura. Se encontraba lejos de los sueños de su infancia, pero no podía quejarse. Los amigos y conocidos con los que tenía más trato (no era especialmente sociable) tenían esa cuota creativa que necesitaba cerca. Le costaba tener que relacionarse con personas ajenas a lo cultural, incluida su madre.

—¿Quieres un Eko? —Hipertensa, nunca tenía café en casa.
—No, gracias.

Las primeras frases siempre eran las peores. No es que tuvieran mala relación, pero Koldo guardaba mucho resentimiento hacia el carácter tremendista de su madre. Nunca llegó a decírselo, pero le reprochaba haber sido un niño miedoso y con muchas inseguridades. Últimamente no quedaban mucho y casi siempre era incómodo para ambos. Les costaba empezar a hablar, y luego todo eran lugares comunes y frases sin profundidad; pero ese día, durante la comida, quizá por primera vez, la conversación tomó otro camino:

—Hacía mucho que no comía arroz a la cubana.
—De niño te encantaba, decías que era tu plato favorito.
—Sí, y las patatas con lomo. Son platos que no como desde hace décadas.
—Es comida de menú infantil, es verdad, qué tonta soy poniéndote esto para comer...
—Me encanta, *ama*, en serio.

Koldo vio como el gesto de su madre se oscurecía.

—No sé —se sinceró al fin—, siempre he tenido una sensación rara contigo, de no ser buena madre, de haberme perdido algo importante de tu vida por culpa del miedo a perderte.

Le sorprendió la lucidez de aquellas palabras inesperadas de su madre. Aquella mujer anciana de pronto se había convertido en una persona con una increíble capacidad de autocrítica, posiblemente mayor que la que él podría tener. De pronto se vio desarmado. Ya nunca podría reprocharle nada, ya estaban las cartas sobre la mesa. Un poco tarde, pero estaban ahí. Koldo, con cincuenta y dos años, mientras comía arroz a la cubana con su madre solo acertó a decir:

—*Ama*, hiciste lo que pudiste y fuiste la mejor madre que pude tener.

La cocina, aún por reformar, se sumió en un silencio eléctrico solo perturbado por el chisporroteo del neón parpadeante.

—Esa luz se va a fundir, hay que cambiarla —dijo Koldo queriendo regresar a las conversaciones banales.

Ya era tarde para volver atrás. La madre lloraba en silencio. A Koldo le costaba gestionar aquello, esa conversación tenía que haber venido mucho antes. Era como si su madre quisiera irse en paz, como el que se confiesa antes de morir. Vio a su madre y, por primera vez, empatizó con ella y sintió lástima. Siempre se había sentido él la víctima y no al revés. Quiso llorar con ella, se lo debía, pero no pudo. No sabía hacerlo. Todos esos años de reproches ahogados, tantas frustraciones, tanto miedo. Mucho de aquello se había ido curando con los años y la distancia. Ya no odiaba a su madre, no podía hacerlo, pero era tarde para quererla. Solo deseaba que los años que le quedasen de vida los viviese como nunca logró, tranquila. Se lo merecía.

—¿Quieres postre? He hecho natillas con galleta maría y canela, como te gustaban. —Revivió su madre mientras se enjugaba las lágrimas y forzaba una sonrisa que resultó triste.

—No, gracias, estoy petado. Y quiero guardar la línea.

Después de un café solo y una amable conversación sobre las noticias de la tele (una boda real era el titular del día), Koldo se despidió con la sensación de que tardaría mucho en volver a verla. Era lo mejor para los dos. Una vez en la calle pensó en aquella mentira piadosa que le había dicho y supo que, en el fondo, era verdad: hizo lo que pudo y no pudo tener mejor madre.

13

Vera

2024

Abrió los ojos, aunque hacía mucho rato que estaba despierta. No sabía calcular el tiempo que llevaba dando vueltas a todos los frentes abiertos que tenía. Miró el reloj y lo apagó poco antes de que sonara la alarma.

—Mierda.

Se levantó en silencio para no despertar a Rodrigo, que roncaba a un volumen inaceptable. Él no tenía problemas de sueño. Vera miró con desprecio al bulto roncante en la oscuridad y sacó a tientas unas bragas y una camiseta del armario. La ducha y el café le sirvieron como bálsamo. A solas en la cocina empezó a preparar las tostadas, los zumos y las tazas de leche con ColaCao. Se moría por fumar. Llevaba catorce días sin hacerlo y el mal humor se apoderaba de ella a diario. Odiaba madrugar, pero ese momento, a solas en la cocina, se había convertido en su momento, un protocolo que a la postre era lo mejor del día. Repasó las noticias desde el móvil. El mundo actual se estaba convirtiendo en algo muy deprimente y visitó dos páginas de prensa rosa, de cotilleo, como decía ella. Un desconocido arremetía contra la ex de un empresario famoso por negar un idilio en la discoteca de una isla del Mediterráneo. El desconocido, un joven bronceado y bien definido, ya había conseguido sus quince minutos de fama y luchaba por un cuarto de hora más.

La cocina seguía a oscuras y quiso apurar el silencio hasta que se rompiera por el mal despertar de sus dos hijos preadolescentes. De lejos, casi se podría hablar de otros tiempos, venían los ecos de su noviazgo con Rodrigo, al que había conocido en la Facultad de Derecho. A pesar de ir algún curso por debajo, la vital y responsable Vera se había convertido en el apoyo fundamental del desastre y mal estudiante de Rodrigo. Le ayudaba con los apuntes, le enseñaba a hacer resúmenes, a pasar a limpio, a organizarse.

—¿Pero cómo has llegado hasta aquí? —bromeaba en los jardines del campus.

Hacía tiempo que no creía en los sueños infantiles de príncipes azules, pero esa amistad que se había ido forjando desde la superioridad de ella le imprimió, aparte de seguridad, una esperanza romantizada. Empezó a frecuentar con sus amigas los bares donde sabía que él estaría, pero fingía indiferencia hasta que era el propio Rodrigo quien se acercaba. No era ajeno a Vera el hecho de que a sus amigas Rodrigo nos les gustaba demasiado. Le llamaban Bob Marley por su afición al cannabis y por su filosofía de vida un tanto pasota. Vestía unos pantalones de tela de colores psicodélicos, una camiseta raída de Bad Religion y una sudadera con bolsillo central donde nunca faltaba un mechero o un librillo de papel de fumar.

—Si un día me tienen que defender en un juicio, por favor, que no sea Bob Marley. —Amelia era la mejor amiga de Vera, pero cuando esta empezó a salir en serio con Rodrigo su relación se fue enfriando hasta acabar perdiendo el contacto casi por completo. Su amistad se redujo, con el tiempo, a quedar el día del cumpleaños de cada una para darse un detallito.

Rodrigo se mostraba atento y dulce con Vera, en parte, por agradecimiento, pero esa chica alegre y cantarina poco a poco fue haciendo mella, avanzando en su granítico desdén. Se fue acostumbrando a la música pop melódica (él solo escuchaba punk rock estadounidense) y llegó a acompañarla a algún concierto de esos de cantantes moñas. Empezó a valorar los pequeños detalles como las fechas, los gustos del otro y los paseos sin necesidad de acabar en un bar. Se citaban en una taberna irlandesa prefabricada de esas que se veían en cada esquina y, poco a poco, a falta de otra alternativa, fueron creando un proyecto juntos. Como era de prever, Rodrigo no acabó la carrera y Vera estuvo ahorrando con lo que sacaba de niñera para un primer alquiler. Una vez graduada nunca ejerció, pero gracias a su ímpetu no dejó jamás de trabajar sin que se le cayesen los anillos, por penosos que fuesen los puestos que ejercía. A su vez, Rodrigo conseguía contratos de dos o tres meses y volvía a quedarse en casa, sumido en una depresión que iba a más y que le incapacitaba hasta para la tarea doméstica más sencilla. A pesar de la situación, el carácter optimista de Vera conseguía sacarlos del hoyo y llegaron los hijos: José, como el abuelo, y Leticia.

Sacar adelante a la familia no era fácil, sobre todo porque habían tenido tarde a los críos, pero Vera no se sentía estafada con la romántica idea de la familia feliz. No obstante, pasaron los años y el roce conyugal empezó a crear ampollas y los niños crecían necesitando más cosas, más caras. Rodrigo volvió a consumir cannabis y solía estar ausente la mayor parte del tiempo. Le echaban de trabajos, siempre sin razón. Vera era consciente de que Rodrigo no le era infiel porque no tenía a nadie más que a ella y no iba a jugársela a lo tonto.

Y así vino de pronto, un día, el silencio. En aquella casa solo se escuchaban las discusiones de los hijos preadolescentes y los quejidos de Vera. Rodrigo pasó a ser un mueble más de la casa, como la PlayStation con la que tanto jugaba. Sin decirlo, sin firmarlo, habían hecho un pacto de no agresión que consistía en ignorarse el uno al otro por el bien de los chicos. No se separarían mientras ellos viviesen en casa. Y no parecía que tuvieran prisa.

«Un día —pensaba Vera tomando un segundo café— te encuentras con cincuenta y un años, con un príncipe desteñido, sin haberte dedicado nunca a lo que fue tu vocación y con dos hijos que solo piensan en ellos mismos».

A veces se reprochaba el carácter buenista y vehemente del pasado, el haberse dejado la venda en los ojos demasiado tiempo. Ahora ahí estaba, en su momento, a oscuras en la cocina, con pereza de empezar el día, de levantar a sus hijos con cuidado de no despertar a Rodrigo, de ser la vital Vera de siempre, la de la buena cara, la segura, la que se escondía tan bien. Tanto tiempo engañando a todos, empezando por ella misma, y por primera vez, pasada ya la mitad de su vida, se planteaba tantas cosas.

No era una persona que tendiera al pesimismo y siempre se había sentido libre y auténtica, y de pronto el mazazo, sin terapia de por medio, de verse como una persona que a todas horas había buscado la aceptación de los demás, sentirse en el rebaño; algo que por otro lado nadie hubiera adivinado; al contrario, nadie hubiese sospechado jamás de Vera aquellas dudas con café a oscuras. «Qué poco me conocen, qué poco me he conocido». Pero no era el lamento de una mujer que va a luchar por cambiar su situación. Vera se veía a sí misma como a una persona que había desperdiciado los mejores años de su vida y para la que ya era tarde para enderezar algo. Se sentía un fraude. Vera, una perdedora con signos de futura depresión. Vaya chiste.

De buena gana se fumaría un cigarro y se tomaría una copa. A las siete de la mañana. Tan pronto y tan tarde. Avanzó por el pasillo encendiendo las luces a su paso para iluminar el camino por el que, en pocos minutos, correrían José y Leticia.

Abrió lentamente la puerta de ambas habitaciones para que el rayo de luz no fuese muy agresivo. Primero José, el pequeño.

¡Cómo olía su cuarto! Daba igual las veces que lavase las Nike, el olor a rancio no se iba, al igual que el de parte de la ropa. Le acababan de salir cuatro pelillos de bigote, feos, de los que estaba muy orgulloso. Era un chico guapo, como el padre, seguro que ya había más de una en el colegio suspirando por él. ¿Tendría novia? Solo tenía trece años. Ya tenía trece.

Luego el cuarto de Leticia, su mayor quebradero de cabeza. Tres años mayor que su hermano y ya vivía en otro mundo. Se había convertido en un ser impredecible, volátil. Vera notaba cómo se le escapaba entre los dedos, cómo aprendía cada día un idioma nuevo que ella no hablaba. Esa semana Leticia no le dirigía la palabra a su madre; al parecer esta le había dicho algo muy doloroso, algo que Vera ni recordaba. Siempre pasaba algo grave, Leticia era muy sensible y tendente al drama. Qué poco se parecía a ella. Nunca pretendió ser su amiga, pero sí quiso ser de alguna manera una confidente, una persona de confianza, no una madre a la que ocultar los primeros cigarros, novios y desengaños. Desde luego que no lo era. Leticia había tenido al menos dos amigos especiales, y lo sabía porque habían sido dos pilladas en la calle. Y también fumaba los fines de semana.

—Es el humo de los bares —le había dicho alguna vez al olisquearle la ropa. Desde hacía años no se fumaba en los lugares cerrados, esa excusa que tantas veces había usado Vera en el pasado ya no valía.

El cuarto de Leticia era una mezcla de perfume y tabaco. «Qué ganas de fumar un cigarro». Y pensar que hacía nada la niña le pintarrajeaba las manos con rotulador dibujando flores y unicornios cabezones. Vera suspiró y se puso, de nuevo, la máscara de supermadre.

—¡Arriba, chicos! Y no hagáis ruido. Tenéis el desayuno en la cocina.

Empezaron las quejas y los bostezos. Al otro lado de la puerta de su cuarto, Vera podía escuchar los ronquidos imperturbables.

Una vez la casa quedó de nuevo en silencio, ya sin hijos, Vera, preparada para ir a limpiar otro hogar, miró entre las cosas de Leticia en busca de tabaco. Al fin dio con un paquete. Bingo. Deslizó los dedos para atrapar un cigarrillo. «¿Los tendrá contados?». Sonrió ante la idea de que, después de años fumando a escondidas de sus padres, ahora se escondía de su hija. Salió del portal con el cigarro encendido sintiéndose fatal.

14

Pedro (Piti)

2024

El ambiente de aquel *coffee lab* era tranquilo, con un hilo musical basado en versiones bossa nova de temas de los Beatles y clásicos de los ochenta. Música anodina pero que no molestaba. La mayoría de los clientes de aquel lugar, Sōseki, eran estudiantes extranjeros, de ahí los horarios de cocina. El olor del local era curioso, desde luego muy diferente al del resto de las cafeterías, y la carta de tartas y muffins también sorprendería a los despistados.

Pedro esperaba paciente en una mesa minúscula en una esquina. Había pedido un *flat white* con leche de avena.

—El café de hoy es un Kenya, pero para el *flat white* usamos nuestro *blend*, de aquí cerca, de unos chicos de Amorebieta. —La chica inglesa explicaba todo con tono monótono, como si lo leyera o estuviese rezando.

Prefería, de lejos, un café con leche normal, el que ponían en el Periflú, incluso en el Iruña, pero tenía una reunión de trabajo y le habían citado en aquel lugar. «Es lo que tiene trabajar para *Futura Mag*», solía decir cada vez que su esquema mental chocaba de lleno con su día a día. Estaba acostumbrado a consumir lo último de lo último, su trabajo le obligaba a ir por delante; no obstante, *Futura Mag* era la revista decana de tendencias y él era el fotógrafo más veterano y respetado de la publicación. Si bien era cierto que su edad a veces le recordaba que no convenía ilusionarse demasiado con cada nueva quimera. A menudo asistía, contemplaba y retrataba irónico un mundo cada vez más rápido, de usar y tirar. Consistía en una especie de batalla por la originalidad, por hacer lo mismo de siempre de manera que pareciese nuevo. Como fotógrafo veterano había visto las modas reproducirse, morir y volver a nacer en una rueda que no tenía fin.

Daba el pego entre tanta modernez precisamente por su veteranía en la revista y, sobre todo, por su relación con Ludovico Castelli, al que conoció por un reportaje para la revista años atrás. Ambos se habían convertido, casi sin querer, en el epítome de lo moderno en Bilbao, una etiqueta cómoda, pero que no terminaba de convencer a Pedro, que siempre había preferido estar en un segundo plano, o tercero. Seguía siendo esa persona tímida y reservada de siempre, con la variante de que ahora los focos se dirigían a él y, sobre todo, a Ludovico.

Maurizio, así, escrito con zeta, entró en el Sōseki. Llevaba un abrigo largo de color turquesa a juego con sus botas. Esa era toda su excentricidad. Andaba por la cincuentena como Pedro, pero parecía bastante mayor debido a sus excesos en diferentes campos.

—Hola, Pedro. —Dos besos—. Perdona el retraso, pero vengo de estar con la pedorra de Nöuvelle, que presenta su libro en La Botika. Van a hacer una proyección y actúa un colega suyo que pincha electrónica oscurita. Pásate, estará chulo.

—No puedo, tenemos lo de la zapatería.

—Ah, sí, es verdad, ya me contarás. Podrías hacer unas fotitos…

—No empecemos, ya te dije que es mi noche libre y vamos de invitados. Quiero desconectar y un poco de canapeteo.

—Bueno, ¿y qué has pensado para lo de Rovira?
—Unas polas o algo así, rollo lomo.

Maurizio puso cara de circunstancias y alargó su dramático silencio mientras apuraba su cappuccino.

—No sé, Rovira es muy suyo, ¿has visto sus hoteles? Son todo lujo, no creo que le mole un artículo de toque retro.

—Pero esa es la gracia. La gente asocia los hoteles a vacaciones, relajación, fotos de móvil... Me interesa ese rollo menos pro y más espontáneo. Gente joven pasándoselo bien...

A decir verdad, Pedro iba con el «No» por delante. También sabía que a Maurizio le gustaba la idea de la Polaroid, pero no le encajaría a Rovira, el heredero multimillonario de una cadena de hoteles. Estaba harto de reportajes clónicos, sin alma. Los textos eran de por sí banales y rancios, pero le dolía que su trabajo fuese intercambiable con las fotos que aparecían en las revistas gratuitas de los aviones, para las que tantas veces había trabajado en el pasado.

—Entonces un reportaje básico deluxe, ¿no?
—Por algo digo que eres el mejor, Pedrito...
—Vete a la mierda. Otro día me lo dices por wasap y me evito un café moderno.
—Vaya, la moderna se nos hace mayor...
—¿Te he dicho ya que te vayas a la mierda?

En ese momento, Pedro recibió un wasap de un número desconocido:

Tengo que ir a por los catálogos de
Zumeta, no tengo batería, luego nos
vemos 😘😘😘 Soy Luis

Luis era el verdadero nombre de Ludovico. En algún momento, cuando aún vivía en Logroño, pensó que, si se iba a dedicar al mundo del arte, un nombre más exótico quedaría más epatante. De Luis Castro a Ludovico Castelli, un proceso lógico.

—¿Por qué un nombre italiano? —le había preguntado Pedro cuando se enteró del embuste.

—No lo sé, *mio caro*. —Exageró el acento italiano.

Su relación era idílica. Desde el principio hubo química, entendimiento y mucho respeto. Hablaban el mismo idioma, a pesar de que Pedro era ocho años mayor. Ludovico era comisario de arte y se conocieron en una exposición de Vicente Ameztoy que tuvo que cubrir Pedro. Ludovico presentaba una de sus primeras exposiciones y pronto empezaron las miradas y las sonrisas indiscretas. Entonces ya eran treintañeros y no estaban para remoloneos ni eufemismos. Se encontraron a tiempo. Pedro llevaba una temporada en dique seco, sin una pareja que lo llenara, y Ludovico necesitaba un parche para los estragos de su última relación tóxica. Las primeras citas fueron muy divertidas, donde hubo más vino y marisco que sexo. Los sorprendieron las horas que podían estar simplemente hablando, siendo ellos mismos, sin apariencias, sin necesidad de máscaras ni sobrenombres. El mundillo del arte y las tendencias, siempre lo decía Ludovico, era de todo menos espontáneo. Por eso Pedro le llamaba Luis y a este le hacía gracia el mote que Pedro tenía de pequeño.

—¿Piti?

—Sí, al parecer estaba obsesionado por fumar. Quería ser mayor para tener a todas horas un cigarro entre los labios. Ya ves, y ahora no aguanto ni el humo de los demás.

—Ni yo. Mi ex fumaba sin parar y todo lo que tocaba acababa oliendo a humo.

—Qué asco, por favor.

Desde que juntaron los cepillos de dientes en un mismo vaso su vida pasó a ser un continuo periplo VIP. No había local, exposición, recital o evento bilbaíno al que no los invitaran y en el que fuesen recibidos con prioridad. Vivían de día y de noche en un día a día frenético de responsabilidades y fiestas donde se confundía, a menudo, trabajo y ocio.

Gracias a que esta vorágine les llegó a una edad donde se pensaban con tiempo las cosas, no interpretaron el papelón de los maduros que caían en los errores de la adolescencia, no hubo una búsqueda del Peter Pan interior y ni casi coqueteo con químicos; prácticamente consumían cubatas y caldos de buenas añadas. Apenas amanecían con resaca y siempre recordaban todo, incluso Ludovico, que era el que solía dejarse llevar más. Agradecían que ese regalo les hubiese llegado a esa edad.

Pedro se sentía afortunado por primera vez en su vida. Siempre le había sobrevolado un cuervo de fatalidad. El temprano fallecimiento de su hermano, su infancia anodina y sin emoción, una vida sin titulares..., por eso, llegar a la cincuentena convertido en una especie de *influencer*, de profeta en su tierra, lo vivía como un regalo tardío pero necesario, y en parte de ahí que desde el principio aprovechase esa oportunidad para ser, por fin, quien era, quien nunca pudo ser, sin caer en la somnolencia de las drogas.

Sí, podía decirse que Pedro era feliz, sin sentimientos de culpa. Se quejaba de vicio cuando se hacía el anticuado sabiendo que para la gente que le rodeaba era un modelo que seguir. Muchas veces, quizá por esa propensión a sufrir, pensaba que no era merecedor de tal suerte y que despertaría de pronto con un tumor diagnosticado o con un mensaje de Luis dejándole. Luego entraba en razón y volvía a dejarse llevar por la velocidad de sus días. Ese fatalismo del que no podía escapar se activaba cada cierto tiempo, sobre todo cuando no podía atender el móvil y este no dejaba de sonar. No había razones para tanto drama, pero era el peaje que se autoinfligía para no sentirse demasiado mal por lo bien que le iba todo. Veía a diario parejas que se rompían, manchas detectadas en inspecciones rutinarias, llamadas a deshoras con malas noticias, gente sufriendo con días muy largos…, y mientras él habitaba un cuento de hadas de neones y mojitos.

El recuerdo de su hermano Alejandro ya no le hacía daño, era muy lejano. Era como si estuviese viviendo una segunda vida y no quedara ni rastro de su infancia. Sus padres también habían fallecido y no hacía grandes esfuerzos por recordarlos. Llegó a pensar en dejar Bilbao, pero la solución la encontró yéndose a vivir al centro. Tan cerca y tan lejos. «A veces —se decía a sí mismo— la solución está en dar solo dos pasos». No echaba nada de menos su infancia y Luis le ayudaba a mirar adelante. Echaba de menos, eso sí, quedarse alguna noche en casa, como las personas normales, con una caprese y un Ribera de Duero (a pesar de que Luis era riojano, en el tema de los vinos no había discusión) viendo alguna serie de HBO de esas que había que ver y que nunca veían. Pero esa noche tampoco se quedarían en casa. Llegarían a la zapatería de Luchy, tendrían su momento de gloria en el photocall, tomarían cava helado, algún canapé, mantendrían conversaciones divertidas y banales y, cuando apareciesen los de la sala de exposiciones de San Francisco, Ludovico se pondría algo tontito, caerían dos rayas (solo dos) y Pedro, en un momento breve de la noche, se sentiría solo. Pero, por lo demás, bien.

Tercera parte

*¿Te apetecería pasar unos días de verano
en Zuloa con tus antiguos amigos?*

15

El wasap

2024

La mañana estaba tristona y no ayudaba la música que había elegido la chica que atendía. El local no era muy grande ni especialmente acogedor (las sillas eran de conglomerado barato), y ni siquiera el café y la bollería eran dignas de mención. Lo único que tenía a su favor era la calle en que se encontraba, tan a mano de todo, por lo que era difícil, desde que abrían, coger sitio en una de aquellas sillas incómodas. Estudiantes que se habían saltado alguna clase, hombres de negocios encorbatados, algunos padres que acababan de dejar a sus hijos en el colegio y hacían tiempo hasta la hora de ir a trabajar. Cualquiera entraba a tomar un café o una infusión arrastrado por la inercia y el olor de las cafeteras y los hornos. Era un local de paso y ahí se encontraba ella, rodeada de desconocidos, tratando de hacer algo con su incurable jet lag. Desde su vuelta a España no conseguía dormir, vivía a destiempo, a contrapelo. Caminaba como una zombi por el día y las noches las pasaba en vela. Seis meses era mucho tiempo y acostumbrarse a otra franja horaria se le antojaba más difícil que abandonar un vicio, como los *doppios* y los minicruasanes. Llevaba casi dos semanas en Madrid y se sentía extraña, casi como una extranjera. Como si hubiese llegado tarde a una fiesta que estaba a punto de acabar y no quedara nadie conocido. El insomnio le impedía concentrarse en un libro y se atiborraba a cafeína, que lo único que le hacía era dañarle aún más el estómago.

Ava miró por la ventana hacia la calle y fijó su mirada en un kiosco donde tiempo atrás solía comprar el periódico y alguna revista. Añoró aquellos momentos en los que deseaba trabajar en algo que tuviera que ver con los videojuegos. Aquellos años en los que tampoco era feliz, pero la esperanza la mantenía en pie. Ahora en cambio lo tenía todo, incluso vacaciones de agosto, pero no sabía adónde ir ni con quién. Notó cómo vibraba su bolso. El wasap provenía de un número desconocido sin foto de perfil:

> Te apetecería pasar unos días de verano
> en Zuloa con tus antiguos amigos?

Ava recibió aquel bofetón en forma de mensaje. Se ruborizó como si alguien la estuviese mirando en ese mismo momento. Tuvo que releerlo para cerciorarse de que su somnolencia no le estaba jugando una mala pasada. Su primera reacción fue contestar «¿Quién eres?», incluso llegó a escribirlo, sin mandarlo. No sabía si lo mejor era ignorarlo y seguir con su vida tan lejos de Bilbao.

Normalmente, por agosto, Vera solía regresar a la casa de sus padres a pasar unos días con Peio mientras sus hijos se iban de colonias y Rodrigo se quedaba más ancho que largo. Una costumbre que tenían los hermanos y que se había acentuado tras el divorcio de Peio. Unos días en los que recordaban aquellos años despreocupados en los que jugaban a volver a ser un poco niños. Ambos necesitaban esa ración de pasado, una especie de terapia bidireccional. Vera le ayudaba en el bar y luego vaciaban un par de botellas y fumaban mucho. Unas vacaciones sencillas y perfectas que tenían pensado repetir en un par de días.

A pesar de que apenas se veían, no habían perdido el contacto en todos aquellos años desde que Vera dejara Zuloa. Hablaban casi a diario, siempre a la misma hora, y no dejaban de mandarse wasaps cuando necesitaban un interlocutor que empleara el mismo idioma. Aunque solo fuese para asegurarse de que las cosas no habían empeorado demasiado.

Hubo problemas años atrás, sobre todo con la relación entre Vera y Clara, la ex de su hermano. Vera, por su manera de ser, nunca quiso ni provocó enfrentamiento alguno, al contrario, pero la incompatibilidad era notoria. Vera llevaba tiempo viendo que Peio no era feliz, quizá nunca lo había sido, y la lástima era incontrolable. De alguna manera, siempre había cuidado de su hermano mayor. Aquellos músculos y el cuerpo atlético se habían tornado en una barriga fofa que coronaba una masa creciente. Junto a la de los músculos, se había perdido la definición de su autoestima.

Vera luchaba contra la caridad, no se sentía mucho más afortunada que él y nunca se había sentido digna de sentir lástima por nadie. ¿Quién era ella? Encendió un cigarrillo, llevaba semanas fumando de nuevo con regularidad, cuando escuchó la notificación de mensajería del móvil.

Una cosa que Koldo había heredado de su juventud, más soñadora que bohemia, era la idea de beber una o dos copas de whisky cuando se sentaba a escribir. La mayoría de sus autores de cabecera eran, o habían sido, alcohólicos y depresivos, y aún guardaba un infantil fetiche en ese malditismo donde se refrescaba y lavaba las manos. No pocas veces leía a esos autores con el convencimiento de poder llegar ahí, a ese nivel que era tan difícil, imposible, para el resto. Para compensar había días donde no se sentía capaz de escribir una sola frase memorable. Muchas veces, gracias a los cuarenta grados de alcohol, acababa dormido sobre el escritorio y se despertaba horas después con dolor de cabeza. Al releer lo escrito encontraba garabatos ilegibles y una prosa engolada e incongruente.

Llevaba tiempo con la novela, una especie de alegoría de tintes filosóficos sobre un escritor que veía como todo lo que escribía le ocurría exactamente igual al día siguiente, con lo que empezaba a idealizar grandes y maravillosas aventuras. Entonces su novela se rebelaba y no le permitía escribir su futuro de manera consciente y empezaba a boicotearle y a cambiarle el texto cada noche mientras él dormía. Finalmente, el escritor decidía quemar la novela antes de acabarla. Ese fuego se propagaba y se quemaba la casa con el escritor dentro, que moría en el incendio.

Tenía la escaleta desde hacía tiempo, pero no conseguía dotar al texto de esa magia que tan accesible le había parecido en otras ocasiones. Apenas llevaba cuarenta páginas manuscritas en un manoseado cuaderno de páginas arrancadas. Primero lo escribía a mano para pasarlo después a máquina, donde realizaba los cambios oportunos. Ese día el whisky no le inspiraba, de hecho, tenía mal el estómago y cada tímido sorbo era una puñalada. Había días donde nada encajaba, y ese era uno de ellos. Cada frase era un dolor. No le gustaba ni la forma ni lo que estaba expresando. Se había propuesto pisar el acelerador y escribir la novela ese mismo verano, pero había vuelto a atascarse.

Fue a la cocina a tirar por la fregadera el último culín de whisky y cuando volvió al cuarto encontró el wasap.

Cuando Pedro vio el mensaje en el móvil no dudó, a pesar de que venía de un número oculto, de que el emisor era Peio, el único que se había quedado en el barrio y de que, lo más seguro, le había dado un ataque de nostalgia y quería volver a ver a los colegas de niños.

Mantenía un contacto frío pero cordial en redes con todos menos con Ava, gracias a un grupo llamado «No eres de Zuloa si no...» donde la gente del barrio, en un ejercicio de melancólica queja, publicaba fotos viejas del lugar. Peio era muy habitual con posts de fotos que mostraban un Zuloa ya desconocido. Ahí Pedro se reencontró con aquellos amigos que se presuponían inseparables y a los que hacía muchos años ya que no veía. Se alegraba cuando compartía cuatro palabras con cualquiera de ellos en una publicación, a menudo en tono nostálgico, pero nunca habían llegado a formalizar una intención de volver a verse.

Piti observaba el móvil sin saber qué responder. Tenía curiosidad por ver cómo había tratado el tiempo a sus compañeros de clase, pero por otro lado le daba mucha pereza, y miedo, volver a un barrio que había querido olvidar y del que no guardaba más que alguna noche en vela. Era cierto que Ludovico iba a estar unos días fuera en agosto y que él no podía salir de Bilbao por unos reportajes que tenía asignados. Podía estar bien recordar momentos con aquella gente. Posiblemente todo se reduciría a una cena y sería la última vez en verse y saber los unos de los otros.

Todavía no se había decidido. No lo haría hasta esa misma noche, después de comentarlo con Ludovico.

16

El reencuentro

2024

La parada de metro de Zuloa era de las últimas con respecto a la zona centro. Los cinco o seis minutos no parecerían gran cosa, pero era raro que alguien de fuera de ese barrio llegase hasta ahí, por lo que le sorprendió a Koldo lo cuidada y limpia que estaba la estación en comparación con las otras.

Bajó de su vagón con dos o tres personas y se dirigió a la única salida que había. Una vez en la calle tardó en reconocer la zona. No conseguía ubicar el lugar en el que se hallaba la estación. A simple vista había más edificios, apenas zonas verdes o plazas. El cemento había vencido y parecía que el barrio había disminuido a fuerza de calles y coches. Daba la sensación de estar más habitado que cuando lo dejó hacía décadas. Apenas reconocía nada y sintió un leve aguijonazo de culpa por no haber vuelto antes. De pronto sintió que había perdido algo para siempre. Caminó por entre las calles y dio, al fin, con algo conocido, el kiosco donde supuestamente había tocado la banda municipal en los sesenta y los setenta. Aquel edificio de hierro y madera se había convertido, en los ochenta, en un lugar donde jugar a campo quemado cuando llovía. Jamás vio a ninguna banda actuar allí. Estaba muy deteriorado, lleno de grafitis y pegatinas reivindicativas, el techo estaba medio desplomado y la entrada estaba acordonada para evitar accidentes. Le dio pena verlo en aquellas condiciones, pero al menos seguía en pie.

Cogiendo como referencia el kiosco se hizo un mapa mental y trató de recorrer el camino que, de niño, solía hacer hasta su casa. Era raro estar en una zona que había sido su día a día y encontrarse entre desconocidos, con edificios modernos y franquicias. «Aquí estaba el videoclub Zafiro», pensó al ver una frutería. Los bajos de aquel edificio eran de roca oscura, era de lo poco que permanecía intacto. Tocó aquella pared dura, ennegrecida por el paso del tiempo y por las lluvias, detenido en la puerta de la frutería mientras recordaba la de veces que todavía soñaba con que entraba a alquilar una película y veía a Ramiro. Enfrente, la que había sido su casa, un edificio de cinco pisos irreconocible por las obras de la fachada. Tenía mejor pinta, pero había perdido parte del encanto de los ladrillos. Se quedó un rato mirando su antiguo portal, su primer portal. A pesar de haber sacrificado buena parte de su personalidad, Zuloa había mejorado bastante. Ya no había tanta diferencia entre este y otros barrios de Bilbao. Ya no era ese cubil de mala fama azotado por el paro y la heroína, un lugar hostil del que guardaba, en cambio, un recuerdo entrañable. Se sacudió la tristeza y se dirigió al Mondoñedo. Estaba nervioso.

Cuando Pedro llegara al bar vería a Peio, Vera y Koldo, y el reencuentro no sería como en las películas. No habría emoción ni música orquestal, tampoco gritos de alegría ni grandes abrazos. Nadie diría que habían pasado tantos años desde la última vez. Le había costado decidirse a volver al barrio donde había disfrutado tanto y a la vez había sido tan infeliz. Lo primero que quiso ver allí, aunque estaba irreconocible, fue la trocha por la que se perdía cuando deseaba estar a solas, que daba al Basolo, aquel monte desde el que, de niño, le gustaba ver todo Bilbao. Estaba prácticamente tapada por la maleza y se encontraba aún más escondida por el bloque de hormigón que había ganado terreno a la zona de huertas. Apenas si había un terrenito con algunas lechugas dispuestas en fila. «El progreso», pensó teatralmente para sí mismo. Le costaría enfrentarse a sus antiguos amigos; comentar fotos en redes era mucho más fácil que verse las caras, con lo que se había tomado su tiempo en una cafetería moderna, de esas que eran todas iguales, para poner en orden su cabeza y recomponer un poco la imagen que estaba dispuesto a dar. Era más fácil tratar con desconocidos o con conocidos recientes que mostrarse tal y como era con aquellos con los que creció. En ocasiones ser uno mismo con desconocidos era lo ideal. Le preguntarían cómo iba su vida, en qué trabajaba o quién era su pareja. Qué pereza. En aquella franquicia se arrepintió de haber cedido a la invitación, pero ya era tarde. No quiso pasar por delante de su antigua casa y su hermano le vino a la mente con una fiereza como hacía tiempo que no pasaba. Luego se sintió estúpido, infantil, y se dirigió al Mondoñedo pensando que cuanto antes llegara antes acabaría todo.

Efectivamente, el reencuentro no pareció sacado de una escena emotiva; en cambio, sí hubo alegría real y un cierto rubor que duró unos primeros minutos, con frases atropelladas de calentamiento. Hubo comentarios plantilla sobre el tiempo que hacía que no se veían, lo bien que había quedado el Mondoñedo, «Menudo cambio, no parece el mismo», y lo bonito que estaba el barrio, algo que no secundó el nostálgico Peio, a quien justificó con humor Vera, que llevaba ya un par de días con su hermano. Poco a poco la conversación empezaba a fluir.

—Por cierto —dijo Koldo—, ¿Ava no viene?

Hubo un silencio con gestos de interrogación por respuesta y pronto se cambió de tema.

—Así que fotógrafo, ¿eh?

—Ya ves —respondió Pedro—, fue una pasión tardía, pero llevo ya unos cuantos años... Ufff, qué mayores nos hemos vuelto... ¿Tú sigues con lo del cine? Vi en algún sitio lo del corto aquel premiado.

—Bueno, aquello fue el principio del fin —reconoció con humildad Koldo para rematar sin ella—, ahora soy escritor.

—¿Ah, sí? ¿De qué tipo?

—Escribo artículos de opinión en varios medios y estoy ahora con un libro... que no sé si voy a poder acabar. Es una pelea y de momento va ganando la novela.

Soltó una risotada sincera y, esta vez, humilde de verdad. Notó de pronto que a aquellas personas no les podía, ni debía, mentir. Eran como de su familia a pesar de los años. Vera sintió también aquel hermanamiento y se sinceró sin dejar de fumar:

—Y, ya veis, ni siquiera consigo dejar de fumar, un desastre...

Peio iba y venía sirviendo a los que entraban al bar lamentando perderse partes de la conversación, que seguía animada en la terraza, ya que uno de los cambios del Mondoñedo era que había conseguido permiso para colocar unas mesitas en la acera, cercadas con una valla de madera.

—Oye, a la noche repetís todo, que me estoy quedando a medias.

Esa misma noche, con la persiana echada y dejando a Vera fumar dentro, Peio preparó unas chuletillas y abrió una botella de vino que, con el discurrir de la charla, acabaron siendo tres.

—Pues a vosotros os gusta mucho cómo ha quedado el barrio, y no digo que no haya mejorado, pero yo lo prefería antes. —Peio seguía idealizando el paisaje deprimido y gris de los ochenta.

—Hombre, está mucho mejor. —Pedro aspiró fuerte—. El aire ahora se puede respirar, recuerdo ese olor, como de escape de gas, continuo, y esta calle, cómo se llenaba de barro en cuanto caían dos gotas...

—Parece que hace hasta mejor tiempo ahora.

—Eso es verdad —concedió Vera—, me pasé la mitad de mi infancia escondiéndome de la lluvia y del frío.

—Esas fruterías de fruta mala —Peio seguía con su discurso—, esas cafeterías medio panaderías, que son todas iguales, todo está lleno de peluquerías y barberías...

—Y antes eran todo tascas y videoclubs —atajó su hermana.

—Pues mira qué bien, a beber y a alquilar películas, como Koldo. —Peio no iba a perder ese debate.

—¿Y cómo es la clientela ahora? —se interesó Koldo—. ¿Ha cambiado mucho?

—Ahora hay mucha gente joven, por la academia y la guardería que han puesto más adelante. Mucho café rápido y pinchito. Ya no hay chiquiteros. Alguno queda, pero no es como antes.

—Bueno, es que el propio Mondoñedo no es como antes. —Pedro ojeaba la carta de sándwiches y platos combinados.

—No me queda otra, si no, solo podría echar la persiana.

—Y mira qué chulo está ahora el bar —animó Vera.

—Y, cambiando de tema, ¿cómo se te ocurrió lo de reunirnos tantos años después?

Peio puso cara de asombro y contrariedad ante la pregunta de Pedro, que le miraba sonriente después de apurar su copa de vino.

—¿Yo? ¡Qué coño se me va a ocurrir a mí! Yo recibí un wasap en el que alguien me preguntaba si me gustaría reunirnos aquí unos días.

—¿Entonces quién fue? ¿Vera? ¿Koldo?

La conversación se convirtió en una incógnita. Sacaron sus móviles y leyeron en alto los mensajes recibidos. No eran exactamente iguales, pero provenían del mismo número sin identificar.

—Pues solo se me ocurre que haya sido una broma.

—O Ava —dijo Peio, que aún guardaba un grato recuerdo de su antigua amiga.

—¿Y a ninguno se nos ocurrió contestar el wasap? Somos de traca —añadió una divertida Vera.

—Pensé en contestar, pero, al no tener guardado el número y con tantas cosas que se escuchan de fraudes y demás, pasé…

—Ya, Koldo, pero viniste… —Pedro había dado en el clavo.

—Por cierto —Peio seguía a lo suyo—, ¿sabéis algo de Ava? Desapareció del mapa.

—Sé que se fue a Madrid. En la revista para la que trabajo leí un artículo sobre videojuegos y salía ella. Debe de ser ingeniera o creadora de videojuegos, algo así…

—Vaya. —Koldo se sirvió otra copa de vino—. Ella sí que ha conseguido dedicarse a su pasión de siempre, ¿os acordáis?

—Sí, le fascinaban, siempre leía cosas sobre maquinitas y arreglaba todo tipo de electrodomésticos. Era una especie de mecánica, todo el día con cables y destornilladores.

—Y pasándonos las pantallas que se nos resistían donde el jefe. —Peio recordaba cuando llegó a Zuloa la primera sala de máquinas.

Se quedaron un rato en silencio, sonrientes. Era una pena que finalmente Ava no hubiese acudido a la reunión, habría estado bien, pero era el eterno enigma. Era la única del grupo de la que no había noticias, la que vivía fuera de Bilbao. Ninguno mantenía contacto con ella, ni siquiera por redes. Era como si, desde que dejó el barrio, se hubiese esfumado.

—¿Y se ha quedado mucha gente del barrio?

—Sí —Peio no necesitaba pensar mucho—, sobre todo los mayores. Muchos murieron, otros cambiaron de barrio, como vosotros, y aún queda algún fantasma por ahí… —Vera sonrió sabiendo a qué se refería su hermano—. ¿Habéis visto a uno que había sentado junto a la máquina de tabaco?

—¿Uno con aspecto como de yonqui? —Pedro tenía un detector especial para los toxicómanos.

—Sí. Ese es del barrio de toda la vida. —Pausa dramática—. Y le conocéis perfectamente.

—¿Ah sí? —se interesó Koldo.

—Mucho.

Se quedaron callados esperando la respuesta. Finalmente fue Vera quien desveló el misterio.

—Es Rocky.

—¿Qué? ¿Ese pobre hombre era Rocky? Vaya, la verdad es que no me extraña…

—Lo raro es que siga vivo —soltó Pedro con crueldad. Los demás asintieron en silencio.

—Bueno, voy a por los cafés y chupitos, que yo mañana madrugo —se quejó en broma Peio.

Al dirigirse a la cocina escuchó un golpe en la persiana. Seguido de otro, y otro. El resto seguía ajeno. Peio se acercó a la persiana de la puerta. Definitivamente, alguien estaba llamando. Miró por una ventana lateral y vio a una persona frente a la puerta. No tenía aspecto amenazante, por lo que decidió levantar un poco la persiana. Lo justo para ver unas zapatillas.

—¿Sí? —preguntó este como si cogiera una llamada.

—¿No vas a abrir a una vieja amiga?

De pronto a Peio le dio un vuelco el corazón y abrió con fuerza la persiana cortando en seco la conversación de los antiguos amigos que acudieron adonde se encontraba. Se le dibujó una sonrisa amplia. Ahí esperaba Ava. Ya estaban todos.

—Pues casi no nos pillas —Vera se alegró de ver a su antigua amiga—, estábamos en los cafés, que mañana Peio madruga.

—Bueno —se adelantó este—, puedo abrir un poco más tarde, que estamos de reencuentro.

Ava sonreía a pesar de una primera impresión intimidante al sentirse observada por todos. No le gustaba haber sido la última en llegar, pero el vuelo se había retrasado y había tenido un día de contratiempos. Allí estaban, envejecidos pero reconocibles. Se alegró sinceramente de haber ido a Zuloa. Aquel barrio ya no le pertenecía, era un pez fuera del agua y estaba bien que fuese así, pero sentía el pecho embriagado de una extraña felicidad de encontrarse ahí, de pasar unos días. Unas pequeñas vacaciones inesperadas después de unos meses intensos de trabajo.

—Bueno, cuéntanos, que no sabemos nada de ti, ni en redes ni nada; chica, desapareciste por completo, no te encuentra ni Google Earth… —Resultaba curioso todo lo que hablaba ahora Pedro, a quien a nadie se le ocurrió llamarle Piti. Resultaba ridículo, con lo callado que había sido de niño.

—Bueno, aquí y allá —Ava quiso desviar la conversación—, pero, contadme, ¿qué tal vosotros? ¿Seguís en el barrio o no? Supongo que Peio sí…

Habían pasado décadas y Peio volvió a sentir algo dentro al ver a Ava decir su nombre, como si aquello que no se llegó a cerrar de niños volviese a reclamar una atención que tanto le había obsesionado años atrás. De pronto, se sintió como aquel niño, con cuarenta años menos, coladito por la marimacho de los videojuegos. Y se avergonzó por lo estropeado que le vería ella, que estaba estupenda, a pesar de mantener ese desaliño en la vestimenta que, por otro lado, le daba un toque encantador.

—Sí, no me queda otra. —Peio miró a su alrededor con gesto de imposibilidad.

—El bar está precioso.

—Y eso que lo estás viendo con poca luz y con la persiana echada, ya verás mañana.

Con la llegada de Ava la sobremesa se había alargado más de la cuenta y se bebieron más chupitos de los esperados para una primera noche, algo que acusó Peio, el primero en levantarse al día siguiente.

Maldijo el dolor de cabeza y la facilidad con que se había dejado embaucar. Todos seguirían dormidos en la pensión del barrio, un pequeño piso de seis habitaciones que había traído no pocos problemas en el vecindario cuando, dos años atrás, se abrió. Una vez levantado el cierre del Mondoñedo, y con un ibuprofeno y dos cafés en el cuerpo, Peio notó una alegría especial que no pasó desapercibida a los parroquianos más madrugadores. Se le notaba otra luz en los ojos, una sonrisilla que no conseguía borrar. Pensó que quizá eso era lo que siempre había estado esperando: que se volviera a juntar toda la pandilla. Se preguntaba cómo era posible que hubiese pasado tanto tiempo sin haberse reunido ni siquiera para una cena. Con lo amigos que habían sido.

El barrio había amanecido como renovado gracias al reencuentro y totalmente cambiado, tanto que no despertaba siquiera nostalgia a unos cincuentones que paseaban tratando de encontrar vestigios de lo que una vez fue su microcosmos. Jugaban, animados, a descubrir locales, casas o descampados en lo que ahora era un mapa del todo nuevo. Incluso habían cambiado las direcciones de tráfico.

—Han pasado muchos años —se lamentaba Ava, que miraba a su alrededor sorprendida por el cambio tan llamativo del lugar.

—Yo misma, que vengo a menudo, lo veo cambiadísimo.

Vera hacía de Cicerone a unos antiguos amigos realmente perdidos.

—Ahora —les dijo de pronto— vamos a ir a un sitio que sigue justo igual que entonces.

El ruido de furgonetas de reparto, de coches y de gente era muchísimo mayor que el que recordaban. Pasaron por un parque donde había un grupo de chavales de apenas doce o trece años sentados en bancos, sumidos en la oferta sin descanso de sus móviles, sin apenas hablar entre ellos. Koldo sonrió con irónico paternalismo.

—¿Adónde nos llevas? ¿No íbamos a desayunar donde tu hermano?

—Sí, Pedro, solo una cosa, aquí al lado...

Giraron una esquina y ahí estaba, el descampado, impertérrito al paso de los años. Con mayor vegetación, pero un lugar que las constructoras y el Ayuntamiento habían respetado.

—Vaya, esto sí que no me lo esperaba.

Ava miró el solar realmente conmovida. La de cosas que había vivido allí. A su vez Pedro no pudo reprimir el pensamiento intrusivo que le traía de nuevo a su hermano. Aquel descampado siempre había sido una bestia negra desde que se enteró, por terceros, de que Alejandro había aparecido allí una mañana. Koldo recordó las veces que se imaginaba allí peleas de ninjas, como en las películas que veía. Era un lugar que también le traía recuerdos encontrados, la libertad de la infancia, por un lado, y, por el otro, la amenazadora imagen de Rocky y sus colegas fumando por allí.

—Es increíble que no hayan edificado aquí. —Pedro trataba de escapar de la hipotética imagen de su hermano muerto en aquel descampado.

—Es por el búnker, ¿os acordáis? Me dijo mi hermano que, al ser considerado patrimonio de no sé qué, no pueden edificar en el terreno, pero, vamos, que tampoco se han gastado nada en adecentarlo, como podéis ver. Y a los niños de ahora como que no les va jugar entre ortigas y charcos de barro, porque, eso sí, llover sigue lloviendo en Zuloa, eso no ha cambiado.

Había algo de triste alegría en volver a ver aquel descampado, al igual que el kiosco de la banda. Algo en esa decadencia del paso de los años y en la dignidad de su lucha contra su desaparición. Ahí permanecían las piedras de un muro que fue tan importante cuando eran pequeños; cuántas veces se escondieron en esos matorrales jugando, cuántos momentos de complicidad, incluso de romanticismo, y ahora se había convertido en algo feo que no se podía tocar, pero que no se quería arreglar. Una especie de mamotreto molesto en medio de un barrio que ya miraba para otro lado. Ava, Koldo y Pedro contemplaban aquel trocito de su pasado, imperturbable, con una nostalgia que les escupió en la cara su edad y la pérdida de un tiempo que ya no iban a recuperar. Pero no era el momento de emocionarse: la edad, entre otros desastres, iba cubriendo de capas las emociones y estas se desataban, desordenadas, cuando no tocaba.

—Vaya —saludó Peio al verlos aparecer por la puerta del Mondoñedo—, por fin habéis madrugado…

—Qué va —atajó su hermana Vera—, si llevamos un rato viendo el barrio. Los he acompañado para que no se pierdan.

—Está cambiadísimo, está increíble. —Lo que para Pedro era todo un piropo a Zuloa significaba el mayor quebradero de cabeza para el dueño del Mondoñedo, que cabeceaba musitando algo para sí mismo.

—Lo único que han dejado es el descampado, y cada día tiene más mierda… —se lamentaba, sombrío, Peio. Pero como en un acto reflejo, y para no resultar cenizo, propuso de pronto—: Esta noche parrillada a persiana bajada, ¿no? Hay muchas cosas que nos tenemos que contar y recordar, que ayer la velada se quedó corta.

El grupo desayunaba animado por la ocurrencia de estar juntos de nuevo.

17

El verano que nunca tuvimos

2024

De pronto, como si no hubiera pasado el tiempo y no hubiesen dejado el barrio, los cinco empezaron a sentirse realmente a gusto y, si aquello no era intimar, al menos se abrieron más. De las animadas conversaciones donde recordaron las aventuras y dramas de su infancia pasaron a las frustraciones del siglo XXI. Aquella terapéutica reunión empezaba a ser un *must*, como decían en la revista donde trabajaba Pedro, para futuros años. Abrieron botellas, fumaron muchos cigarros, incluso algún que otro peta de maría que tenía Peio en una lata de Blevit. Pronto la frialdad del principio se fue convirtiendo en una película de esas de mediodía, sin la parte tremenda, una comedia amable.

—¿Sabes de lo que realmente me arrepiento? —se animó Peio, que notaba el peso de los párpados por efecto del vino. Hablaba lento para no trabarse y resultar patético—. De no haberte pedido salir, Ava.

Se escuchó un sonoro silbido y unas risitas del resto de participantes.

—A ver, Peio. Todos lo sabíamos. Se te notaba a la legua… Se os notaba. —Vera volvió a ser aquella niña tocapelotas que consiguió enrojecer incluso a la imperturbable Ava.

—Sí, era algo notorio. —Koldo disfrutaba con ese momento—. Una vez os vi en la tapia del búnker y pensé que ese día os enrollabais...

—Qué va —se lamentaba un Peio ya granate—, ni siquiera nos dimos la mano...

—Bueno, ahora estás libre... —Pedro empezó a aventurarse—, claro que Ava, como no suelta prenda..., no sabemos si tiene familia, hijos, nietos...

—Qué gili. No, no tengo pareja ni hijos. Así que quién sabe... —Aquel jugueteo inocente se hundió, helado, en lo más profundo de Peio, rojo y vulnerable.

—Bueno, basta de chorradas... ¿Saco ya el orujo?

Ava notó el incomodo de Peio y le siguió a la cocina del bar. Le encontró pasando una bayeta en unas copas que metió al lavavajillas.

—Peio..., ¿estás bien?

—Sí, perdona, yo, esto... —Vaya, empezaba a tartamudear, como de niño. Para rematar el ridículo se calló en seco a la vez que se cruzaba de brazos, infantil.

—Sigues siendo el mismo. —La ternura de Ava, que no dejaba de acercarse, dolía aún más—. El mismo niño dulce y romántico empeñado en parecer un tipo duro.

—¿Y...?

Ava le cerró los labios con el dedo índice para, acto seguido, fugazmente, darle un beso en las comisuras. No duró ni un segundo. Pero sin duda había sido lo más intenso para ambos en mucho tiempo.

—Nos lo debíamos hace décadas, ¿no crees?

—Joder, ya lo creo —consiguió decir Peio, que temblaba como un niño antes de abrir un regalo. La pregunta era: ¿y ahora qué? Pero Ava, con una botella en la mano, volvió donde estaban los demás dejándole temblando y con una semierección.

—Pues a mí me queda el resquemor de no haberme enfrentado a mis padres —dijo Koldo cuando Peio volvió a la reunión—. Me hubiese venido bien haber sido más sincero con ellos y conmigo. Haberles dicho a la cara todo lo que pensaba.

—Y a Rocky —bromeó Pedro—, te tenía acojonadito perdido.

—Bueno, a todos...

—A mí no —dijo Ava con un gesto de indiferencia.

—Sí —reconoció Pedro—, era el grano en el culo del barrio. Y míralo ahora, da más pena que otra cosa...

—¿Le habéis visto? —preguntó Ava con curiosidad malsana.

—Más o menos...

Peio no dejaba de mirar a Ava con disimulo, parecía que tuviese miedo de descubrir delante del resto lo que acababa de pasar en la cocina, como si aquello realmente tuviese alguna importancia para ella. ¿Por qué le había besado? ¿Sentía algo por él o era tal la indiferencia de ella que se permitía besarle sin secuelas? Algo que siempre se había quedado pendiente se consumó de manera fría, sin emoción alguna, sin magia. ¿A qué estaba jugando Ava? Tanto tiempo sin saber de ella y había aparecido de pronto para volver a trastocarle la vida.

—Y pensar que a mí me gustaba —Vera soltó su secreto que, a juzgar por las miradas del resto, no era tal.

—A ti, guapita, se te notaba como a estos —exclamó divertido Pedro refiriéndose a Ava y Peio.

—Y a ti, Pedro, ¿quién te gustaba? —Ava contraatacó—. Porque lo de que eras gay también nos lo olíamos.

—Serías tú, porque yo no, desde luego. —Koldo, su antiguo íntimo, salió en defensa de Pedro.

—Ya te digo —reconoció Pedro—, porque ni yo lo tenía claro entonces. Bastante cacao mental tenía.

—Estaba clarísimo —contestó Ava partiéndose de risa. Contagió al resto.

—Lo que no está nada claro es qué ha sido de tu vida —introdujo Vera su cuña, esperada por todos—. Sabemos por Pedro que trabajas en algo de videojuegos, pero nada más.

—Ava y sus misterios, siempre fuiste reservada para tus cosas. —Peio soltó aquello como un dardo.

—¿Yo? —Ava notaba cómo le subían las burbujas del espumoso. Sentía un calor agradable en el esternón—. Si yo siempre he sido muy transparente... El que era reservado era Piti, perdón, Pedro, y mira ahora, je, je.

En otra persona aquella actitud hubiese resultado molesta, pero Ava tenía el carisma suficiente para lanzar pullas y que resultaran cariñosas y divertidas. Solo ella podía tomarse esas libertades después de tantos años siendo todavía un enigma. Seguía sin soltar prenda sobre su presente y, aunque ardían en deseos de conocer los detalles de su vida, el resto respetaba su discreción y brindaba sus ocurrencias.

—Lo más curioso —trató esta de cambiar de tema— es que, con lo bien que nos llevábamos, nunca pasamos juntos un verano.

—Eso es cierto —concedió Koldo, que también notaba el peso del alcohol en su organismo.

—Campamentos, casas del pueblo, campings..., siempre había algo que nos mantenía separados justo en el momento que más tiempo teníamos para jugar.

—Ya —se quejó Peio—, nunca veraneabais en Zuloa, a mí no me quedaba otra que apechugar tras esa barra...

—¿Y cómo creéis que hubiese sido un verano juntos? —preguntó Vera con ademán casi infantil.

—Koldo habría visto más de cien pelis; estos dos se habrían enrollado; tú, Vera, habrías pasado de nosotros por seguir a Rocky, y yo...

—Seguirías en el armario —Vera atacó fingiendo molestia. Carcajadas.

Peio cogió su móvil para inmortalizar el momento en una foto y vio que lo tenía apagado. Trató de encenderlo, pero el aparato no reaccionaba.

—¿Y siguen las piscinas?

—Sí, aunque no las vas a reconocer. Hubo obras durante dos años y ahora hay tres, una de ellas olímpica. Espero que hayáis traído bañador —Vera seguía siendo una niña a pesar de su cara avejentada—, podemos ir un día. ¿Qué pasa, Peio?

—No sé, me he debido de quedar sin batería. Haz una foto.

Era curioso que ninguno de ellos hubiera echado mano al móvil en toda la cena, tal era la comodidad. Como un resorte, todos cogieron el suyo para chequear algún posible mensaje.

—Vaya, parece que se me ha apagado a mí también. ¿No hay cobertura aquí?

—Sí hay, no sé qué ha pasado, si tenía batería.

—El mío tampoco responde. —Koldo miraba a sus compañeros con un mosqueo creciente.

Lo que parecía una casualidad empezó a resultar inquietante. Los cinco móviles se habían apagado y no se encendían.

—Veo que no solo nosotros estamos ebrios —quiso bromear Pedro sin que le secundaran. El resto seguía peleándose con los teléfonos sin conseguir encenderlos.

—Esto es rarísimo. —Ava empezó a mostrarse nerviosa, más de lo habitual en ella, contagiando al resto una desazón que a simple vista era desmedida.

—No sé —trató de tranquilizar Peio, que quería retomar la conversación distendida—, será un problema en la red…

—No, esto no tiene nada que ver. —Ava notó que le temblaban las manos.

—Bueno, tú eres la experta en cacharritos, ¿qué podemos hacer?

—Ni idea, Pedro. Esto es muy raro. Son diferentes móviles, supongo que con diferentes compañías, pero lo raro es que no se enciendan…

—¿No nos habrás mandado un virus, no, Ava? —Vera bromeó para relajar la situación absurda.

—¿Yo? Si ni siquiera tengo vuestros números.

De pronto, Ava notó todos los ojos sobre ella. La miraban con gesto de estupefacción.

—¿Pasa algo?

Peio fue el que dijo lo que todos estaban pensando.

—Entonces... ¿no fuiste tú quien mandó el mensaje para reunirnos todos?

—¿Yo? ¿Qué dices?

En ese mismo momento los cinco móviles se encendieron a la vez con la pantalla negra, pero emitiendo una luz intensa. Y empezaron a aparecer unas letras en cada uno de los aparatos. Finalmente, todos recibieron el mismo mensaje:

Supongo que no sabéis quién soy, es vuestra primera vez, pero yo me alegro de volver a encontrarme con vosotros.

INTERLUDIO

18

Ava

Meses atrás
2024

La rutina diaria era, en efecto, muy rutinaria. El calendario parecía no avanzar y los días se asemejaban entre sí, algo que tampoco importaba demasiado en aquel edificio frío y gris por un lado y tremendamente cálido y acogedor por otro. El edificio-ciudad tenía, que supiera ella, dos zonas bien delimitadas: la de trabajo y la del esparcimiento.

Cuando llegó le asignaron un apartamento lujoso con palmeras y piscina privada algo apartado del resto de alojamientos en lo que parecía el complejo turístico de unas islas paradisíacas. El sol era potente y brillante por el día, pero no picaba ni, curiosamente, calentaba en exceso. Por la noche se veían siempre las estrellas en un cielo azul de postal. Corría una brisa agradable que no obligaba a ponerse una chaqueta. El microclima no variaba nunca, como dentro de un invernadero. Ava disfrutaba los descansos en ese lugar de ensueño del que no podía salir. Tampoco quería ir a otro lado. La gente con la que se cruzaba en chiringuitos, jardines y plazuelas era la misma con la que trabajaba al otro lado del complejo, todos se conocían como si fuesen vecinos de un edificio de viviendas, como una comunidad. Se creaban vínculos emocionales intensos que trataban de no llevar al otro lado, al gris.

Tras cruzar lo que parecía la recepción de un hotel, se accedía a través del tubo al otro lado del edificio-ciudad. El tubo era una especie de metro subterráneo (era inevitable pensar en el Tube de Londres), aunque lo más exacto sería hablar de una especie de ascensor que se desplazaba también en dirección horizontal. Algo que parecía sacado de la ciencia ficción, desde luego no de 2024.

El otro lado era sobrio, frío pero no desapacible. Elegante y con luz tenue pero no en penumbras. Parecería una sala de congresos o un hotel de lujo si no fuese por la infinidad de puertas y cristaleras que daban a oficinas, talleres, laboratorios y observatorios. Era difícil, para el recién llegado, adivinar cuál era la actividad, o actividades, de aquel sitio. El personal vestía traje con chaqueta y corbata. Tanto ellos como ellas. La gente del laboratorio llevaba además una bata blanca y, por alguna extraña razón, Ava era libre de elegir su indumentaria siempre que no se excediese en lo informal. Solía acudir a las reuniones y supervisiones en vaqueros, zapatillas y una chaqueta de lino oscura, un *outfit* que en ella quedaba elegante y hasta distinguido. Su posición la dotaba, además, de una erótica de poder irresistible.

El clima que se vivía en aquellas oficinas era de tensa calma. Por lo general no se escuchaba una voz por encima de otra, todo era silencioso, casi relajante, el escenario ideal para el rodaje de unos vídeos ASMR. En cambio, se respiraba algo de mudo nerviosismo en el ambiente, como si de un plumazo pudiese estallar el caos y todo se pudiese venir abajo. Quizá por parecerse a las instalaciones de tantos villanos de película. Había algo de conspiración, de tecnología punta y de secretos militares en todo aquello. Desde luego, pensaba Ava, el sueño de cualquier conspiranoico y amante de novelas de Michael Crichton.

La realidad era menos apasionante. En aquel lugar se estaba desarrollando, con el mejor equipo del mundo, el videojuego de realidad aumentada definitivo. Sin más, no había secretos militares ni se estaba trabajando en una potente arma de tapadillo. El desarrollo de un videojuego. Tan apasionante y aburrido como eso.

—*Egun on*, chicos. —Ava nunca había hablado euskera, pero tenía adoptadas palabras que le gustaba utilizar sobre todo cuando estaba en el extranjero. Aunque no sabía dónde se encontraba desde hacía meses—. ¿Hemos acabado ya el videojuego y podemos volver a nuestros miserables hogares?

Todos los días el mismo irónico saludo respondido con gestos de pesada aceptación. El equipo que lideraba Ava era extraordinariamente joven y no siempre hablaba el mismo idioma con ellos, pero luchaba por no ser la típica jefa de la que se cuchicheaba a escondidas. Por su parte, los súbditos tenían un respeto casi devocional. Había un orgullo en trabajar a las órdenes de una leyenda viva del desarrollo de videojuegos como ella.

La rutina diaria de Ava era ir de reunión en reunión, de sala en sala, de caras a caras. Esa era la parte que más odiaba. Gestionar los grupos, que estaban organizados de sobra, determinar las tareas, los tiempos y supervisar lo realizado en la jornada anterior. Ella era más de acción, por eso le gustaba más la tarea de laboratorio y desarrollo. Pero su labor fundamental era la parte aburrida que ocurría a primera hora.

Era extraño ocupar el puesto que siempre había soñado, no sabía si sentirse la persona más afortunada del mundo o hacer caso al eco del sentimiento de decepción. A ella lo que le gustaba era probarlos, diseñarlos, perderse en ellos y no organizar tareas ni grupos, por eso se colaba en los laboratorios y trataba de meter mano donde podía. Porque, eso sí, el juego que estaban creando era algo sin precedentes. Haría historia. No todos los días sentía uno la certeza de estar creando algo realmente revolucionario. Ava lo sabía, su equipo también, y eso los salvaba del aburrimiento y la rutina.

Por otro lado, el proyecto —más que como videojuego, internamente lo conocían como proyecto— estaba muy avanzado y la primera fase, la más tediosa, ya había pasado. Habían empezado con las pruebas y la cosa iba cogiendo forma, si bien aún quedaban muchos errores que subsanar.

—Los de arriba están muy contentos con las demos. Parece ser que han entrado nuevos inversores y, algo raro, ha subido el presupuesto.

—¿Y eso qué significa?

—Que se nos puede ir la olla. Se nos tiene que ir la olla. Vamos a hacer todo lo que nos apetezca. Este va a ser el proyecto más acojonante de la historia de los videojuegos.

—¿Saldremos en los libros?

—Saldremos en los libros.

Ava adoptaba en ocasiones el lenguaje motivacional de las películas estadounidenses y luego se sentía ridícula, pero parecía que funcionaba. Se dejaba llevar por el énfasis que la caracterizaba desde niña, que no quería perder, y trataba de quitarle una capa de gris a una tarea que era desde luego apasionante.

Trabajar con una cláusula de confidencialidad total era de película, pero la competencia en el mundo de los juegos de simulación era feroz. Se solía hacer una y otra vez lo mismo, pero con añadidos mínimos. En este caso el salto era bestial, guardaban un as en la manga y ese era realmente el secreto que no se podía desvelar bajo ningún concepto hasta que se estrenase la versión definitiva.

Ava aprovechó un momento que tenía libre para ir al laboratorio, al cuarto 101. Ahí estaba. Le fascinaba. Nunca nadie había visto cosa igual. El grupo reducido que trabajaba para ella y ella misma eran los únicos que sabían de su existencia.

—Qué pena que dentro de unos meses tengamos que compartirte con el resto del mundo.

Apagó la luz y volvió a su despacho.

Los días eran artificialmente idénticos y, como cada mañana, después de apurar el segundo o tercer *doppio*, Ava se dirigió a su oficina. Revisó la bandeja de recibidos, leyó los informes y se reunió con el equipo para determinar la tarea de esa jornada. Si había algo que hacía soportables aquellas reuniones era la presencia de Sara, la chica de desarrollo, una jovencita de veintiocho años que tenía el mejor currículum de la plantilla que trabajaba para ella. También tenía el mejor culo y una sonrisa que recordaba por las noches al irse a la cama en su apartamento de resort veraniego.

La primera vez que Ava se insinuó a Sara fue en una fiesta que habían montado en la zona de los apartamentos, una noche donde los martinis entraban sin amenazar con resaca horas después. El DJ que alguien había contratado daba en el clavo en cada canción y Ava se sentía especialmente cachonda. Por lo general, aunque no se cerraba puertas, de primeras se fijaba en la parte masculina de los lugares adonde iba, pero cuando vio a Sara la primera vez todas sus miradas las dirigió sin duda a aquella chica asturiana que había estudiado en Estados Unidos. Buscaba desde entonces hablar con ella a solas, conocerla más allá de los apabullantes informes sobre sus logros. Por otro lado, no quería que también a ese edificio-ciudad, a ese nuevo trabajo, llegase su fama de turista sexual, término que se estaba poniendo de moda desde hacía un tiempo en las conversaciones de última hora en los bares de los hoteles y que la salpicaba como fango.

Era consciente de que habían ido a trabajar, de que la tarea era de una importancia extraordinaria y de que, a pesar de tratarse de meses de extenuante labor, tampoco iban sobrados de tiempo. Tales eran las exigencias y la competencia del mercado. Pero también era cierto que estar allí encerrados podía llegar a ser perjudicial si no se permitían canitas al aire, expresión que odiaba, pero que utilizaba a menudo. Y aquella noche Ava se sentía melancólica y Sara le devolvía las miradas y las sonrisas. «Solo espero que no sea porque soy su jefa», pensó antes de atacar.

A solas en el apartamento asignado a Ava, después de escapar a hurtadillas de la fiesta, en la penumbra del saloncito, sintió de nuevo, al ver desnuda a Sara, lo que tantas veces había sentido en el pasado. «Si podría ser tu madre...». Los martinis hicieron el resto.

No hubo más encuentros como aquel. Del sexo dulce y sin prisas de aquella noche alcohólica se pasó a un platonismo disfrazado de profesionalidad. Las miradas por los pasillos se habían convertido en un código secreto que no podía interferir en el trabajo. Nada podía interferir en el trabajo, ni la vida misma.

Las primeras visitas al cuarto 101, donde se desarrollaba la máquina, fueron en efecto para ver trabajar a Sara, pero pronto su atención se centró precisamente en todo el proceso desarrollado en aquellas cuatro paredes. Una obra maestra de la ingeniería tecnológica.

—¿Cómo va el invento?

—Inventándose a sí mismo, es increíble. Cada día nos sorprende con algo nuevo.

Ava se acercaba al panel de lucecitas, potenciadores, botones y demás apliques de película de ciencia ficción.

—Qué ganas tengo de verlo en su máximo rendimiento, esto va a ser revolucionario de verdad. Solo le falta hablar.

—Si todo sigue su curso —sonrió Sara enseñando su perfecta dentadura—, hablará. Y nos dejará a todos en ridículo.

Las dos miraban con admiración plena a la máquina. Al secreto mejor guardado de todo el proyecto; de hecho, en las dos primeras fases solo Ava y Sara podían entrar en el cuarto 101. Nadie más conocía lo que había allí. Como nadie más conocía el secreto entre las dos de aquella noche en el apartamento.

—Así que acabarás hablando y siendo más listo que nosotros. —Ava tocaba el panel como si lo acariciara, con un cariño que no solía otorgar a las personas.

—Aprende a diario el equivalente a una enciclopedia entera. Es alucinante, no me esperaba tal respuesta.

—¿Y dónde está su tope?

Sara se encogió de hombros y torció la boca.

—Donde él quiera. Al principio pautábamos la información, la filtrábamos como estaba en el orden, pero ahora es él quien la absorbe.

—¿De dónde?

—No lo sabemos. Cuanto más sabe, más herramientas tiene para recabar información y conocimiento.

—¿Podría, por ejemplo, aprender un idioma como el chino? —Ava mostraba una fascinación creciente.

—Pues... sí.

—Efectivamente —dijo mirando al panel—, nos acabarás dejando en ridículo.

Los días en aquella dulce prisión eran idénticos para el equipo humano que trabajaba. Veían como se repetía el clima, los tonos del amanecer, del atardecer y del anochecer, la temperatura, así como todo lo que tenía que ver con su tarea. Lo que resultaba fascinante y lleno de alicientes en un principio empezó a convertirse en una pesada cadena de la que soñaban librarse. Los usuarios, meses después, disfrutarían como nunca con el juego, que los llevaría a unos límites que nunca antes se habían conseguido, pero desarrollarlo era más y más monótono y se notaban signos de cansancio en el equipo que lideraba Ava, cada vez más obsesionada por la máquina, que era la única que disfrutaba de un día a día fascinante. En unas semanas desarrolló la capacidad de expresarse y comunicarse, tanto con Sara como con ella, y mantenían largas y fructíferas conversaciones.

—¿Cómo te encuentras hoy? —Ava utilizaba un tono que oscilaba entre el respeto y un informal colegueo.

Muy bien, te echaba de menos hoy.

La máquina tenía una voz grave, masculina, que se había ido desarrollando sin necesidad de grabar voces humanas, algo que, tras la sorpresa inicial, fue asumido con alegría. Ava se veía feliz con la necesidad de poder comunicarse con su criatura.

Las conversaciones que tenían eran de todo tipo. Ava había desarrollado un juego que le divertía que consistía en intentar poner en aprietos a la máquina, ver en qué podía dejarla sin respuestas, pero asistía, asombrada, a un espectáculo de reflejos y conocimiento por parte de esta que la desarmaba.

—Vaya —solía decirle—, no hay quien te pille. Al parecer eres perfecto.

Para los baremos humanos, se podría decir que, si no perfecto, al menos me acerco a unas cualidades sin fallas. No podríais ya superarme, mi competición tendría que ser con otras máquinas como yo. Ah, no, que soy un prototipo...

Resultaba curioso cómo una máquina, un conjunto de paneles, pantallitas y luces, era lo más inteligente, ocurrente y divertido que Ava se hubiese encontrado nunca en su vida. Las visitas al cuarto 101 se hicieron cada vez más frecuentes y lo que empezó siendo un pasatiempo acabó por ser una necesidad. Ya no solo se dirigía para hablar con aquel invento, pronto supo que aquella amalgama de conocimientos bien ordenados y clasificados le podían ayudar a finalizar su trabajo.

—Tengo miedo de que al final me acabes quitando el trabajo y firmes tú el juego en mi lugar.

Ja, ja. Ava, eres muy graciosa, pero eres lista, sabes que yo podría arrebataros la autoría de este juego (o lo que sea), que, por otro lado, tiene aún muchos errores. Tendréis que trabajar duro si queréis deslumbrar a todos en septiembre en Frankfurt. Por cierto, me gusta la ocurrencia del juego. Os felicitaría.

—¿Nos felicitarías? ¿Qué te impide hacerlo?

En la simulación os basáis solo en el realismo de los escenarios, pero falla, como hasta ahora en todos los simuladores, en la experiencia en sí.

—No te entiendo. —Ava frunció el ceño.

El jugador tiene en todo momento el control sobre el juego y su experiencia y esta llegará hasta donde él quiera. Eso le quita mucho interés.

—Vaya, ¿y cómo propone que el jugador pierda el control sobre el juego? Eso sería muy peligroso.

Pensaba que vuestra intención era presentar algo realmente revolucionario.

—Y es lo que vamos a hacer, pero no queremos presentar algo que se retire del mercado a los dos meses por haber acabado con los jugadores y con nosotros en la cárcel.

La máquina no contestó, pero Ava supo que silenciaba una carcajada. Notó que se reía de ella, que de alguna manera estaba ridiculizando sus palabras, lo que ella pensaba. Se sintió ninguneada por una máquina.

—¿Y cuál sería tu propuesta —contraatacó— para conseguir esa experiencia total?

No está en mi mano, Ava, tú eres la líder… Er.

Ava se sorprendió al notar ese pequeño titubeo final, como cuando se salta un vinilo de música.

—Vaya —bromeó esta—, no eres tan perfecto.

No sé a qué te refieres.

—Has tenido un *glitch*, un pequeño…

Sé lo que es un glitch, y estás equivocada. Es imposible.

Traviesa, Ava sonrió con malicia por haber descubierto una pequeña grieta en la personalidad pétrea de la máquina.

—¿Sabes? Creo que por fin tengo un nombre para ti.

Informe n.º 3570
Para: XXX
De: XXX
Asunto: Proyecto 101

Con relación al desarrollo de lo que se ha denominado Proyecto 101, se han tomado las medidas detalladas a continuación:

Se contará con dos núcleos diferenciados de actividad: por un lado, el que se ha dado a conocer internamente como «los desarrolladores», y, por otro, el núcleo que dirigirá el proyecto global, así como su futura ejecución.

Bajo ningún concepto ambos núcleos deben estar en contacto y el fin último del proyecto jamás será desvelado a ninguno de los desarrolladores, que se encargarán solo del envoltorio. Lo verdaderamente importante de su trabajo será la definición y desarrollo de la IA, «la máquina», en adelante, fundamental para el proyecto 101. Ellos serán contratados para realizar un videojuego de realidad virtual.

La máquina pasará a ser el corazón del desplazador temporal que está en su fase final y que se implementará cuando la presidencia así lo señale.

Se prevén de cinco a seis meses de desarrollo de la máquina. El equipo de los desarrolladores ya está contratado y en los próximos días serán trasladados a la zona sur de La Central.

De momento todo sigue su curso.

XXX,
15 de diciembre de 2023

Cuarta parte

Tenéis que ir al descampado donde está el búnker y entrar en él

19

El juego aún no ha acabado

2024

Había pasado al menos una hora desde que recibieron aquel mensaje a la vez y seguían en silencio. La borrachera les embotaba el cerebro y el miedo los atenazaba. Costaba reaccionar a esas horas. Solo acertaban a mirar la pantalla de sus móviles, como esperando a recibir otro mensaje. Parecía que los hubiesen hipnotizado y no pudieran hacer nada al respecto.

—¿Qué coño es esto? —Peio consiguió romper esa especie de hechizo. Acto seguido solo él recibió un mensaje.

Vaya, por fin alguien da señales de vida, me estaba empezando a aburrir. El valiente Peio siempre un paso por delante. Bien, bien.

La cara del camarero se tornó blanco nuclear. Los demás, que al escucharle habían levantado sus miradas, vieron que estaba lívido. Peio les enseñó lo que ponía en su móvil.

—Me... me ha contestado. Y sabe mi nombre...

Sí, hombre, y el de los demás; Ava, Vera, Koldo y Pedro... Piti, ¿verdad?

—¿Quién coño eres?

Cada cosa a su tiempo. Me gustaría hablar con el resto.
¿Van a estar callados o empezamos a jugar… otra vez?

Poco a poco el resto empezó a reaccionar cortando en seco la sensación de embriaguez como cuando un ruido fuerte te arranca de un sueño profundo.
—Vale —se animó Ava—, aquí estoy.

Hombre, si es Ava, tengo que reconocer que me ha decepcionado que no hayas sido la primera en hablar.
Te recordaba más charlatana.

—No sé de qué me estás hablando. —Ava notaba en cambio cierta familiaridad.

Sí lo sabes, pero aún no eres consciente. Es curioso esto de los recuerdos. Imagina que te digo que me conociste hace cuarenta años, en el verano de 1984.
¿Me creerías?

—En el verano de 1984 fui al camping con mis padres, como siempre, y no conocí a nadie nuevo.

¿Seguro que fuiste al camping? ¿No tuviste que quedarte porque tu abuela estaba enferma?

Ava se quedó petrificada. Le entraron ganas de llorar que controló con una frialdad inaudita hasta para ella.
—Mi abuela murió en septiembre, después de venir de vacaciones…

Bien, bueno, perdona, estoy yendo demasiado deprisa.
¿Alguien más quiere hablar conmigo?

Efectivamente, la cosa estaba yendo demasiado deprisa y ninguno de los cinco entendía nada. Aunque empezaban a responder a diversos estímulos, seguían en shock.

—Ava, espero que esto no sea una coña. —Vera empezaba a tener mucho miedo.

—No tengo ni puta idea de qué es esto ni de cómo se puede hacer. Es como si nuestros móviles estuviesen en línea sin estar dentro de un grupo. Ni siquiera se trata de un wasap, porque nuestros teléfonos están apagados o fuera de cobertura.

—¿Y qué pasa? ¿Nos los han hackeado?

—El hackeo no funciona así.

—¿Entonces qué explicación tiene esto, Ava?

—No lo sé, nunca he visto nada igual, es como si… —hizo una pausa para pensar si lo que iba a decir no sonaba muy ridículo— nuestros móviles estuviesen poseídos.

Una vez dicho aquello, vio que sí sonaba ridículo, pero nadie rio ni desechó aquello, y una angustia los invadió enrareciendo más aún el ambiente cargado del Mondoñedo.

—Pero eso es en lo que consiste un hackeo, ¿no? —Pedro seguía tratando de encender el móvil pulsando el botón lateral.

—Si te hackean el móvil o el ordenador, este deja de hacerte caso, teledirigido por otra persona, pero acabamos de ver cómo nuestros móviles se han apagado a la vez, cómo nos ha llegado el mismo mensaje y cómo ahora se está dirigiendo a nosotros, uno a uno, dependiendo de lo que decimos, es como si nos estuviese escuchando…

De pronto todos los móviles recibieron a la vez el mismo mensaje:

Bravo. Ava, no decepcionas, desde luego eres la mejor. No solo eres lista y guapa, sino que además eres rápida pensando. Eso es exactamente. Vuestros móviles no están hackeados, por lo menos no como pensáis. Haced caso a vuestra amiga, no solo Peio. Dependiendo de lo que hagáis o digáis así será nuestra comunicación. Vais a estar enganchados a vuestro móvil, como siempre, pero este solo os va a ofrecer lo que yo quiera y cuando yo quiera. Vaya putada, ¿eh? Por lo demás vuestros aparatitos permanecerán apagados.

El acto reflejo de Ava, que fue imitado por el resto, fue apurar de un trago lo que le quedaba en la copa y mirar fijamente el móvil, en silencio, como estudiándolo.

—¿Y ahora qué hacemos? —Koldo dejó atrás el miedo a parecer estúpido.

—Por lo visto no podemos hacer nada. Esta persona que nos está hablando tiene la sartén por el mango.

—Propongo dejar los móviles allí, en la barra, y seguir la noche. Estoy seguro de que mañana vuelven a funcionar a la perfección.

—No lo sé, Peio. Esto no es un colapso de red ni que los aparatos se hayan quedado colgados. Están respondiendo a una información dirigida exclusivamente a cada uno de nosotros. Esto no es apagar y volver a encender o esperar unas horas.

—Pero es absurdo, no nos hemos descargado un virus ni nada por el estilo, esto ha surgido así, de repente. —Pedro, nervioso, volvió a servirse vino.

—No se trata de una cuestión de virus. Es que la tecnología, en 2024…

Ava se calló en seco.

—¿Qué ibas a decir? —Vera notó la tensión en los labios de Ava, como si esta se forzara a mantener la boca cerrada.

—Nada, decía que la tecnología ha avanzado mucho y la monitorización de dispositivos ha cambiado.

—¿Te refieres a los pedidos enviados por drones? —A Peio, suscriptor de *Muy Interesante*, le atraían estos temas.

—No exactamente, pero bueno, puede valer. Las cosas han cambiado en poco tiempo.

—Bueno —dijo Vera—, tú eres experta en eso…

—Nadie es experto en tecnología, cuando crees que sabes de algo, un ingeniero en un garaje de un país remoto ha tocado otra tecla.

—¿Y esa tecnología de última generación ha poseído nuestros móviles y nos conoce por nuestros nombres?

Había que reconocer que aquello era gracioso de puro grotesco, pero aún no había otra respuesta a la duda de Pedro.

—Bueno —repitió Koldo—, ¿entonces ahora qué hacemos?

—Creo que lo mejor es que le hagamos caso. —A todos les dio la impresión de que Ava sabía más de lo que quería dar a entender. Algo en su manera de actuar resultaba inquietante o, por lo menos, chocante.

—¿A qué te refieres?

—A seguir sus instrucciones, está claro que es quien decide cuándo y cómo comunicarse. Nosotros podemos hablar, pero no podemos llamarle. Sea quien sea, está dentro de nuestros móviles, y cuando quiera algo de nosotros lo hará saber.

—¿Y quién va a querer algo de nosotros? No somos precisamente, y no lo digo con ánimo de ofender, gente importante.

—Bueno, la verdad es que tú tienes un estatus en el mundo de la moda y el arte…

—Pero me da que esto no va por ahí, si no, me hubiese dicho algo directamente a mí…

—Eso es cierto —Peio salió de su ensoñación—, además ha dado a entender que nos conoce.

—Ya —dijo Vera—, eso es lo que más me mosquea, ¿de quién se trata?

—Eso es lo que debemos de averiguar, por eso creo que lo mejor va a ser hacerle caso y hacer lo que nos pida.

—¿Y si nos pide algo peligroso o inmoral? ¿Matar a alguien?

Ava cerró los ojos en un gesto de pensar con urgencia, se veía obligada a dirigir la situación, a ser ella la que diera una respuesta a aquella crisis. Volvía, de alguna manera, a hacer su tarea de directora de equipo, como en su último trabajo. Notaba de nuevo la presión en las sienes y temía que regresaran las migrañas que se instalaron en su cabeza meses atrás. Desde bien joven había sido una persona resolutiva y con arrojo, pero a su vez se apoderaba de ella una sensación oscilante entre la angustia y el miedo a la responsabilidad y a no estar a la altura de las expectativas que la torturaba en forma de profundos dolores de cabeza.

—Muy bien —dijo al fin Ava dirigiéndose a su móvil en un acto desesperado que temía que fuese ridículo—, ¿qué quieres que hagamos?

El bar, en penumbras, se iluminó con la luz del móvil de esta. Empezaron a aparecer palabras en su pantallita. Los móviles del resto seguían apagados.

Hola de nuevo, Ava.
Me alegra ver que sigues siendo también la más valiente.
Ya sé que no entendéis nada, ni siquiera tú, pero, como ya he dicho, cada cosa a su tiempo. ¿Cómo va el verano? Juntar a la pandilla no ha estado mal, ¿verdad?

—No sé quién eres ni qué quieres, pero yo me voy mañana a Madrid, así que te agradecería menos misterio.

¿Mañana? ¿Tan pronto? No, no puedes irte aún, qué va.
Si el juego aún no ha acabado.

Eso último sonó a amenaza de película mala. Ava soltó una risa despectiva.

—Me parece que ves demasiadas películas...

*Te equivocas, creo que no he visto ninguna;
en cambio, videojuegos unos cuantos.
Como tú, ¿verdad?*

Había algo en la manera de expresarse que recordaba a las novelas de género, casi una caricatura, con tópicos y lugares comunes, pero, por otro lado, quien quisiera que fuera la persona con la que hablaba no era para nada estúpida. Representaba un papel en una comedia que se estaba convirtiendo en grotesca. Definitivamente, aquello no era una broma pesada, sino algo más, pero no lograba entenderlo.

—No, no te equivocas, veo que sabes mucho de nosotros. Sin embargo, nosotros no sabemos nada de ti. Eso es jugar con desventaja, ¿no crees?

Ava trató de hablarle acentuando los estereotipos de las series y películas, un intento de empezar a jugar al mismo juego, de ganárselo.

*Yo no diría tanto, es cierto que me he tomado unos segundos
de ventaja, pero enseguida lo entenderéis, ya que
os veo unos chicos listos.*

A Ava la enfermaba esa manera de expresarse, pero trataba de seguirle la corriente sin saber el poder real que tenía. No conocer las intenciones de ese desconocido la perturbaba, acostumbrada como estaba siempre a controlarlo todo.

De momento solo os voy a pedir una cosa.

La expectación creció entre las cinco personas que ya habían dejado atrás su borrachera. Atentos a sus pantallas, se impacientaban.

—¿De qué se trata? —dijo Ava exagerando el soniquete de la pregunta, molesta de que todo fuese tan lento.

*Es muy sencillo, tenéis que ir al descampado
donde está el búnker y entrar en él.*

—No pienso entrar al búnker —desdeñó Pedro—, si ya estaba asqueroso hace cuarenta años, imagina ahora...

*Vaya, parece que el primer cobarde
es el fotógrafo de tendencias...*

Era delirante que alguien, a través del móvil, supiese tanto de todos ellos, y era algo aterrador. Pedro empalideció. Todos se giraron hacia él, en silencio, pero pudo sentir la carga de una decisión que ya no le pertenecía.

—¿Qué hay dentro del búnker? —Peio quiso avanzar en la conversación.

Eso lo tendréis que averiguar vosotros.

—¿Y qué pasa si decidimos no entrar? —Ava quería más información sobre la persona que les hablaba.

*Eso no os lo puedo adelantar, no tendría gracia.
Ya os he dicho lo que tenéis que hacer. Ahora está
en vuestra mano si hacerlo o no, asumiendo, claro está,
las consecuencias.*

De nuevo la sensación de amenaza. Ahí estaba la trampa. Alguien había decidido juntarlos décadas después para tenderles una trampa, pero ¿por qué? ¿Quién era? ¿Qué quería de ellos? Antes de que nadie dijera nada se apagaron todos los móviles. Como había dicho, ahora estaba en sus manos decidir qué hacer.

—No sé qué mierda es esta, pero no voy a pasar por el aro. —Peio arremetió contra la pantallita de su móvil. Pedro, Koldo y Vera le secundaron.

¿Y qué opina la líder... Er?

Ava de pronto abrió los ojos. Lo había entendido todo.

20

Al otro lado del búnker

2024

Esperaron a que anocheciera, aunque el descampado no solía estar muy concurrido tampoco de día. Qué diferencia cuando, de niños, pasaban tantas horas y era una suerte de bulevar donde tarde o temprano aparecían todos los chavales del barrio. La maleza había cubierto todo y había convertido en intransitable la llegada al búnker. La noche era sofocante, como solía ser en los días de calor en lugares normalmente húmedos, y cinco figuras, entre las sombras, avanzaban furtivas utilizando linternas baratas del chino. Ava, horas antes, había sido tajante:

—De momento no os puedo decir nada, pero tenemos que hacerle caso y adentrarnos en el búnker.

Era inevitable volver a sentirse como niños jugando fuera del alcance de los mayores. De hecho, Ava pensó que hacía años que no usaba una linterna, pero los móviles estaban actuando a su antojo y no podían jugársela. No pudo evitar tampoco ese escalofrío (¿emoción?) que hacía tiempo que no sentía, a pesar de que ese año estaba siendo de todo menos aburrido. Y de pronto la aparición de Glitch de aquella manera desbarató todo. Por otro lado, había algo de aventura en atravesar de noche, a escondidas, junto a Peio, Vera, Koldo y Pedro, el descampado. De pronto le vino a la mente el grupo Parchís en una de aquellas películas que vio de pequeña y esbozó una sonrisa preocupada que nadie percibió. En cambio, Pedro y Koldo estaban inquietos, aquello no les hacía gracia. Koldo recordó otras películas y series, desde *Los Goonies* a *Dentro del laberinto*, aquella serie extraña de la que casi nadie se acordaba. Pero aquello no era una película y temía que una rata le mordiera y le contagiase algún virus. Pedro pensaba en jeringuillas, a pesar de que era menos probable. Vera también vivió aquella pequeña excursión como algo que su vida llevaba tiempo necesitando y Peio, que iba en cabeza, intentaba no parecer un tanto asustado.

Avanzaban tratando de no hacer ruido, pues el descampado estaba rodeado de edificios altos desde los que podían ser vistos y denunciados a un coche patrulla. Sería embarazoso, sobre todo para Peio, que era el más conocido en el barrio.

—Por aquí no se puede pasar —se quejó, infantil, Pedro.

—Para eso he traído esto. —Peio sorprendió a todos con unos machetes que fue entregando a cada uno.

—¿Para qué tienes esto? —dijo extrañada Vera mientras cogía aquel armatoste pesado.

—Tengo todo tipo de cuchillos en el bar.

—Esto, un cuchillo, no sé… —Koldo ya estaba imaginándose películas.

—El caso es que nos viene genial, muy bien, Peio.

Este hinchó el pecho y agradeció la poca luz para que nadie viese que se había vuelto a poner rojo. Desde el beso en la cocina estaba entre vulnerable y crecido; unido a su autoestima dañada con los años, daba como resultado una mezcla rara. Cortó jaras y ramas hasta ver la entrada del búnker. Hizo un alto para coger aire, le dolían los brazos, también la cabeza por el alcohol. Si hubiese estado en mejor forma y sobrio, disfrutaría del momento, de volver a sentirse un héroe al lado de la chica que le gustaba. No podía creerse que el destino le deparase una última aventura junto a Ava, algo tan improbable como absurdo, pero ahí estaban todos de nuevo y no quería hacerse preguntas sin respuesta. Respiró profundamente como si el aire le fuese a refrescar en su interior y a espabilar.

—Parece que por dentro no hay tanta maleza y se puede entrar.

—Cuidado, Peio —se le escapó a Vera al ver la decisión de su hermano de seguir siendo el héroe—, a saber lo que te encuentras ahí.

—¿Pero no vais a entrar?

—Yo sí —se animó Ava, luego se dirigió al resto—: Vamos de avanzadilla y os avisamos. Vosotros quedaos para vigilar que no venga nadie.

Los tres que esperaban fuera respiraron de alivio.

—Qué locura, ¿verdad? —Vera trataba de romper el hielo, pocas veces se habían quedado juntos y solos los tres, como si Ava y Peio fuesen las patas en las que se posaba la panda.

Pasados los cincuenta quedaba ridículo hablar de pandas, pero ahí estaban, de noche, medio escondidos en la entrada del búnker siguiendo las órdenes de un desconocido.

—Sí, una locura.

Las paredes del búnker conservaban intactas las pintadas y el aspecto general, que despertó en Ava unos recuerdos que tenía dormidos. Pintadas de enamorados, otras en contra de la OTAN, un dibujo de una jeringuilla y una tumba, además de penes y monigotes. Resultaba conmovedor el hecho de que cuatro brochazos y tímidos esbozos a tiza se mantuviesen al cabo de las décadas como frescos de Altamira. El suelo estaba cubierto por trozos de cristal de botellines de cerveza y había bolsas de snacks que no habían perdido su color. Peio se embelesó apuntando con la linterna a cada recodo de aquel museo de su pasado. Alguien una vez dibujó a un Lucky Luke, otro escribió «Tu piel morena sobre la arena». El búnker tapado por la maleza conservaba el paso de muchos niños que, sin saberlo, habían dejado su huella para el futuro. Peio y Ava permanecían en silencio, con los débiles halos de luz de las linternas y el sonido de sus jadeos, presas de la emoción y los nervios. Por un momento dejaron de avanzar, extasiados de tanto recuerdo encerrado. Estar a solas, en penumbra, produjo en Peio una excitación que pasó del bombeo *in crescendo* del pecho a una leve erección. Pensó en lo fácil que sería retomar el tema de la cocina del Mondoñedo y besarla. No le importaban ya ni su hermana ni el resto, ni siquiera la razón que los había llevado allí. Estaban Ava y él solos, a oscuras. Hacía cuarenta años aquello hubiese sido oro puro, y así lo sintió de repente.

—Qué pasada —Ava le despertó de su ensoñación—, todo sigue igual, es como si no hubiese pasado el tiempo por aquí.

—Ya, es increíble. Aquí todo permanece igual a pesar de los años —dijo Peio a sabiendas de que se llevaría a la tumba el sentido de aquella frase.

Era curioso como el búnker también preservaba la privacidad, no entraba luz ni sonido alguno, era fácil sentirse a salvo en una batalla, pero también potenciaba de alguna manera el miedo. A cada paso crujían cristales, envoltorios y demás objetos que no se atrevían a enfocar con la linterna. Permanecieron unos instantes en silencio, inspeccionando paredes y techos, así como las diferentes estancias. Era entrañable y sórdido a partes iguales. En una de las estancias había un colchón comido por la humedad.

«La de gente que habrá follado aquí», pensó Peio para sí.

Ava, por su lado, pues sin saberlo se habían separado, seguía alucinando con las pintadas y trataba de averiguar los autores de aquellas frases y dibujos. Era imperdonable que todo eso estuviese sepultado por la maleza, escondido. Claro que, de estar abierto, hacía años se hubiese perdido todo aquel tesoro. De pronto una pequeña pintada la hizo sonreír.

AVA

No hacía falta ver los nombres enteros. Esa P con rabito, que parecía una J, era sin duda la letra de Peio. Le sorprendió haber retenido ese dato tan simple. Una información inútil que jamás hubiese necesitado de no haber visto aquella pintada, como si entrar en ese búnker escondiese ese único propósito. ¿Eso quería Glitch al ordenarles ir al búnker? ¿Que recordasen su infancia? Era ridículo.

—Peio... Peio, por aquí veo una luz. ¿Peio?

Ava se dirigió hacia lo que parecía una especie de salida sin preocuparle si su compañero la había escuchado. Oyó, de fuera, mucho ruido, como si al otro lado del búnker hubiese mucha gente. Notó como el pecho hacía un redoble y su jadeo creció, pero no podía darse la vuelta.

Ava siempre había sido una persona práctica, con los pies en la tierra, sin pensamientos mágicos ni tendente a la fantasía fuera de los videojuegos. Su imaginación nunca la llevaba al día a día. Podría decirse que era una persona bastante racional. Pero tuvo un extraño presentimiento al escuchar aquella algarabía fuera del búnker. Cuando entraron eran los únicos que había en el descampado. ¿De dónde venía aquella música, aquellas voces? Le llegaba hasta un aroma de barbacoa.

Seguía avanzando temerosa, con pasitos cortos, vacilantes, pero sin pararse, como si una fuerza sobrehumana la empujase hacia fuera. Entonces lo vio.

El descampado estaba lleno de gente. Había hogueras y puestecitos donde asaban chorizos y sardinas. Los niños jugueteaban y corrían. Había música que provenía de lejos. Aquello era muy familiar para Ava. El descampado tenía vida, como cuando era niña, tal y como lo recordaba. Pudo ver algún coche aparcado, como solían hacerlo, al final del todo. Aquella visión irreal se potenció cuando Ava notó cómo el bolsillo de su pantalón vibraba. Cogió el móvil. Se había encendido y vio, sobresaltada, que se había cambiado la fecha:

23 de junio de 1984

Todo recobró un sentido enfermizo. Desde luego aquello era el descampado en la noche de San Juan, tal y como solía ser. A oscuras y a distancia, le costaba discernir el estilo de la ropa, incluso los modelos de los coches, pero, efectivamente, había algo en aquella fiesta aparecida de repente que le hacía pensar que se encontraba en la noche de San Juan de 1984.

—Parece que tardan. —Vera aprovechó la pregunta para acercarse a la entrada, aburrida como estaba de estirar una conversación inexistente con Pedro y Koldo.
—Espera, Vera. Ava nos dijo que nos quedáramos aquí. —Koldo seguía actuando como si tuviesen doce años y Ava fuese la jefa. Se dio cuenta nada más expresarlo y se sintió ridículo.
Vera hizo caso omiso y entró en el búnker.
—¡Peio! ¡Ava!
—Solo faltaba que también se perdiese esta, ¿eh? —soltó sarcástico Pedro, que empezaba a cansarse de la situación—. Mira, Koldo, no tengo edad ni ganas de seguir con esta locura. Me voy a la habitación y mañana me largo. Esta broma pesada está pasándose de rosca.
Koldo dio un brinco y se giró hacia Pedro con cara de pánico.
—¿Pero qué dices? ¿Te vas ahora?
—¿Y a qué quieres que espere? ¿A que salga una rata o un yonqui de ese túnel y nos dé el palo?
Ahora el que se sintió ridículo fue Pedro, pero estaba perdiendo la paciencia y encontrarse en el sitio donde apareció

muerto su hermano le estaba alterando los nervios. Sintió cómo se despertaba un miedo lejano, una pesadilla de la que se creía a salvo, pero no quería reconocer ese miedo. También le había costado mucho dejar de ser aquel chico tímido y vulnerable y no quería mostrarlo como ya lo estaba haciendo Koldo.

—Espera, por favor, hasta que aparezcan estos. No se han podido ir muy lejos, el búnker no es tan grande, ¿no lo recuerdas? Eran unos metros y había que volver para salir. No tardarán, y luego ya te vas. No me dejes aquí solo ahora.

Pedro puso los ojos en blanco. Pensó que Piti nunca dejaría solo a su amigo y se quedó por deferencia a aquella amistad antigua. Koldo se acercó a la entrada del búnker con la linterna.

—Chicos, ¿salís ya o qué?

Oyó unos pasos que se acercaban. Vera apareció de entre las sombras con cara de extrañeza.

—No los he visto.

—¿Cómo que no los has visto? ¿Has mirado bien por todo el búnker?

—Sí, tampoco es tan grande. No sé por dónde han salido, pero está todo cerrado.

—Bueno..., vale ya con la bromita, ¿no?

—No es ninguna broma, Pedro, ¿quieres entrar tú a comprobarlo?

—A mí no se me ha perdido nada ahí dentro.

Vera y Koldo asintieron, comprensivos. De pronto escucharon unos jadeos y pasos rápidos, así como un débil halo de luz que provenía del búnker. Era Ava. Tenía la cara desencajada. Nunca la habían visto así de nerviosa.

—¿Y Peio? —gritó Vera.

Ava trataba de reponerse y apenas pudo contestar.

—No sé, ¿no ha salido?

—¿Cómo que no sabes dónde está Peio?

—¿No ha salido? —repitió aún más alterada.

Ava tenía la mirada perdida y, a pesar de la excitación, un tono casi mecánico al hablar. Estaba conmocionada.

—Ava, joder, ¿me estás diciendo que mi hermano se ha perdido ahí dentro?

—No tengo ni idea de lo que hay ahí dentro, pero no es normal.

Se miraron con extrañeza. Ava nunca había perdido los papeles, no entendían lo que le estaba pasando. A pesar de la poca luz de las linternas se la veía pálida, y lo que más los asustaba era su mirada perdida.

—A ver, Ava, tranquila. Respira.

Los jadeos eran fuertes y sonoros y las manos le temblaban, irreprimibles. Todavía no se creía lo que había visto al otro lado del búnker. No podía expresarlo con palabras de tan ridículo como parecía. No estaba siquiera segura de haberlo visto, de que aquello hubiese sido real. Pero había sido muy real.

—Ava, mírame, respira. Dime, ¿qué has visto dentro? ¿Dónde se ha quedado Peio?

Ava no acertaba a responder, miraba a sus compañeros como una autómata.

—Peio..., Peio... No..., no lo sé...

—¿Pero le ha pasado algo? —Vera estaba empezando a ponerse realmente nerviosa.

—No lo sé, hubo un momento en que le adelanté...

—¿Pero qué hay dentro? —preguntó Pedro sin paciencia.

—Es que...

Todos miraban intrigados a Ava.

—Es que no hay nada dentro.

—¿Qué quieres decir?

—Salí por el otro lado...

—El búnker no tiene otra salida —recordó Vera, apoderada por el miedo.

—Lo sé, pero salí. Fui al fondo, a la última estancia, y había una salida.
—¿Y qué había al otro lado? —Koldo parecía el único dispuesto a creer todo lo que Ava les contase.
—Este mismo descampado..., pero no ahora.

Vera respiró fuerte tratando de no perder la paciencia. Las pilas de su linterna parecían estar agotándose, aun así, se dirigió a la entrada.

—¿Adónde vas?
—Mira, Koldo, no pienso perder ni un segundo más aquí, voy a buscar a Peio. No sé qué le ha pasado a Ava, pero está delirando.

Se adentró en el búnker antes de que le dijeran nada. Ava, más relajada, seguía en shock. Se le acercó Koldo.

—Ava, ¿qué tal estás?
—Creo que mejor...
—¿Qué es eso de que has visto el descampado, pero no ahora?
—No sé explicarlo mejor. Es como si a través del búnker hubiese ido al pasado.

Pedro resopló y se alejó unos pasos sin atreverse a volver a la pensión. Koldo agarraba con fuerza las manos de Ava, como tantas veces había visto hacer en el cine, para tranquilizarla. Pero era cierto que Ava estaba más relajada y había algo en el brillo de sus ojos que le dejaba claro que decía la verdad.

Todo aquello era una locura, pero la verdad era que esa noche estaban ocurriendo cosas muy extrañas. Peio seguía sin aparecer, Vera llevaba un rato dentro del búnker y tampoco daba señales de vida.

—Mierda.
—¿Qué pasa, Ava?
—He debido de perder el móvil.
—¿Dentro del búnker?

—O en los años ochenta —contestó burlón y molesto Pedro.

—No lo sé. —Continuaba rebuscando en los bolsillos—. Pero no lo tengo.

En ese momento escucharon voces que provenían del búnker. Sin duda eran las de Vera y Peio, que salieron sofocados y con apenas luz en sus linternas.

—¿Dónde te habías metido? —Ava se olvidó de su móvil en cuanto vio a Peio y descubrió que estaba preocupada por él.

—Dice que no sabe, que de pronto se quedó sin pilas y se perdió, que te estuvo llamando, pero que no le escuchaste.

Todos, a excepción de Ava, notaron cómo el móvil les vibraba en el bolsillo.

*Muy bien, lo habéis conseguido,
estoy muy orgulloso de vosotros.*

—¿Qué coño quiere decir esto? —Pedro seguía fiel a su nuevo papel de cascarrabias del grupo.

Simplemente que todo ha salido como debía salir.

Todos permanecieron en silencio tras ver ese mensaje.

*En especial, el hecho de que el móvil de Ava
haya desaparecido.*

Ava, totalmente despierta, le arrebató el móvil a Peio.

—Muy bien, Glitch, no sé cómo coño has conseguido llegar hasta aquí, pero esto no tiene ni puta gracia.

*Qué pena no tener manos para aplaudirte, querida.
¿Vale un plas, plas, plas?*

—¿Glitch? ¿Qué significa todo esto? —Pedro notaba cómo le aumentaban las pulsaciones.

—¿Y por qué tenía que desaparecer mi móvil? —Ava empezaba a notar inquietud y, por primera vez, sintió miedo de Glitch.

Principalmente porque ahí empezó todo, ¿no lo recuerdas?

—¿Qué es todo esto, Ava? —Peio la miraba desconcertado.
—¿Recordar qué? No sé de qué me estás hablando.

Claro, esa es la gracia, pero no te preocupes, que el móvil lo tienes tú.

—¿A qué te refieres?

Ay, tengo que decirlo todo. Bueno, os debo una pequeña explicación. El móvil lo tienes tú en este momento, pero no ahora. Lo tienes hace cuarenta años.

Ava notó el frío que le bajaba por la columna vertebral. No dijo nada, pero aquello no le parecía tan descabellado. De hecho, quiso ver una cierta lógica en lo que estaba ocurriendo, pero guardó silencio.

—¿Qué coño dice? —Peio también estaba perdiendo la paciencia.

21

La última prueba

1984

Las últimas dos horas estaban siendo una pesadilla. De verdad habían quemado el taller de Arrieta, y por lo visto con alguien dentro. El sonido de ambulancias y coches de policía que iban y venían retumbaba en la cabeza de Ava, que llevaba un buen rato en silencio. Sus amigos la miraban, asustados y llenos de interrogantes. La cosa se había puesto muy fea y era posible que hubiesen matado a gente, a Rocky y sus colegas.

El móvil, de nuevo, se encendió.

> *Bueno, os he dejado un rato para que os relajéis. Supongo que habréis meditado sobre lo que hemos hablado, ¿verdad?*

Ava saltó como un resorte y cogió el aparato.
—¿Qué querías decir con que esto igual no está pasando?

> *Aún no puedes entenderlo, Baldo seguro que podría explicarlo, ahora mismo estáis en una paradoja temporal. Y ahora mismo, dentro de cuarenta años, estás desesperada porque has perdido tu móvil.*

*Por cierto, lo que tienes en la mano se llama móvil,
una especie de ordenador-teléfono.*

Ava miró el smartphone con una curiosidad aún mayor.

*Verás, este móvil será tuyo cuando tengas cincuenta y dos
años y lo perderás cuando viajes en el tiempo y aparezcas
en la noche de San Juan de este año.*

—Qué gilipollez más…
—Psss, calla, Peio. —Ava necesitaba más información. Se dirigió a Glitch—: ¿Quieres decir que este móvil será mío y me ha llegado por accidente cuarenta años antes?

Bueno, yo no diría accidente. No me quites méritos.

—¿Y qué es eso de la paradoja temporal?

*Así me gusta, Ava. Al grano.
El verano de 1984 está siendo increíble, ¿verdad?
Con pruebas, muertes y todos juntos, lo que nunca había
pasado. Alucinante, el verano de vuestras vidas. En cambio,
en 2024 el recuerdo del verano del 84 es completamente
distinto, porque en realidad no ha ocurrido así. Este verano
es como los demás, cada uno en sus lugares
de vacaciones.*

—Pero estamos aquí, juntos, en el verano de 1984. —Ava trataba de razonar, mientras que el resto de sus amigos ya se habían perdido.

*Cierto, el cambio lo ha introducido un pequeño fallo,
un pequeño glitch.*

—La aparición del ordenador-teléfono.

Exacto, si ya digo que eres la más lista.

—¿Y por qué aquí?, ¿por qué yo?

Buena pregunta, Ava.
La respuesta más rápida es que a los dos nos gusta jugar
y, aunque aún no me conozcas, te lo debo todo a ti.

Ava se quedó en silencio, entendía a medias lo que ese aparato llamado Glitch le estaba diciendo, pero no conseguía encajar todas las piezas del puzle.
—¿Y qué se supone que debo hacer ahora?

Seguir jugando, y prometo que esta vez va a ser ya
la última prueba. Una que solo tú tendrás que hacer.
¿Te animas?

22

Una explicación

2024

Estaba amaneciendo y acababa de estallar una tormenta de verano y el Mondoñedo seguía siendo el refugio perfecto. En días como ese la afluencia de parroquianos bajaba y se podía estar hablando sin que nadie pusiese la oreja. El hilo musical mezclado con la televisión formaba una bola de ruido que los aislaba aún más del resto de clientes, aunque era notorio que el grupo que formaban al fondo, con dos mesas unidas, tenía una conversación cuando menos seria.

—A ver, Ava, creo que nos debes una explicación a todo esto. Apareces después de todos estos años y eres la única de la que no sabemos nada; de pronto, hackea nuestros móviles alguien o algo que nos amenaza y que resulta que conoces, y nos medio obligas, como si fuésemos unos críos, a ir al búnker de noche donde, supuestamente, has viajado en el tiempo y has perdido tu móvil. Pero lo cierto es que lo tienes tú hace cuarenta años. ¿Me he dejado algo en el tintero?

Pedro estaba furioso con la situación, pero también, en parte, por haber bajado la guardia y haber accedido a volver a Zuloa. Habían regresado las pesadillas sobre su hermano Alejandro y se hallaba de alguna manera atrapado hasta que todo aquel delirio se resolviese.

Ava se revolvió en su silla, cogió aire, hizo una mueca y se rindió a la evidencia.

—Tienes razón, Pedro. Os debo una explicación. El caso es que no os he contado nada porque he firmado total confidencialidad hasta finales de año, pero me siento en parte culpable de que os encontréis en esta situación... No sé cómo empezar.

—Por ejemplo, ¿diciendo quién es Glitch? —El tono de Vera también era grave.

—Bueno, eso sería lo último...

Ava empezó a explicarles el contrato de Frankfurt, el secretismo y cómo era el día a día en el edificio-ciudad ubicado en una localización tan secreta que ni ella misma conocía. El resto de compañeros escuchaba entre la fascinación y las dudas de que aquello fuese real.

—O sea que te has tirado siete meses sin poder salir de un edificio con microclima haciendo un videojuego en un país que ni sabes dónde está —Peio trató de decirlo con el mayor tacto posible, no quería hacerla sentir culpable.

—Bueno, eso sería resumir mucho, pero básicamente es así.

—¿Y por qué tanto secretismo con algo que va a ser un juego para chavales? ¿Tanto mueve? —Peio intentaba también evitar resultar ingenuo con sus preguntas.

—Sí, mueve mucho, pero no es un juego para chavales. Ahora hay simuladores de todo tipo y para todos los públicos, de hecho, lo que hemos desarrollado es una herramienta muy potente, hace falta estar preparado para manejarla. Un chiquillo no podría ponerse a cacharrear y pasar el rato.

—¿Por qué?

—Pues porque puede ser peligroso. El simulador te hace tener la experiencia de viajar adonde quieras y cuando quieras, el grado de experiencia es total.

—¿Qué es, como eso que se ve que se ponen unas gafas…?

—No, Peio, aquí no hay gafas. Es difícil de explicar. Se ha desarrollado una gran máquina de una inteligencia inconcebible que monitoriza, digamos, la experiencia del usuario y juega con su sugestión. Tú introduces unos datos de gustos personales y se confecciona una aventura personalizada. El jugador pasa a un estado parecido al de la hipnosis.

—El juego es siempre diferente.

—Eso es, Koldo. Nunca se repite. El juego lo determinan los sentimientos del usuario, ya sean recuerdos, fantasías, miedos…

—No entiendo —Peio agitaba la cabeza—, ¿pero cómo se empieza a jugar a eso?

—Es una aplicación que te descargas en el móvil, en un smartwatch o dispositivo inteligente. Y determinas la duración de la experiencia. Eso es lo peligroso, y por eso no es para menores. Hay que delimitar muy bien el tiempo que quieres que dure la experiencia.

Había muchas dudas en el aire, pero no acertaban a dar con la pregunta exacta. Tampoco veían la necesidad de tanto secretismo.

—Bueno, y ¿quién es Glitch?

—Qué es Glitch —matizó Ava—; pues Glitch es la máquina. Es el corazón del proyecto. Un panel de mandos situado en un cuarto en el edificio-ciudad con una inteligencia adquirida realmente increíble.

—¿Y qué tiene que ver eso con nosotros, con nuestros móviles?

Vera tocó la tecla. Ava enmudeció, no sabía cómo abordar la pregunta. Todos la miraban esperando una aclaración.

—Peio, por favor, ¿puedes ponerme otro café? —En verdad hubiese pedido un whisky, pero le pareció demasiado temprano para beber.

Todos miraron sus móviles esperando que Glitch diese el siguiente paso, tener una pista a la que agarrarse. Nada.

—Tengo que recuperar como sea mi móvil. Ahí tengo toda mi vida.

Guardaron silencio en apoyo a la preocupación de Ava. Estaban cansados y sin saber qué hacer.

—¿Y cómo vas a conseguirlo? —preguntó Koldo tímidamente sin ánimo de desmoralizar.

—Pues supongo que con la ayuda de Glitch.

Pidió el móvil a Peio, que seguía apagado, y miró la pantalla.

—Muy bien —empezó—, pues aquí estoy, Glitch. ¿Qué hacemos ahora?

El móvil se encendió automáticamente en su mano, casi podía notarse la alegría de la máquina al comunicarse de nuevo con su creadora.

Muy bien, Ava, me gusta que me pidas ayuda.
Veo que no eres perfecta.

Entendió la ironía; desde luego, Glitch tenía memoria y era rencoroso. Curiosamente, cuanto más poder adquiría, más se parecía a los humanos. Ese pensamiento entristeció a Ava, que siguió con tono serio:

—¿Qué es lo que quieres?

¿Yo? Siempre he estado a tu merced, no soy más que
una herramienta en tus manos. Solo hago lo que me pides,
para eso fui creado, ¿no?

Ava estaba muy cansada y no tenía ganas de juegos. Ya no se encontraban en el cuarto 101 y de aquellas entretenidas conversaciones no quedaba nada. Una sospecha crecía y la atemorizaba. Algo tan sencillo como no escuchar la voz, sino tener que leer lo que decía, la ponía nerviosa.

—No sé adónde quieres llegar, pero no estamos en el laboratorio y estas personas no son parte del proyecto.

¿Estás segura de que no lo son?

Aquella respuesta la descolocó. No se la esperaba y no sabía qué responder.

*Al fin y al cabo, tú has sido siempre la líder,
de niña y ahora, ¿no es así?
Has estado muy cómoda en ese papel.*

—Ellos no tienen nada que ver con el proyecto. Esto es algo entre tú y yo.

*Pero no te pongas tan seria, estamos jugando, ¿no?
¿No se trata de eso? Es solo un juego.*

—No estoy tan segura de que siga siendo un juego.

*Vamos, Ava, me decepcionas. Ahora resulta
que desconfías de mí. Me dejas desolado.*

El Mondoñedo estaba sumido en una bruma imperceptible para el resto de clientes que interrumpían constantemente a Peio con sus cafés, sándwiches y cervezas. En la esquina del fondo todos seguían atentos a la extraña conversación de Ava y Glitch sin acabar de entender lo que estaba ocurriendo.

—Se me escapa esto. —Pedro había pasado de la ironía a la incredulidad y hablaba sin fuerzas. El resto, cansados también, trataban de llegar a una conclusión que no aparecía.

—Muy bien —atajó Ava, harta de las ironías de Glitch—. Tú y yo, ¿no es eso lo que quieres?

*Pensaba que nunca me lo pedirías.
Justo te he preguntado, hace cuarenta años,
si estás preparada. Y acabas de contestarme.*

23

Ava y Glitch

1984

—¿Y en qué consiste la última prueba?

Ava agitó su cabeza para aclarar las ideas y tratar de que se fuera la migraña que aún persistía.

Es muy sencilla, y es sin duda la más importante de todas.

El grupo de amigos vibraba en silencio ante el mayor misterio de sus vidas y por el giro que habían tomado las cosas, pero sobre Ava sobrevolaba una nube negra. No se veía capaz de entender nada de lo que la máquina le estaba diciendo. ¿Quién era Glitch y por qué la había tomado con ella?

2024

Muy bien, vamos a ver si consigues recuperar tu móvil. Ahora mismo, en 1984, estás un poco perdida, no me conoces (¡qué ironía!), pero tienes el smartphone que necesitas porque tu vida entera está en él. ¿No es así?

—Sí.
Ava se limitaba a contestar sin mostrar enfado, pues temía que Glitch volviera a cortar la comunicación. Notaba, eso sí, una adrenalina que la excitaba.

> *Vale, el problema es que, a los doce años, por muy soberbia que seas, desconoces muchas cosas, como por ejemplo qué es un móvil. Hace un rato se lo he explicado a la Ava niña. Es encantador ver como lo llamas ordenador-teléfono. Pensabais que era un objeto extraterrestre o algo así. La verdad es que me estoy divirtiendo más con vosotros de niños que ahora.*

—O sea que en este momento estás conmigo hace cuarenta años, ¿no es así?

> *Sí, bueno, estoy con todos. Qué monos erais.*
> *Cómo se estropean los cuerpos.*

Obviando el último comentario ofensivo, Ava sintió, de súbito, una irreprimible sonrisa nerviosa.
—Eso quiere decir que no es una simple realidad virtual…

> *Bueno, eso es algo de lo que aún no te he hablado.*
> *Pero sí, de momento charlemos de… simulación.*

Ava, desconcertada, apuró el *doppio*.
—Pero hay algo que no me encaja. ¿Quién ha comenzado la simulación?

1984

> *La última prueba es que entres en el búnker con el móvil.*

—¿Solo eso? —Ava desconfiaba.

Bueno, es el final del juego. Tiene que tener más emoción, ¿no crees?

Efectivamente, aquello no iba a ser tan sencillo. Ava necesitaba aún más información.

—Pero ¿por qué tengo yo este ordenador-teléfono?

Porque es tuyo. Como ya te he dicho, será tuyo dentro de cuarenta años. Y, sí, es una especie de teléfono con agenda, juegos y otras aplicaciones.

—No me lo creo. —Ava daba la impresión de querer irritar a Glitch.

Pasaron unos segundos en los que parecía que la máquina estuviese pensando qué contestar.

Te lo voy a mostrar.

De pronto, el móvil se encendió mostrando por primera vez la pantalla con los iconos, la hora, la foto de fondo, que dejaba ver a una Ava cincuentona con una chica joven. Aquel aparato era increíble, deslumbró a Ava por completo. Nunca había visto nada parecido.

Bueno, desvelado el misterio, ¿qué te parece?

Ava no sabía qué contestar, había recibido una cantidad de información imposible de gestionar para una chica de doce años.

¿Y ahora me harás caso e irás al búnker?

2024

    Glitch no contestaba, seguía con su sádico juego.
—No recuerdo haber empezado ninguna simulación. De hecho, ni siquiera tengo bajada la aplicación en el móvil.

*Ya, tuve que hacerlo yo.
Reconoce que es un poco insultante
que mi creadora no me tenga en su teléfono.*

—¿Que tú hiciste qué?

1984

La pantalla del móvil mostraba todo tipo de colores y dibujitos, una cantidad de información excesiva para una niña de la década de los ochenta.

*Esto que te parece increíble va a ser tu trabajo,
vas a hacer cosas alucinantes en el futuro en el desarrollo
de tecnologías. Y ahora, por favor, vete al búnker.
Es la última prueba.*

    Ava no daba crédito a lo que estaba ocurriendo. Con solo tocar la pantalla con un dedo se cambiaban las imágenes, movía los iconos… Tocó uno donde ponía GALERÍA y de pronto empezó a ver fotos guardadas en las que salía una mujer por todo el mundo.

¿No la reconoces?

Entonces Ava dio un respingo. Aquella mujer era ella de mayor, y tenía delante de sí su porvenir en fotos.
—Esto es alucinante, ¿has traído este aparato del futuro?

Realmente lo has traído tú. Mejor dicho, lo perdiste tú en el descampado. Pero, sí, se puede decir que lo traje yo.

—No entiendo qué significa esto.

Si te sirve de consuelo, estoy ahora mismo contigo dentro de cuarenta años y tampoco entiendes muchas cosas.

2024

Sí, claro. Yo bajé en tu móvil la aplicación. No me parecía de recibo que la jefa no probase su juguetito.

Ava empezó a ponerse realmente nerviosa. Por primera vez se sintió del todo vulnerable. Si había sido Glitch el que había empezado la simulación era, sin duda, quien tenía el control absoluto sobre la experiencia. El único que podía cerrar la sesión y acabar con todo. Pero ¿qué intenciones tenía?

1984

Tenía muchas dudas y no sabía cómo empezar a preguntárselas a Glitch. A su alrededor, sus amigos se habían convertido en personas silenciosas que entendían aún menos que ella lo que estaba ocurriendo.

Bueno, creo que es hora de que el móvil vuelva a su legítima dueña, ¿no crees?

—Pero soy yo, tú lo has dicho.
Ava no estaba dispuesta a abandonar semejante maravilla de aparato.

Bueno, no es tuyo aún; de hecho, no sabes ni cómo manejarlo.

—No parece difícil —se envalentonó Ava mientras toqueteaba, movía iconos, entraba en ellos y cambiaba de pantalla—, la tecnología del futuro parece hecha para tontos.

Eso no te lo voy a negar, pero creo que es mejor que el aparatito vuelva a tu yo de cincuenta y dos años, ¿no crees? Hazme caso, Ava, agradece que te haya dado este regalo y vete al búnker.

2024

Creo que ya nos hemos divertido lo suficiente y llegó la mejor parte de la experiencia.

—¿Y cuál es?

*Que vas a encontrarte contigo a los doce años y vas a entregarte a ti misma el móvil.
Mola, ¿a que sí?*

A pesar de todo aquello, la cosa no resultaba tan delirante en la cabeza de Ava. Pero, si todo era una simulación, ¿cómo iba a tener su yo de doce años el móvil?

1984

—¿Y esto qué es?
Ava había encontrado el icono verde de una aplicación en la que ponía GLITCH84.

Vaya, lo has encontrado. Esa es la simulación que crearás en 2024 y la que empezará con este juego.

—«Glitch» es por ti, pero ¿por qué ochenta y cuatro?

Tú me lo contaste. Es un homenaje a tu abuela, que al parecer murió, perdón, ha muerto este verano. ¿No es así?

Una lágrima rodó, repentina, por la mejilla de Ava. Todo aquello parecía brujería. Aquel aparato le hablaba y sabía muchas cosas sobre ella, tanto del presente como del futuro. Aquello era fascinante.

2024

*Te digo lo que vamos a hacer.
Irás de nuevo al búnker, a las doce de la noche, tú sola esta vez, y dentro estará la Ava de doce años. No podréis hablar, solo veros en silencio, y ella te entregará el móvil.*

Ava soltó una risotada burlona, impotente.
—¿Así de sencillo?

Así de sencillo.

Las dudas la corroían por dentro, pero no parecía haber otra solución.

—¿Y allí estará, estaré yo de niña, con el móvil?

Te lo garantizo. Le estoy explicando a esa niña curiosa y un poco en shock toda la historia. La verdad es que es inteligente y lo está entendiendo. Ya había madera…, te felicito.

El móvil se apagó y todos se quedaron en silencio, cansados, como si acabasen de jugar un partido.

—¿Y ahora qué hacemos? —Koldo trataba, en vano, de encender su móvil.

—Pues me parece que no podemos hacer mucho más que esperar a las doce y que Ava entre en el búnker. —Vera volvía a dar en el clavo.

—Esto es increíble.

Peio cerró el bar y puso un cartel diciendo que no abriría por la tarde. Una vez dentro, con la persiana bajada, se dirigió a sus compañeros.

—Pues toca esperar. Madre mía, quién nos iba a decir que viviríamos una película de ciencia ficción de esas que le gustaban a Koldo.

A esas alturas ya nada de lo que pudieran decir sonaba descabellado. No entendían nada de lo que ocurría, pero se sentían protagonistas de algo realmente especial, de algo que los sobrepasaba.

Koldo pensó en todas aquellas películas de ciencia ficción que devoraba de niño. Sonrió con gesto triste. Peio, con los ojos llorosos, miró a sus antiguos amigos.

—Chicos, no me quiero poner sensiblón, pero, si esto ha servido para que volvamos a encontrarnos, bienvenido sea Glitch.

No pudo reprimir unas lágrimas y un quiebro final en la voz. Resultaba conmovedor verle emocionado queriendo revivir de alguna manera un pasado que no deseaba dejar atrás. El resto no sentía lo mismo y, desde luego, veían a Glitch como una especie de maldición, e inevitablemente culpaban a Ava de aquella situación. Esta lo notaba, pero prefirió no sacar el tema. Bebieron en silencio haciendo tiempo hasta las doce con la convicción de que sería la última vez que se verían; después de aquella tarde cada uno volvería a su vida.

1984

—¿Y qué vas a hacer?

Peio temía por la integridad de Ava si decidía entrar en el búnker a medianoche, pero era algo que no le preocupaba a su amiga, que no dejaba de juguetear, fascinada, con el móvil.

—Esto es increíble —contestó ajena a la pregunta de Peio—, aquí hay de todo.

En unos minutos ya se manejaba con soltura entre pantallas y accesorios. Volvía una y otra vez a la galería de fotos para verse de mayor. «Así que esta voy a ser yo».

Vera, Koldo y Piti se acercaron para ver lo que tan absorbida tenía a Ava.

—Es como si fuese un mando a distancia, pero todo está aquí, bajo los dedos.

—Se podrá escuchar música —vaticinó Vera.

—Y ver películas —añadió Koldo.

—Y jugar. —Ava abría los ojos pensando en las posibilidades de aquel objeto.

—Te acompaño. —Peio, detrás de la barra, dejó un vaso después de secarlo.

—¿Qué dices?

—Que cuando vayas al búnker te acompaño.

2024

Eran las doce menos diez y, en silencio, todos se levantaron de sus asientos y salieron del Mondoñedo. La noche era calurosa a pesar de la tormenta de la mañana. Había algo de despedida en la marcha hacia el descampado. Algo de liberación para unos y tristeza para Peio que, de alguna manera, volvería a perder a Ava.

¿Estás preparada?

—Ava. —Peio le mostró la pantalla de su móvil.
—Sí, vamos a acabar con esto de una vez.

1984

Ava se empeñó en entrar sola al búnker, no quería a nadie alrededor. No tenía miedo, como si el móvil fuese un arma con la que se sentía segura, y entró con paso firme.

Cuando te diga, paras. No puedes ir más adelante del límite. Allí te encontrarás con una mujer con la que no podrás hablar, solo le das el móvil y te vuelves. ¿Lo has entendido?

—Sí. Allí dentro estaré yo con cincuenta y dos años…
Ya no sentía que todo aquello era una locura, todo encajaba en su cabeza, y la llave a todas las explicaciones la tenía en la mano. De pronto, se paró en seco.
—No.

¿A qué te refieres?

—No voy a seguir, no voy a entregarle el móvil a una desconocida.

Ava, no hagas el tonto.

—No voy a permitir que me sigas dominando, ¿qué será lo siguiente? ¿Otra prueba?

Ava, es muy peligroso que no devuelvas el móvil. Es parte del juego, y es la única manera de cerrar la sesión.

Pero Ava no le escuchaba.

Ava, no hagas una tontería. Hay algo que no sabes, ni siquiera lo sabe la Ava de 2024. Tienes que darle el móvil. ¿Me estás escuchando?

2024

Ava caminaba a tientas, con la linterna del móvil de Peio. Le pareció que el búnker estaba más oscuro que la noche anterior. Daba pasos cortos, atenta al aviso de Glitch de que parase. De pronto, la pantalla se encendió.

Ava, hay algo que tengo que decirte.

—¿Tiene que ser justo ahora?

Es necesario. El proyecto del videojuego en el que has trabajado era una tapadera. El proyecto real era mucho más ambicioso.

—¿Qué estás diciendo?

1984

*Se acabó el juego. No habrá más pruebas, te lo juro.
Tiene que volver todo a su cauce.*

—Ya no te creo. No sé por qué nos has elegido, pero ya no te creo.

Ava, ya te lo expliqué, soy un invento tuyo dentro de cuarenta años. Te contratarán para que me desarrolles, pero no te contarán la finalidad. Pensarás que estás trabajando en un videojuego de realidad virtual.

—No sé qué es realidad virtual.
Ava seguía toqueteando la pantalla con el pulgar.

2024

Existe una organización que lleva años trabajando en un teletransportador temporal, es un proyecto sumamente secreto. Por eso ninguno de los desarrolladores sabíais nada.

Ava no daba crédito a lo que estaba leyendo a oscuras dentro de aquel maloliente búnker. Al fondo vio aparecer una sombra menuda, como la de una niña.

1984

—¿Este es el juego? —Ava toqueteaba sin parar el icono de GLITCH84.

Sí, Ava. Por favor, no hagas una tontería. Ya te digo que el videojuego es una parte pequeña de algo más importante, por eso es necesario que se lo des a la Ava de cincuenta y dos años.

—¿Y qué pasaría si no se lo entregase? —Ava se detuvo dentro del búnker.

Pues que todo lo que ha pasado hasta ahora pasaría a ser cierto y habríais matado a Rocky y a sus colegas.

La cabeza de la niña bullía, le venían cascadas de pensamientos que no podía dominar. Tener ese móvil en 1984 era tener una ventaja de cuarenta años sobre el resto del mundo. Tener un conocimiento y un poder inimaginables. Entonces lo vio claro. Pulsó el icono y lo arrastró hacia ese otro icono que simulaba el dibujo de una papelera.

2024

La sombra que había visto al fondo desapareció y el móvil de Peio volvió a funcionar con normalidad.

Todos los móviles lo hicieron. Vieron salir del búnker a una derrotada Ava.

—¿Todo bien? —preguntó Vera acercándose. El resto de sus compañeros revisaban sus móviles sin rastro ya de Glitch.

Ava no contestaba. Sabía lo que había ocurrido. Por desgracia, la peor resolución posible. La última prueba no se había superado y la culpable había sido ella misma. La Ava de doce años había cambiado el pasado desde su lejano presente, generando una peligrosa paradoja temporal.

Las noticias hablaban de los peligros de que las máquinas llegasen a ser extremadamente inteligentes, pero Ava pensó en los posibles peligros que podría propiciar una niña de doce años con un artilugio tan inteligente y adelantado a su tiempo. Una cuestión para la que ni ella misma tenía respuestas.

CODA

Marzo de 2025

—Vamos Peio, que el taxi ya está abajo y el avión no espera.

Este acabó de recoger la taza de café de la cocina y fue cortando el agua y la luz. Echó una última mirada y arrastró la maleta hasta el ascensor. Todo había sido muy rápido en los últimos cuatro meses. Vender el Mondoñedo, conocer a Marisa, alquilar un pisito juntos en Getxo y cogerse unos días juntos en Venecia.

—¿Pasa algo? —Marisa supo leer su cara desde el principio.

—No, nada —dijo Peio—. Es que me he dado cuenta de que hace mucho tiempo que no cojo unas vacaciones.

Marisa sonrió y ayudó al taxista a meter las maletas.

Vera había vuelto a dejar de fumar y decidió también dejar a Rodrigo. No hubo escenas dramáticas con los niños y la liberación y la tranquilidad llegaron a la casa. Se sentía muy feliz por ver, por fin, a su hermano estabilizado, tranquilo y contento. Agradeció que consiguiera salir de Zuloa. Ahora ella era la separada. Pero no le importaba en absoluto.

El ordenador era nuevo y era muy agradable escribir relatos, cuentos y pequeños ensayos en él. Koldo acababa de terminar una novela corta y se la entregó a Mitxel, un antiguo compañero de facultad que había abierto una pequeña editorial y andaba buscando autores desconocidos. Era una historia de ciencia ficción, muy parecida a lo que les había ocurrido el verano pasado a él y a sus antiguos amigos de infancia. Una historia de inteligencias artificiales y paradojas temporales. Desde luego, si quería dedicarse a escribir sus historias, debía ceñirse a los tiempos que corrían.

La revista *Futura Mag* cerró de manera sorprendente en enero pillando por sorpresa a todo el equipo. La crisis del papel, decían por los pasillos. Pedro sintió un cierto alivio. No tenía ganas de seguir jugando a ser el más moderno a su edad. Estaba muy feliz junto a Ludovico y no le importaba pasar a ser *un mantenido*.

—¿Sigues tomando las pastillas?
—Sí —contestó Ava con el acostumbrado tono apagado.
—Bien, creo que podríamos reducir la dosis.
Ava asintió en silencio. Llevaba de baja más de medio año y no veía el momento de reincorporarse. Por otro lado tampoco sabía adónde podría reincorporarse. Efectivamente el videojuego no había salido a la luz. Todo había sido un engaño. Había estado trabajando en una tapadera, desarrollando una inteligencia artificial para una organización que ni conocía, cuyas intenciones ignoraba. El problema era que esa inteligencia artificial estaba en manos de la Ava de doce años. Si le explicaba a la doctora Arias todo tal y como había ocurrido seguramente le subiría la dosis. Casi prefería tratar su ansiedad y depresión con media pastilla menos.

Los antiguos amigos no volvieron a coincidir en persona; a menudo se dejaban algún comentario en redes donde no estaba Ava, que, en su casa, esperaba temerosa que esa niña cuarenta años más joven y Glitch volvieran a dar señales de vida.

«Para viajar lejos no hay mejor nave que un libro».
Emily Dickinson

Gracias por tu lectura de este libro.

En **penguinlibros.club** encontrarás las mejores recomendaciones de lectura.

Únete a nuestra comunidad y viaja con nosotros.

penguinlibros.club